人生哪有那么多赢家

[美]诺 澄 —— 著

复旦大学出版社

推 荐 词

诺澄是"奴隶社会"最早的人气作者之一。她写职场时嬉笑怒骂、成熟干练,写婚姻时透彻豁达,写情感时纯粹细腻。读诺澄的文字可以很快,一气呵成、淋漓酣畅;也可以很慢,如同品红酒,需要在岁月的积累下慢慢体会。我想她的文字能实现这样完美的融合,是因为文字背后,是一个真实的她。

——**李一诺**("奴隶社会"公众号创始人、盖茨基金会中国首席代表)

认识诺澄,从做她的粉丝开始。曾经有一段时间,我每个周六早晨赖床时就是在追她在"奴隶社会"上的连载小说《遇见》(后改编为《曼哈顿恋人》)。喜欢她文章中的细腻、温情,这与她的干练、坚韧巧妙地融合,我在她的文章中看到的是职场女性鲜活而真实的生活,非常真实的一地鸡毛,以及在一地鸡毛中自我调整的智慧。是的,人生哪有赢家?人生又何必要做赢家?诺澄用她的真诚告诉读者,面对滤镜后面的自己,才是"人生赢家"的智慧。

——**余进**(IDG资本合伙人、前麦肯锡全球董事合伙人、前埃森哲战略大中华区总裁)

不管从哪个角度来看,诺澄都是普通人眼里的人生赢家。而作为好朋友,我却深知,从事业、家庭到写作,完美背后,是她投入的巨大心力和永不言倦的热情。诺澄文字的动人之处就在于,在她这里,你能读到生活的静水流深,也能读到一个女人的勇气和智慧。她会告诉你,不用等待命运给你发糖,人生的况味,本来就是我们自己活出来的。

——**李丹阳**("年糕妈妈"创始人)

诺澄的文字是亲切的,温暖的,真诚的。文如其人,值得你用时间去走近,去聆听。

——**陈行甲**(裸辞的"网红"县委书记、《我是演说家》全国总冠军)

诺澄是个多面手,写职场真切,写情感动人,她的文字清澈如淙淙溪水,飒爽如林中之风,她的文字素养和丰富经历让这本书独秀一枝,温柔又坚定,晴暖又犀利,是她的人,也是她的文。

——**二湘**(作家,著有小说集《重返2046》、长篇小说《狂流》《暗涌》)

职场、家庭、个人发展,是每个女性都要面对的"三体"问题:三者同样重要,时而互斥,时而纠缠,难以达到稳态。诺澄用细腻、谐谑、坦诚的笔触,描绘了她的"三体"世界。五年来,她的文字总能让我大哭,因为感同身受,也能让我大笑,因为睿智幽默,更让我勇气倍增,因为在求解"三体"的道路上,我们并不孤独。

——**邱天**(麦肯锡资深咨询顾问,著有图书《是谁出的题这么难,到处都是正确答案》)

诺澄身上的标签很多,抛去那些背景和光环,我看到的是一位美丽又知性的文艺女性。在这本新书里,她把自己在职场、在夫妻关系和家庭生活中的故事和感悟一一展现给你,她袒露给你的是一个真实的在各种角色中活出自己的现代女性的形象。在总要求女性"向前一步"的社会中,诺澄的新书指出女性面临的最大挑战其实是如何学会放过自己,只有放过自己,才能做真实的自己,不为别人的评价而活,活出力量,活出本真,活出光亮。

——**康妮**("领英洞察"专栏作者,著有图书《如何结交比你更优秀的人》)

序言一：做自己的超级英雄

虎皮妈

诺澄的新书叫《人生哪有那么多赢家》，其中许多文章，在过去几年我已经一一拜读。我非常理解诺澄的苦心：作为一个真挚的写作者，她愿意一层层撕掉自己身上"人生赢家"的标签，诸如海归、高管、婚姻幸福、学霸父母……她要告诉读者们，人生的困扰一个接着一个，没有人可以例外。

我最近在看一本青春期心理辅导书，作者写道，青春期的时候，每个孩子都觉得自己在一艘处处是漏洞的船上，觉得很快会溺亡。而在此情境中重要的解决方法，就是意识到，你并不是一个人。其实人人都觉得自己的船在漏，人人都处在挣扎的边缘。当你意识到这点后，青春期的骚动和毁灭冲动，都将渐渐平息。**诺澄这本书，就是一本给成年人的"沉船"指南。**告诉你，你并不是一个人在挣扎。这是她作为写作者的一番赤诚。而我认识诺澄近五年，她身上最打动我的，确实不是那些"人生赢家"的标签，而是她的勇气。

我和诺澄相识在五年前，我们都加入了微信公众号"奴隶社会"的读者群。据说我们那个群的创立初衷是交流育儿心得,于是群名叫"超级妈妈"。"奴隶社会"的口号是:不端不装,有梦有趣。但当时,身为一个全职妈妈,我看到的文章都是咨询、投行高管们的纵横捭阖、嬉笑怒骂。确实是不端不装,但是她们是有底气的不端不装。

"奴隶社会"开始扫码组建微信群后,我看了一圈,心想,我已经当了七年全职妈妈,事业上毫无建树,怎么敢跟职场达人们一起混?要不还是加入妈妈群好了。但问题是,这个群叫"超级妈妈",我够超级吗?心里很忐忑。加入后果然发现群友们都和诺澄一样,够超级。学校出身上,北、清、复、交并不稀奇,哈佛、剑桥也比比皆是;事业上,像诺澄那样的外资投行总监也不乏其人。我刚加入的时候挺难受的,因为就算"人生赢家"们低调地告诉你"人生哪有那么多的赢家",作为离赢家很远的仰视者,心里也只会想:哦,她真有礼貌。我下意识觉得:她们其实并不懂我们的处境。她们说她们懂,但怎么可能呢?

后来开始慢慢看大家写的文章。从邱天的《那些离婚教会我的事》,到诺澄的长篇小说《遇见》(出版后改名《曼哈顿恋人》),我开始认同,人生赢家们遭遇的苦难并不少。那些人生的幽暗和低谷都是真实的,虽然和我们不一样,但是真实的。而让我喜爱并心生亲近的,并不是她们现在的标签,而是她们在面对苦难时,体现出来的那种生命力和勇气。她们很真诚,并不是用一种礼贤下士的姿态与你交流,或者立讨好读者的人设,而是经历过人生幽暗后真诚地告诉你一句:不用怕。

这五年,加入了超妈群后,我的人生状态也发生了很多变化。

序言一：做自己的超级英雄

从一个自怜自艾的多年全职妈妈，到重新念书，考律师执照，再度写作，出版小说，有一些编剧的机会……时至今日，也有很多读者会给我留言："你是'人生赢家'。"我想到五年前那个颤颤巍巍、犹疑到底够不够资格加入"超级妈妈"群的自己，不禁有些好笑。

不能说结果不重要。没有人会不喜欢功成名就、财务自由、婚姻美满、儿女争气，请把这些人生赢家的标配都赐予我吧。但骨子里，我更知道，人生的底气不在这些幸运降临的标签上，而是在面对幽暗时刻时，那挺起脊梁的勇气中。

谢谢过去五年里，超妈群里给我勇气的姐妹们，尤其是一遍遍用文章告诉我"不用怕"的诺澄。希望大家在阅读这本书的时候，能和我一样体会到诺澄的真诚和勇气。终有一天，**当我们褪去所有标签，站在人生的评判台前，可以面无愧色地向自己交待：我努力过，我从未退缩。**

人生并没有那么多赢家，但每个人都可以做自己的超级英雄。

与诸位共勉。

（虎皮妈，美国加州律师、编剧、作家。已出版短篇小说集《人间故事》、长篇小说《硅谷是个什么谷》。现居硅谷。个人微信公号：虎皮妈的夜航船。）

序言二：人生哪有赢家，只有勇敢一跃

汤 涛

这么多年来，若问诺澄君给我印象最深的是什么？

答：她总是在玩"惊险的跳跃"。

记得大学生活甫一结束，大家急不可待地跑出校门，奔向各自的职场，然后按既定的轨道，和尚撞钟，勤勉如斯。当我们在新的岗位心神稍定时，就耳闻诺澄君千里单骑，赴美利坚留洋的消息。毕业之后，诺澄君驰往有"韩魏之经营"的曼哈顿、"齐楚之精英"的华尔街。就在众友传颂她在美帝的功绩时，她却云淡风轻地一个折身，从美国回到了魔都，就任令人羡慕的银行高管。

我们惯常在中庸的生活中遵厌兆祥，或汲汲于眼前，想当然地以为曾经沧海的诺澄君该禅定静观，享受当下。谁知道她又玩起了"惊险的跳跃"，从魔都跳槽到江浙的互联网世界。彼时我弄不明白，她为啥要去996的互联网企业，她那玲珑的小宇宙何以藏下如此巨大的能量？人道金融圈欲望无疆，货泉不眠，众生熙攘，为利往来。诺澄君作为女性，在信奉丛林法则的金融业尤显不易。恰如泰戈尔所云，只有经历过地狱般的磨练，才有创造出天堂的力量。

诺澄君不仅在职场表现超然,在职场之外,也玩出了"惊险的跳跃"。当她嘱我为其新著《人生哪有那么多赢家》作序时,我禁不住发出两声诧异的长啸。她作为非专业写作者,刚出版长篇小说《曼哈顿恋人》,现在又要出版散文新作,她是神笔诺澄吗?她跨国出差如进出自家菜园,且还是两个生龙活虎的孩子的"老母亲"。纵使她冰雪聪明,哪来的时间呢?难道时间是她养的鱼,提取自如吗?

这一切似乎没有道理。

然而,当我细细品读诺澄君曾流行在网络的那些"10万+"文章时,我的诧异慢慢被消解,变成感叹了。在这部新书中,诺澄君以其擅长的"超低空飞行"式贴地写作,写身边人,记周遭事,读起来,既有人间的烟火气,又杂糅现代潮流之仙气。她运用"花开两朵,各表一枝"的叙述方式,把对职场、对婚姻的认知和自己的经历,有趣、有料、有味且哲学化地呈现出来。

尽管魔都男女平权文化根基深厚,但职场有自身的金规铁律。托马斯·费里德曼说:"在非洲,不管你是狮子还是瞪羚,当太阳升起时,你最好开始奔跑。"奔跑是职场人的宿命,须时刻、处处保持鲜活、激情与搏击的意志,否则要么被吃掉,要么等饿死,无论性别,优胜劣汰,容不得半点差池。

王安忆对上海女性有过一个论断,她说"上海女性的硬,不是在攻,而是在守"。我演绎地理解王安忆所说的"攻",是女性对职业、职场的坚守;而她说的"守",是对婚姻、家庭的眷恋。身在职场和家庭之中的诺澄君,之所以取得成功,乃在于其善于攻,还擅长处理守。如果没有幸福的婚姻作为倚靠,没有丈夫、父母,以及子女尽心尽意的支持,这种成功是难以想象的。尽管在攻守之间,她也有自己的纠结、困惑,甚至力难从心。

只因职业的不同,我很少见到诺澄君在职场的模样,是工作狂、女王范还是气场爆棚的魔女?尚无法得知。但在日常交往中,她给人的感觉是笑容可掬的,说话糯甜,语速明快,亲和力满满。这大概是她天赋异禀。既拿得起,也放得下。

著名诗人叶芝写过一句击中人心的话,伊曰:"奈何一个人随着年龄增长,梦想便不复轻盈;他开始用双手掂量生活,更看重果实而非花朵。"对痴迷于惊险跳跃的诺澄君来说,她既看重果实,也喜欢花朵。所谓果实,是她挚爱的志业;所谓花朵,就是她"文字与我,如同今生永恒的恋人"之箴言。

在这本书中,诺澄君用文学的语言道出了千千万万职业女性对职场的感性思量;用智慧的方式说出了千千万万家庭中女性对婚姻和子女成长的自我探索。**人生哪有什么赢家,不过是看似惊险的勇敢一跃而已。**

正因为此,欣然受命,为之作序。

(汤涛,学者、作家。中央和国家机关档案专家、华东师范大学档案馆馆长。出版《和爱的颂歌》《人生事 总堪伤——海上名媛保志宁回忆录》等30余部作品。)

自序：40岁女人的一地鸡毛

不知道从什么时候起，开始流行"人生赢家"的说法。然后，开始有人对我说："诺澄姐，你就是人生赢家。"你看，你婚姻美满，老公是当年"同桌的你"；有一儿一女，正好凑成一个"好"；事业有成，先是华尔街银行，海归之后加入当下火热的互联网金融；最后，还有自己的爱好，业余写写文章，居然还能出版。渐渐地，说的人多了，我也慢慢相信了朋友圈里的花团锦簇……

国庆长假第一天，我坐在早上八点空无一人的星巴克。耳边是轻柔的爵士乐，手边一杯拿铁，还有一本书。按照套路，先拿起手机，找好角度，拍一张照片。照片里面，清晨的阳光，以恰好的角度照射在书的封面上，旁边是虚化掉的星巴克杯子，调好滤镜，加上定位，配好文字"清晨、阳光、咖啡和书香"，准备发个朋友圈，一系列步骤如行云流水。此时却突然发现，手边的书是一本《支付战争》，太不和谐了，赶紧换一本。翻了半天，电脑包里面只有一本看了一半的《商业的价值》，烟火气太浓了。想想也是，能够静下心来看散文和诗集是多么久远的事情了。算了，再拍一张照片，虚化书名，突出阳光和咖啡吧。发了朋友圈之后，开始有朋友点赞，看了一下,早上八点点赞的,基本都是有娃的,那些没娃点赞的,和我都不在一个时区。

40岁之后的女人,一条文艺的朋友圈后面的事实是这样子的。国庆长假第一天,上学期间坏掉,假期就立刻恢复的人体小闹钟准时响起:"妈妈,妈妈……早饭吃什么?"(内心的一个我问:"娃,你什么时候才能学会睡懒觉啊?"另一个我回答:"等娃喜欢睡懒觉了,你就年纪大了,天天五点钟跟打了鸡血一样睡不着了,不信,看你自己的妈!")我挣扎地爬起来,伺候完一个,扔给老公去亲子运动。然后,送另外一个出门上补习课。接下来,坐在附近的星巴克等着小主下课,旁边一圈哈欠连天的家长,还有一个干脆拿出眼罩靠着墙补觉了。身为互联网民工的我,争分夺秒打开电脑处理工作,写周报①,这期间,各种邮件、"钉钉"涌入。这就是一条文艺的朋友圈后面的真实情况。

于是,我删除了本来想写的公号文章《40岁之后,如何优雅地老去》,因为这是一个伪命题,开始写《40岁女人的一地鸡毛》,聊聊中年人没有经过美颜的生活,没有加过滤镜的心情。朋友圈里的"人生赢家",其实都逃不过生活中的一地鸡毛。

40岁之后,懂得婚姻本质

对于40岁之后的女人来说,婚姻往往不仅是两个人因为爱情而厮守在一起,而已经演变成了"家庭"的概念。婚姻,在25岁的时候是两个人的事情,到了40岁之后就可能变成了八个人的事

---

① 互联网企业特有的一种文化,相当于每周工作小结。

自序：40岁女人的一地鸡毛

情——双方父母，两个孩子，最后才是婚姻里面的两个人。

我曾经对周围认识的人，做过一个中年夫妻婚姻质量的数据分析，发现结果呈非常合理的正态分布。曲线右端只有一个标准差的夫妻，十几年来感情甜蜜如初。曲线左端也只有一个标准差的夫妻，处在天天吵、天天闹的离婚边缘。曲线中68%的夫妻，处于波澜不惊的平平淡淡中。他们饭桌上的话题大部分围绕着孩子教育、家庭财政、父母健康，偶尔八卦一下周围邻居和朋友。上床之后，各刷手机，或者每人一副降噪耳机各自追剧，互不相扰。

如果说，最初的爱情产生于人群中多看了你一眼，那么十几年的岁月流逝后，人群中的独自美丽，早就变成了饭桌上的熟视无睹。昔日的腼腆男生，如今坐在沙发上映着肚子刷手机，发际线已经如同悄然退潮的海岸线；昔日如鲜花般盛开的少女，如今也只能靠着穷尽半生都处于半饱状态的毅力才能勉强维持身材不走样。"盈盈一水间，脉脉不得语"的温柔，早就变成了对着熊孩子"排山倒海"的河东狮吼。

罗曼蒂克总是会慢慢消亡。我周围有很多优雅而乐观的女性朋友，她们其实也有猪队友和熊孩子，却很少怒气冲天地抱怨婚姻。因为她们懂得如何客观看待婚姻在不同阶段的状态，并且随之调整自己的心态。她们不会作天作地的用偶像剧中"霸道总裁"的标准去要求猪队友，而是对猪队友种种"令人发指"的行为，轻描淡写地一笑了之。

我到美国西岸出差，被越洋电话吵醒，一看手表，凌晨4点钟。电话那头的熊孩子带着哭腔问："妈妈，妈妈，我的Paper Star（纸星星）在哪里，早上要带去学校。"不能问爸爸吗？！当然不能，因为

人生哪有那么多赢家

猪队友根本不清楚什么是Paper Star，更不知道学校里面一整套复杂有序的星星奖罚体系，及其对于熊孩子的重大意义。于是，熬夜工作刚睡不久的老母亲，耐心地指点猪队友，家里某个抽屉里面有被熊孩子认真珍藏到自己也想不起来的Paper Star。有点情商的猪队友会很狗腿地说一句："老婆记性真好，没你不行！"然后让熊孩子隔空给一个爱的么么哒。真是什么脾气都没有了。

我们经常会安排家庭旅行，有两边父母、夫妻两人加上两个孩子，一行浩浩荡荡八人。世界那么大，我们也想带着父母去看看。至于孩子嘛，其实他们将来有更多的机会。安排这样的旅行，绝对是一项浩大的工程。从机票到酒店到行程安排，每天吃什么、玩什么，交通工具用什么，事无巨细，都需要安排妥当。每一次，我连签证表格都会预先填写好，用标签在需要签名的地方仔细标注，让大家排队签字。我觉得，如果有一天创业，我可以做家庭亲子旅游行业。猪队友在过程中最重要的工作就是，在签证表格上签名！所以，一点都不开玩笑地说，他去了那么多国家，连签证表格长什么样子都不知道。有过抱怨吗？当然有！我又不是温良恭俭让的圣母。有用吗？肯定没有啊。猪队友有一次毛遂自荐说要安排行程。一个月之后，说是行程安排好了。西班牙之旅是这样安排的，上海到马德里到格拉纳达到塞维利亚到科尔多瓦到巴塞罗那再回到上海。然后呢？然后，人家还打印了一张地图，用红笔标出了路线。再然后呢？就没有了！多么"高屋建瓴"的行程安排。人家说了，你不是想要一场说走就走的旅行吗？我们这不就是说走就走，走哪儿算哪儿吗？哦，人家还准备了应急预案，如果万一临时订不到酒店，背了帐篷可以露营看星星！想想格拉纳达古城的山顶，面

自序：40岁女人的一地鸡毛

对着阿尔罕布拉宫，睡在帐篷里面，看银河繁星，想沧海桑田，这不就是你要的浪漫吗？那是二十年前我要的浪漫，好吗？这反射弧也太长了吧！现在的我们，人到中年，上有老下有少，工作还累成狗。难得的旅行时间，我只想在五星级宾馆的床上平躺！眼看着直线飙升的机票和酒店价格。最后还是，放着！我来！抱怨猪队友吗？倒也不至于，因为抱怨也没有用，只会伤感情。人到中年已经那么累，何必用一些无解的事情来为难自己。

婚姻的本质不就是一地鸡毛吗？一念之间，可以天堂，可以地狱。一个女人可以充满怨气地想，怎么嫁了一个这么不靠谱的男人，生活的重担都压在我身上；也可以对猪队友不靠谱的蠢萌莞尔一笑，然后告诉自己，这个家啊，能干的我是主心骨啊。我看到一篇文章里面说，婚姻有三个要素，道德、感情和乐趣。最初的时候，两个人因为乐趣而有了感情，然后进入道德的婚姻。十几年之后，最好的婚姻仍然是三者兼有。但是，大部分的婚姻只剩下了道德，还有不自知的感情。人到中年，婚姻的智慧，可能就是凭着淡定和包容，让沉没的感情浮出水面。一点天真，再加一点乐趣，这就是令人羡慕的婚姻了。

譬如某个星期六的下午，在客厅，猪队友不知道说了一个什么笑话，两个孩子被逗得哈哈大笑。突然之间，又一起压低了嗓音。然后，我听到一个小的蹑手蹑脚地推门进来，然后又掩门而去。自以为很小声地说："爸爸，妈妈在午睡。"猪队友压低嗓音回："妈妈上班累了，不要吵醒她，我们出去玩。"就是这么一瞬间，婚姻有了光亮。

人生哪有那么多赢家

每家都有一个熊孩子

生孩子与否,可能是最容易将40岁之后的女人分为两大类型的一道界限。40岁之后的女人,没有孩子的,如果有自己的事业和兴趣爱好,基本可以真真实实、表里如一地过得优雅;有了孩子的,尤其是有不止一个孩子的,经过不懈努力和各种平衡,只能勉强做到外表优雅,其实内心一地鸡毛。

我曾经有一篇"10万+"文章《中国当妈之奇葩现状》,里面写道:"哪怕寒窗十年苦读,哪怕曾经叱咤职场,如果在养娃这件事情上外援缺失,也只能回归家庭憋屈成绝望主妇。"现在两个娃都开始念书了,我发现事情非但没有好转,而且往更加水深火热的方向发展了。对于给每个家庭分配熊孩子这件事情上,上帝是绝对公平的。我发现周围的两娃家庭,如果有一个省心的"别人家的孩子",必然有另外一个来让你感叹"养娃是一场修行"。

说句扎心的话,大部分的美好亲子时光都在朋友圈。在朋友圈晒一张娃在学校拿着奖状的照片,引来无数点赞。只有陪读妈妈懂得,背后有多少母女/母子感情濒临破裂的时刻。气急时分,甚至会口不择言地说:"你怎么一点不像我,充话费送的吗?"熊孩子非常淡定地回答:"我当小天使在天上排队,你在地上排队,正好轮到你,我也没得挑啊!"让人哭笑不得! 这么强大的逻辑,这么奇特的思维,看来是亲生的。好吧,每一个陪读的妈妈和被陪读的孩子都是折翼的天使。各种苦口婆心、各种威逼利诱、各种撕心裂肺,不见得能够换来一张不吐血的成绩单。毫不夸张地说,熊孩子的学习成绩,决定了一个中年妇女大部分时间的喜怒哀乐。

自序：40岁女人的一地鸡毛

某一次出差途中，跟一个即将要当爸爸的同事讨论"如何看待孩子学习"这件事。准爸爸抱着天真美好的想法："我就是要让TA自由快乐地成长，不要给TA任何学习的压力，我绝对不让TA去上任何补课班。"这番理论当场被当妈的女同事们驳斥得体无完肤。固执的准爸爸抱着坚定的信念，要让他的孩子自由成长。大家只能祝福这位准爸爸能够一直这么"佛系"下去。是啊，谁不曾年轻，谁不曾佛系，谁不曾想过愿"这一生不羁放纵爱自由"，只是现实如此"残酷"。

周末我陪了熊孩子一个下午，他的作文只挤出五十多个字，还有一半是错别字，这让老母亲怎么能云淡风轻？平时工作累成狗爬回家，再继续加班陪读，耐心讲解半天，熊孩子说搞懂了，再次确认"真的搞懂了吗"，熊孩子无比自信地点头。订正完毕，作业本拿来一看，沉默半晌，我终于开始咆哮："搞懂了？！你怎么把对的全部擦掉！错的全部留着啊！"这时候，不要告诉我要佛系！佛系是什么！不骂娃已经是自我修养的最高境界了！

岁月静好和一地鸡毛之间，只差一个或者几个熊孩子。此题无解，唯有继续修行。

每一个职场妈妈都在找平衡

关于工作和生活如何平衡，其实已经讨论了无数遍。奇怪的是，不管在中国还是国外，讨论工作和生活平衡问题的永远是女性，或者说是职场妈妈。其实，职场妈妈也早已经明白，工作和生活永远无法真正的平衡，只有选择性平衡。在某一个时刻，要不牺牲生活，要不牺牲工作。既然如此，那么就接受现实的不完美。但是必须时刻记得的是,一次只能牺牲一端。工作的时候就是工作,要全神贯注、保持效率,任由学校老师、家长加上课外兴趣班的若干讨论群里面上百条信息刷屏。因为我知道一看就不可收,焦虑之情会排山倒海般涌来。可是现在我身在公司又无能为力,所以必须用定力来让自己充耳不闻。学校真的有什么紧急事情的话,老师自然会打电话过来。回到家陪读、陪玩时候,就认认真真的,不要Multi-tasking(多线程)地回邮件回信息,如果真的有急事,老板同样也会打电话过来。工作和生活都不易,假如混淆在一起,只会更加鸡飞狗跳、心力交瘁。

女儿在四年级的时候曾经写过一篇作文《今天我来当家长》,里面写"我要是家长,我会只上半天班,下午去接我的孩子回来,听听他/她说学校里面的事情,今天学到了什么又不明白什么,看到他/她展现的笑容,看到他/她激动的小表情"。读到这篇文章的时候,我在出差的途中哭得稀里哗啦的。哭完之后,补妆,下飞机,继续工作。睁着一双红了的眼睛,告诉同事,这不过是昨天熬的夜。有多少职场妈妈可以只上半天班呢?不加班已经不错了。这是所有职场妈妈无法解决的痛。再有,过年的时候,儿子问我:"妈妈什么时候才可以不老是出差。"外婆帮忙回答:"妈妈出差是为了赚钱给你们交学费!"儿子天真地说:"妈妈以前工作不需要出差,也一样赚钱啊。"对此我无言以对。

职场妈妈真的不需要再给自己加上一个Guilty Bag(罪恶感包袱)。正视自己,首先是一个独立的人,其次才是妻子和母亲。做一份工作,一部分是为了家庭,更多的是为了体现自我价值。我问孩子,你为什么要上学?孩子回答,因为上学是每一个孩子要做的事情。我又问,那么上学开心吗?孩子回答说,有时候开心,有时候不开心。学校有好朋友,还可以学到有趣的东西,这时候很开心;考试考得不好,老师批评的时候,就会不开心。我告诉孩子们,其实,妈妈上班也是一样,有时候开心,有时候不开心,但是上班是妈妈必须要做也喜欢做的事情。

在有选择的情况下,选择职场,不是为了任何人,更不是为了孩子,不要把自己的 Guilty Bag 让孩子来背。

最后,留点空间给自己……

最后一段留给自己。做自己,给朋友、爱好和梦想留一点时间和空间。让 40 岁之后的女人在一地鸡毛的生活中还能保持鲜活有趣的灵魂。

小时候,我总是很奇怪,为什么母亲似乎没有什么朋友,从不出门跟同学聚会。后来等自己到了母亲的年龄,发现在工作、家庭和孩子之外,女人留给自己的时间很少很少,朋友聚会变成了一种奢侈。说好一起去京都的闺蜜游好几年未能成行,只是因为孩子们的各种兴趣班、夏令营、钢琴、跆拳道考级,让时间永远对不上。不能说放下就放下,所以不能说走就走。40 岁之后的女人,除了同事之外,似乎所有的朋友都存在于微信群和朋友圈里面。美颜相机在磨皮去皱纹的同时,也粉饰了实际一地鸡毛的生活。

偶尔还是要狠下心来,"抛夫弃子"式地不顾一切,去赴一场闺蜜们的聚会。我感谢自己有一群"作天作地"的女性朋友。我们每一次聚会都要"做作"地定一个 Dress Code(着装规定),什么"红与黑""蓝与白"都不算出奇制胜,有一次定了一个"女性与自然"的主题,所有人的衣服上必须带着动物或者花卉的图案。这样的聚会,可以给自己一个理由,化一个许久不化的精致妆容;给自己一个激励,一直保持美好身材;给自己一个空间,感受内心还住着一个温婉的女子,而不仅是一个女战士或者一个老母亲。

还有……最后留给自己的,是对于文字的爱好。文字与我,如同今生永恒的恋人,再琐碎再疲倦再劳心,也不舍得放弃。有时候,我正文思踊跃、下笔如有神,一只"小动物"挪到面前:"妈妈,妈妈,这道题目不会做。"于是,叹息着,也心甘情愿起身,去解释小明和小红几分钟之后相遇的问题。等到再回来,已经夜深人静,写了一半的文字仍然静静躺在电脑里面,光标闪亮在一段文字中间,如同恋人的眼眸闪烁着殷切的邀约。困,但又不舍。因着对于文字的执着热爱,我有了一个完全属于自己的时空,或许在深夜,或许在凌晨,那是在琐碎之中的一股时间的清流,我在其间执笔微笑,以少年的纯真,撑杆摇橹而去……

目 录

所谓赢家,都曾经是一路打怪升级的职场菜鸟

留学美国,从不轻易认输开始 / 3
初入职场,谁都是找不到北的菜鸟 / 13
投行工作,原来就是干房产中介的活儿 / 22
跨国公司,是职场也是江湖 / 29
互联网民企的生存指南 / 38
互联网的你,今天落地了吗? / 47
互联网怎么联:关于"团建"这件小事 / 56
互联网是张什么网:活下来的都是赢家 / 63
创业,中年职场危机的解药? / 72
中年职场危机,当失业真的到来 / 82

妈妈,哪是什么赢家,根本是全年无休的"全家"

物种起源:发光的种子 / 93
在中国当妈之奇葩现状 / 98
二宝妈的自我修养 / 106
三条家规 / 114
当虎妈遇上狼外婆 / 123

幼升小,妈妈的一道坎 / 131
做一个认怂但不焦虑的妈 / 140
牵着"蜗牛"去旅行 / 157
带上爸妈去旅行 / 163
再懂事的你也只是一个孩子 / 170
爸爸给 5 岁儿子的第一封信:关于坚韧 / 177
爸爸给 12 岁女儿的一封手写信:关于取舍 / 183

朋友圈的花好月圆,生活中的柴米油盐

让爱情在婚姻里翩翩起舞 / 191
回收个前任男友做老公 / 195
嫁给零售业男人 / 200
两个人,一生的旅行 / 205
那些被坦然忘记的纪念日 / 211
防婚姻出轨指南 / 217

做自己,因为别人都有人做了

职场女性的第 25 个小时 / 227
说说我为什么坚决不开微信公众号 / 235
聊一个严肃话题,关于女权 / 243
地地道道的上海小囡 / 250
射手座女子林艾伦 / 256
魔都拼车记 / 262

后记:人生,哪有什么赢家 / 268

所谓赢家,都曾经是一路打怪升级的职场菜鸟从美国商学院毕业之后,我先是在四大会计师事务所工作,然后转战华尔街,供职于大而不倒的投资银行。美国金融危机时,华尔街风雨飘摇。在大厦将倾之前,我幸运地被公司派驻北京。两年之后,再次回到纽约。2008年之后的纽约,如同大病未愈的人,被金融监管的绷带层层裹绑着,步履蹒跚。

某一天下午,我站在办公室窗前看楼下忙得不亦乐乎的"占领华尔街"的抗议人群,看着他们把抗议的纸条,叠成纸飞机,用力向楼上扔过来。纸飞机爬升了一会,没有飞到该去的楼层,又随风慢慢悠悠地落在地面。就那一刻,我萌生了去意,终于决定海归。

在职场打拼多年之后,终于我的名片上面有了一个带"总"字的头衔。只是我终究对别人恭恭敬敬地称呼"×总"很不适应。不过,后来银行业内流行"××老师"的叫法,我倒觉得还亲切自然一些。

由于身上带着"华尔街""金融""海归""职场成功女性""互联网金融"等一系列的热点标签,常常会有人请我去做各种职场培训或者分享。我不喜欢培训,更喜欢分享。其实,除非是家里有矿、上头有人的"×二代",所谓的职场赢家,哪一个不是从职场菜鸟一路升级打怪而来的。在最沮丧、最郁闷之处,凭借着一口真气,以忿克刚,厚颜无敌。

留学美国,从不轻易认输开始

今年夏天,好友的女儿去美国念大学了。他们夫妻两人一起护送女儿到美国某个只有50万人口的南方小镇,陪女儿办理入学手续,开银行账户。好友在微信朋友圈里实况转播:学校的景色,学生宿舍和食堂,如何在美国开银行账户,如何陪女儿去超市购买生活必备品,等等。

想起好友女儿到美国的那一天,与我十八年前到达美国是同一天。彼时只有我一个人,和两只大箱子。初到美国,我在时差混乱中用磕磕绊绊的英文办理入学手续、开银行账户。学校的学生宿舍太贵,我先联系老生暂住了几天,然后内心揣着即将要露宿街头的惶恐四处找房子。初到美国,没有车,父母怕我一时半会儿没法去超市买东西,当我打开行李箱看到箱子角落居然有妈妈悄悄塞的几大包卫生巾,眼泪立刻就下来了。

好友女儿出发前,两家人聚在一起给女孩子饯行。好友说,让诺澄阿姨给你介绍介绍独自出国留学的经验吧。我非常认真地说,我也不知道阿姨当年的经验是否还有借鉴意义。其实,我真的很羡慕现在的孩子。

人生哪有那么多赢家

我申请留学是上个世纪的事情。那时候 GMAT① 还是笔试的,申请材料都是厚厚一叠装进一个大信封寄出去,每个学校的申请费于当时的我来说都是一笔巨款。那时候互联网还是新鲜事物,上网是一条电话线加一个"猫",在夜深人静时发出单调的"滋滋"声。信息闭塞,没有什么咨询公司或者留学顾问,一切都是闭门造车,用中国式的英文、中国式的思维,憋出几大篇 MBA② 的申请文章。白天上班,晚上准备申请资料,经常是凌晨两三点睡觉,回想起来,我都不知道自己是如何熬过那段辛苦又寂寞的日子。20 世纪 90 年代末,上海的人均月收入是一千多。即使我拿着四千多的"高薪",好几万美金的学费对于普通家庭来说还是一个沉重的负担。更何况,当年美金对人民币的汇率官价是 1∶8.3,黑市是 1∶12。没有申请上奖学金就去留学是不可想象的事情,我择校的其中一个标准就是,是否对国际学生提供奖学金。现在看到同事和朋友的孩子们,只要考得上好学校,学费从来不是问题,真是无比感慨。递交申请之后,就是等待学校的信件,等它跨过太平洋慢慢悠悠地漂过来,每天都是度日如年。如果收到薄薄一个信封,基本就是没戏了,是他们礼貌又抱歉地通知你:"你很优秀,可是有比你更合适的人选。"如果收到厚厚的一个信封,里面就是录取通知和入学需要填写的资料。就在这样 Hard(困难)模式的留学申请过程中,我磕磕绊绊地开启了留学生涯。那一年,我 26 岁,第一次出国,身边带着工作四年的全部积蓄 7 000 美金,一个

---

① GMAT:Graduate Management Admission Test,美国商业学院管理研究生入学考试。
② MBA:Master of Business Administration,工商管理硕士。

人,两个大箱子装下所有的行李,转机到东京再到芝加哥,一路颠簸到学校。父母在浦东机场送行时哭红了眼。他们从来没有想过要送我去学校,因为美国签证难,而更难的是无法承担的一家三口的国际机票。

留学,工作,混在美国十多年。那些年,那些事,那些人,如果真的总结一下经验给年轻孩子们,可能只是简单的一句:**所谓赢家,不过是不轻易认输而已。**

第一关:达到目标的唯一途径,认真学习、尽快融入

初到美国,学习是辛苦的。MBA本身就是高强度的专业,当时我们学校,一般研究生一学年要修24个学分,MBA则要修30个学分。再加上当年中国学生的英文都是哑巴英文,读写尚可,听说基本不行,一开始上课我只能听懂30%,余下全部靠回家啃书本。美国的书奇贵,一本就100多美金,但是没办法,我咬着牙,哪怕顿顿白菜饺子也要买书,否则真没法念了。美国的教育方式和中国的差别甚大,第一个月基本都是在摸索教授到底要我做什么。记得有一次,股票估值课的教授要求我们根据某3支股票过去十年的表现,分析它们将来的走势和潜在的关联度。我在计算机房不眠不休整整36个小时,寻找历史数据花了很多时间,我用数据分析软件把3支股票的十年数据导入分析,绘制曲线,做过去十年的数据报告又花了很长时间,到后来实在太困了,将来走势的分析部分只能草草而过。等我拿到一个难看的成绩之后才发现,原来所有历史数据以及历史数据的基础分析部分,老师早就放在学校网站他自己的主页上面,作业的关键是在分析现有数据的基础上

预测将来的走势。可是,我真的没有听到老师有说过这个信息,估计是说了,我也没听懂。而且我也不知道老师会把作业挂到网上。我念书的时候,老师都是把作业要求写在黑板上的。当我去和老师解释英文不是我母语,我可能没有听清楚要求,是否能够网开一面的时候,那位睿智的老先生说了一句让我醍醐灌顶的话。他问我:"最后的 MBA 证书上会注明你是国际学生,英文不是母语吗?"我摇头。他接着说:"那么你要用本国学生的标准来对待自己。我不会因你的英文不是母语而差别对待,最终你拿到的是和别人一样的毕业文凭。"

的确,每个人的起点可能不同,如果要与领先者达到同一个目标线,就可能要走更长的路,付出更多的努力。在美国,我有很多劣势——语言和文化的隔阂,社会资源的匮乏,金钱的短缺……唯一有的优势就是比美国学生更加坚忍和努力。美国学生上课听听就可以懂的案例,我回去多看几遍也可以懂。美国学生在酒吧聊天式的小组讨论完了就回去睡觉,而我回家继续研究小组讨论的内容。熬过魔鬼般的第一个学期,我在学业上基本游刃有余了。当我最终以 3.92 的 GPA[①] 毕业时,无数的深夜苦读都变得轻飘飘了,耳边回响的就是那些深夜一直听的某首歌里的某句歌词:"月梦寂沈沈,银霜茫茫/玉魂飘散落;几多凄凉/独步漫长宵,风过花零/遥望月空鸣,你在何方。"以至于十多年后,我偶然听到那句歌词,瞬间回到在美国大农村拼命三郎一样学习的夜晚。

---

① GPA:Grade Point Average,即平均学分绩点。是以学分与绩点作为衡量学生学习的量与质的计算单位。美国学校通用 GPA 来衡量学生的成绩,作为毕业和获得学位的标准。

第二关：找工作没有捷径，只有精益求精，不断练习

学业上的坚忍还只是自我修炼，很多中国学生秉着"吃得苦中苦，方为人上人"的传统理念还是可以坚持下来。等到 MBA 第二学年，开始找工作时，那感觉绝对是打小怪兽游戏：好不容易打通游戏的第一关，结果第二关来了，画面更加复杂，怪兽品种更多。初来美国，毫无人脉的留学生，找工作没有捷径，只有精益求精，不断练习。

这一条漫长的征程从折腾自己的简历开始。我毕业的那年是中国大学生不包分配的第一年。所以，以前中国的大学是没有 Career Office（职业辅导办公室）的，因为不需要。更不要说职业规划了，毕业那年都没有人告诉我简历该怎么写，于是我整出了一本图文并茂的"自传"，现在回想起来我都觉得羞愧无比。感谢美国的商学院从我们 MBA 入学第一天开始，就教我们该如何修改简历。简历最好在一页之内，除非你有十年以上工作经历。简历上不需要放年龄、性别、户口所在地、婚姻状况甚至是身高体重，因为这是个人隐私。在后来的工作中，我收到很多这种开始一大段是这些个人信息的简历，让我有种在婚介所工作的错觉。还有，除非你是应届毕业生，一般应该先从工作经验入手，把教育背景放到后面。因为英雄不问出处，公司注重的是你有什么相关工作经验，而非你是哪个学校毕业的，工作年限越长毕业学校越不重要。曾经看到过一些有十年以上工作经验的应聘者的简历，教育背景追溯到中学，还特地写出曾经担任班长或者高考是全市第二名之类的信息，真是让人啼笑皆非。要注意把最重要、最出彩的信息放在

一张简历的 1/3 处,我们称之为"黄金 1/3"。因为一个需要阅读大量简历的招聘者,不会在一张简历上花超过 50 秒的时间,一般看完前 1/3,再看看工作经验的大标题,就知道这个人是否符合要求。所以我们会在简历的开头加上"个人简介"来突出最想让招聘者看到的部分,能以最高辨识度区分你和其他候选人。虽然招聘者只在简历上花 50 秒,但是写简历的人却可能在简历上花 500 个小时以上,一遍一遍地打磨,直到完美无缺,而这种完美无缺永远是暂时的。修改过简历的人可以明白我所说的看似是悖论的话。商学院还有一种更虐的修改简历的方法,就是根据每个职位的要求,个性化制作自己的简历。商学院 MBA 毕业,是很多学生可以进行职业转型的契机。以往的工作经验重要,但未必完全相关。每一个人做的工作都是多层次的,和剥洋葱一样,总可以找到一些和你即将应聘的职位相关的经历。于是,可以根据应聘职位的要求,对相关的经历进行着重描写,所谓 Highlight the relevance。

　　当时作为一个留学生,一份漂亮的简历是我唯一的通行证。只记得当时我一遍又一遍地修改简历,改到自己想吐。然后厚着脸皮央求美国同学帮我再看看,还好美国同学大都热心,给我提了不少建议,让我慢慢能够从中式英文的思维定式中摆脱出来。

　　准备好一份漂亮的简历,只是踏上在美国寻找工作的征途前的准备而已。接下来的道路漫长、寂寞而艰辛。我问自己,一个美国公司为什么要大费周章地雇佣一个外国学生,为他/她申请工作签证,今后为他/她办理绿卡,无非是他/她比本国学生更加优秀更加勤奋且更加便宜。是的,很残忍,但的确如此。所以在找工作这条道路上,我们也要比本国学生更加坚忍。校园招聘是最容易的方法。但是我毕业的 2002 年,正是美国科技泡沫的那年,高科技网络公司如 Cisco 等大幅度裁员。2001 年夏天,我在 Cisco 的新泽西分公司实习,整个夏天,办公室里的员工一天比一天少。昨天还一起吃饭的同事,今天就可能捧着纸盒子离开公司。科技泡沫对 MBA 毕业生寻找工作的冲击,绝对不比 2008 年金融危机来得轻,因为校园招聘大大减少,有些公司即使来了,也不过是为了市场推广而非真的有招聘计划。

美国是一个文化多元的社会,容纳各种族裔和肤色。美国公司也是极为包容的,Diversity and Inclusion(多元和包容)不是一个公司文化的可选项,而是必选项。譬如公司男女比例,少数族裔的比例,同性恋的比例,都会是考核的硬指标。这些政策的初衷是为了平等、尊重和自由,虽然有时候难免也会有副作用。曾经有一个腿有残疾的华裔女孩不无嘲讽地对我说:"知道我为什么找工作反而没那么难吗?因为我是 Trip Winner(三项赢家):Female(女性),Minority(少数族裔)and Handicap(残疾)。招了我一个,公司可以在三项指标上打勾。"于是,针对 MBA 少数族裔毕业生的各种招聘会应运而生,譬如 Black MBA(黑人 MBA),Hispanic MBA(拉丁族裔 MBA),Asia American MBA(亚裔 MBA)等。这些招聘会也成了外国学生找工作的最好去处。去招聘会找工作,如同大海捞针。大部分去的公司仅仅是为了参与一下,但是即使是大海捞针,也并不等于全无机会,就看你有多认真多勤奋。每一个招聘会都会有一个专门的网站,上面会列出参加的公司和一些职位。我会在去招聘会之前做足功课,只对适合的职位进行申请。对一些特别感兴趣的职位,我还会定制简历和自我介绍信。当年的网上申请,是没有批量申请这个功能的,所有都是通过发送邮件。还记得,那段时间我白天上课,晚上做功课和申请,能够克扣的只有睡眠。不眠不休地发了无数封邮件,最后在去招聘会之前已经有了几个面试机会,还算有一点欣慰。当然也收到很多拒绝信,我还要忍着内心滴血的心情,回封热情洋溢的感谢信,这总比那些杳无音讯的投递好一些吧。那时去招聘会,为了省钱,买最便宜的机票,基本是半夜三更到目的地,我和其他三个来自亚非拉的女生住一个房间,种种辛苦却好笑的经历,也是可贵的人生经历。在招聘会的两天,绝对是对体力的考验。穿着西装套裙,蹬着高跟鞋,一个个的招聘展台走过去,重复同样的开场白。到后来脑子都转不动了,却也能顺溜地把开场白无懈可击地说出来,可见这些话已经深入血液。后来,我在招聘会上找到了一个管理实习生的工作机会。这充分验证了"功夫不负有心人"这句被人嚼烂了却很真谛的话。2002 年,我 MBA 毕业,班级里面大概只有 10% 的学生拿到工作机会,其中的留学生就更少了。手里握着两份工作聘书的我,算是班级里面一朵小小的奇葩。一名印度学生问我是如何成为"大赢家"的,我想,就是不愿意轻易认输而已。如同那些日子我脑海里反复出现的《圣经·雅各书》里的一句话:"因为知道你们的信心经过试验,就生忍耐。但忍耐也当成功,使你们成全完备,毫无缺欠。"

最后一点:所谓的人生赢家,不过是不轻易认输而已

很久以后,我读到一篇文章《我花了十八年时间才能和你坐在一起喝咖啡》,里面写道:"我的白领朋友们,一些在你看来唾手可得的东西,我付出了巨大的努力。从我出生的一刻起,我的身份就与你有了天壤之别,因为我只能报农村户口,而你是城市户口。如果我长大以后一直保持农村户口,那么我就无法在城市中找到一份正式工作,无法享受养老保险、医疗保险。于是我要进城,要通过自己的奋斗获得你生下来就拥有的大城市户口。"其实,这些话放在当年的穷留学生或者第一代移民身上也是适用的。我认同作者说的"这个世界上公平是相对的,这并不可怕",但是我不认同作者文章中的怨气和指责。我以为,所有的过程,最后都会变成人生的财富。所谓的人生赢家,不过是不轻易认输而已。

(小时候写作文喜欢用"白驹过隙"来形容时间过得飞快,只有人到中年,才真正理解时光飞逝的含义。再次看这篇文章,距离我初到美国,居然已经整整二十年,刚刚踏上纽约州那一刻的感受我此刻依然清晰,闭上眼睛仿佛还可以感受到8月初五大湖地区已经微凉的天气。二十年前,中国留学生的标签还是"穷留学生",餐馆打工似乎是留学的一部分,打电话回国需要按分钟掐时间。那时也有很多关于留学生的经典作品,如於梨华的《又见棕榈,又见棕榈》,还有阎真的《白雪红尘》。现在说到中国留学生,第一印象似乎是富有,不再需要为生计奔忙,毕业后也不会想方设法留在美国工作。这是最坏的时代,但也是最好的时代。最坏的时代在于,对于一些中国留学生来说,很多东西来得太轻易。100万人民币买不到上海的一个亭子间,父母的无私提供,孩子的不知珍惜,让留学成为孩子的人生过程而非经历,更不用说感受当年留学生体会到的艰辛与困难。回国前,我去母校拜访当年的恩师。教授说

人生哪有那么多赢家

现在的中国留学生和你们当年真的不一样了。成绩、工作不是唯一的目标,他们最重要的是 Seize the moment and enjoy life,也即活在当下,享受生活。有些孩子为了继续在美国自由自在地生活,念了一个又一个莫名的专业,我非常心疼那些父母交的学费。但是,这又是最好的时代。因为,如今的中国留学生更加从容,更加自我。以前有一个约定俗成的观念,在美国的中国留学生,80%的男生是计算机专业,80%的女生是会计专业,即使入学的时候不是这个专业,也会在一个学期后转系。为什么呢?因为比较容易找工作。现在的中国留学生,少了生存的挣扎,多了对世界的探寻。我的一个银行家朋友的儿子在念法律。在我的观念里,他念的应该不是证券法就是专利法,为什么?自然是容易找一份律所的工作。但是那个孩子念的是"宪法",他的理想是为非洲小国建立法律体系。真好,中国留学生!从"我不轻易认输"到"我要改变世界",这二十年间的变化,说一句"伟光正"的话,真的要感谢祖国的经济腾飞。)

初入职场，谁都是找不到北的菜鸟

每一个在职场看起来很厉害的"大拿"，在初入职场的那几年，都曾经是找不到北的菜鸟。回顾我的职业生涯，也是从一开始的莫名其妙，到慢慢清楚自己想要什么，再到学会选择，也有能力选择。

第一份工作：在银行柜台微笑着数钱

因着对国际金融简单粗暴的理解，我大学毕业之后去了四大国有银行中的一家工作。那是20世纪90年代末。大学生轮岗第一站是人民广场地下广场的储蓄柜台，每天的工作是数钱和微笑。当时讲究的是站式微笑服务，就是客户来了，你要起立微笑欢迎，接过对方的存折或者现金，然后再坐下。周末人多的时候，基本是5分钟起立坐下一次。不过那时候，人是淳朴的，商场是安全的，我每天下午4点拿着一个黑塑料袋，里面装着几十万现金，大摇大摆地穿过商场去ATM机逐个加钱，回头想想，自己没有被抢劫真是一个奇迹。

在商场里面的储蓄柜台，大部分客户是小商户和隔壁菜场的

人生哪有那么多赢家

大叔大妈。我最头痛的客户就是隔壁菜场卖鱼的老王,他所有的零钱都有各种鱼类尸体的味道,以至于我有一段时间都不想吃鱼,那股鱼腥味让我直到去了美利坚还"魂牵梦萦"。其次让我头痛的,就是商场里面看管体重机的大妈了,每天下午6点,当我饿得开始出现轻微幻觉的时候,她就拿着一塑料袋子的硬币来存钱。硬币上面的金属味道,还有黏黏的不明物体,让我深深怀疑自己的职业选择。多年之后,我去了互联网金融领域,为打造无现金社会而努力,我想我最初的动力就来自当年储蓄柜台数钱的梦魇。在储蓄柜台工作,系统是黑白的,也不需要英文,财经知识是多余的。隔三差五还有热心的商场阿姨介绍人品不错的保安小哥给我认识。直到三个月后的某一天下午,毫无征兆的,行里领导莅临储蓄柜台,对着我手指一勾——就是"鱼缸里面那条鱼捞出来称一下"的那种手指一勾,我就放下数了一半的钱,被运钞车拉回了分行。后来才知道,由于我品端貌正、学业优秀又在轮岗过程中表现出"吃苦耐劳"[①]的品质,我顺利晋升了。虽然在很多人看来,这是一个极好的转机,我却开始思考自己未来的职业发展方向。坦白讲,多年前的国有银行并不怎么考虑年轻人的职业发展道路。大学毕业生在经过一个月入职培训之后,每个人拿到一个信封,打开才知道你被分到哪个支行。没有人和你谈职业规划,甚至没有人告诉你明天可能会有的岗位变化。你不过就是名册上的一个名字而已。就在坐上运钞车的那一刻,我就默默决定,不再让任何人主宰

---

① 所谓"吃苦耐劳",都是老员工在"磨练"新人,让我每个周末早上9点上班到晚上9点,我敢怒不敢言而已。

我的职业生涯。

那年,我申请美国商学院成功,决定出国。当我毅然辞职的时候,领导们痛心疾首,觉得我是一个年轻有为的姑娘,怎么能够这么辜负领导的培养。我还是挥一挥衣袖,不带走一片云彩地走了。很多年之后回国,当年的小伙伴们都是行长了,进出有司机了。他们问我是否后悔当初的选择,或者是否愿意再回到体制内。我摇头,每个人都有自己的职业选择,无论他们的工作看起来如何繁花似锦,我只愿意选择能让我的灵魂自由的工作。

第二份工作:四处漂泊的审计师

在美国念完商学院后,我进了四大会计师事务所。因着工作的关系,我走遍了美国的犄角旮旯,经历了各种奇葩事件。譬如一次我去内华达州 Carson City① 的某一个农场做审计。那个美国西部城市,如果不是曾在成龙拍的《上海正午 2:上海骑士》中出现过,我想大部分人都没有听说过。那年的新年之夜,我就在 Carson City 的那个农场盘点农用机械设备。那天下午,我正在整理工作底稿,突然耳边一阵湿热,原来一匹野马从开着的窗口探进头来看我。农场里的人都回去过新年了,整个农场静悄悄的,只剩下一人一马,相视而笑。还有一次,我去新泽西的某家医院做审计,客户估计极其讨厌我们,把我们安排到一个废弃储藏室里面,我一个人加班到深夜,突然闻到一股血腥味道,似乎还听到走廊上

---

① Carson City:卡森城。位于美国中西部,内华达州的首府,地广人稀,市西有内华达山脉滑雪场和风景美丽的塔霍湖游览地。

有脚步声,真是够惊悚的。当时我已经累到只有一个想法,谁敢进来我就用极厚极重的文件夹砸死你,哪怕你是个吸血鬼,我也砸得你头破血流。还有一次,我被借调到纽约教育局,协助当时还是市长的朱利安尼审查特殊教育经费贪污一案,我们按照纽约公立学校的编号随机抽号去学校审计。我抽到的学校在 Bronx(布朗克斯),地铁 6 号线坐到头,那是在纽约那么多年我都没有去过的角落。我一看快迟到了,就抄近路从高楼之间穿行到学校。当我告诉老师我走的是哪一条路时,老师居然说,你真是太幸运了。因为周围那几栋楼里面都是大毒枭,前几日就在我走过的路上发生过枪击。我一个亚裔女性,西装套裙手提电脑,实在是太显眼了。我再次有一种行走在美剧中的感觉。那家公立学校的厕所是上锁的,要问老师拿钥匙才能去,因为怕学生在里面做一些不好的事情,譬如吸毒。学校里面某个五年级学生看上去像我叔叔,因为留级太多次。还有下午 3 点钟要记得离开,因为"你不知道黄昏后会发生什么事情"。想想那个学校的老师,真是拿生命在教学啊。这种奇闻轶事不胜枚举。审计是一个辛苦却又体验丰富的职业。每天只睡 6 个小时是家常便饭,睡在酒店的床上比睡在自家床上多,见空姐的时间比见邻居多。那几年里我的航空里程数和酒店积分都轻轻松松上百万。业内有个不成文的规定,说离开四大事务所之后,工资可以翻倍,那绝对是加速折旧的结果。

  加入四大会计师事务所的时候,我没有想过有一天会离开。本来以为,我会在四大会计师事务所工作到成为合伙人。只是真实的职场轨迹往往会偏离原先设定的规划,这就是现实的残忍,大部分年轻人的职场发展未必可以沿着自己想要的路线。离开一家公司，或许是想离开一个不适合的岗位，或许是想离开一个不合拍的老板，或许只是想换一个地方再成长而已。

第三份工作：大而不倒的投资银行

离开四大会计师事务所的时候，投资银行的危机虽已露端倪，却还不为人所察觉，大家都还是生活在脆弱的繁荣盛世之中。我经过几轮面试拿到了四个银行的工作机会，其中包括雷曼兄弟，而我最终幸运地选择了在金融危机中屹立不倒的那家。曾经有学弟学妹问我，怎么会眼光那么犀利，怎么会有先见之明，选择去了金融危机的最后大赢家。其实，只不过是这家银行给出的条件最好而已。职场最初，真的没有想那么多。

接下去就是 2008 年开始的金融危机，哀鸿遍野，周围很多朋友突然间没有了工作，有"身份"的还好，没有绿卡的只能离开美国。每次看那部电影《大而不倒》，我都感触很深。因为我曾实实在在地经历过这一场灾难。还记得，Bear Stern[①] 被 JPMorgan Chase[②] 用 2 块美金一股收购的时候，Bear Stern 的员工在大楼的玻璃上贴了两张一元的美金用以自嘲。而 JPMorgan Chase 的员工则摆放了一堆穿着 JPMorgan Chase 衣服的小熊，其含义是 JPMorgan Chase Bear（摩根大通追逐贝尔斯登）。那是一场没有硝烟的战争。自从 2008 年之后，华尔街上其实已经没有投资银

[①] Bear Stern：贝尔斯登公司，曾经的美国第五大投资银行，因在投资美国次级房贷中失手，在 2008 年金融危机中，被摩根大通银行收购。

[②] JPMorgan Chase：摩根大通银行。摩根大通是全球盈利最佳的银行之一，业务遍及 60 多个国家，包括投资银行、金融交易处理、投资管理、商业金融服务、个人银行业务等。在 2008 年美国金融危机中唯一大而不倒的银行。

行,几大银行都搬到了纽约中城的 Park Avenue①。后来看到"占领华尔街"的那些人还在华尔街扎营抗议投资银行,真是蛮可笑的,连敌营在哪里都没有搞清楚呢,瞎占领个啥啊,难怪最后变成了一场嬉皮青年的荒唐大派对,没任何实质性建树。而我在2008年金融危机席卷美国之前的几个月,就果断做出决定,回国发展,逃离了一场华尔街灾难。是运气,还是眼光,回想起来,我并不清楚……

很认真地说,其实大部分年轻人没有那么多所谓的职业规划,一来,因为大部分的菜鸟是"被选择"而不是"去选择",所以也没有办法规划。二来,年轻的时候对未来感到迷惘是极其正常的,并不是所有的人在开始工作的那一刻就清晰地知道自己想要什么。只有一些凤毛麟角的年轻人,才非常清楚将来十年要走的路。最终优秀者和平庸者的分界线就在于两点。

其一,坚持做好眼前的事情,并且多做一步。

不管多么光鲜的工作,职场新人负责的那部分工作基本都混合着枯燥、乏味和辛苦。譬如我的第一份工作,那时大学刚毕业的我天天站在银行柜台里微笑着数硬币,也要反复练习保证一遍全对。又如第二份工作,在会计师事务所的第一年,必须从财务报表上最简单的"现金"账户开始审计。简单来说,审计"现金"账户就是把客户自己财务系统里的现金和银行账单上的现金对平。大客户往往有很多银行账户,年底会计师事务所发出去的银行账户确

---

① Park Avenue:公园大道。公园大道是美国纽约市曼哈顿区一条宽阔的南北向大道,旁边高楼林立,都是投资银行在美国的总部,有世上最昂贵的房地产。

认函经常收不回来。做审计师的第一年就是不厌其烦地打电话给银行催收确认函,其实说白了和催债差别不大。在会计师事务所第一年也是我到美国的第三年,英文听力和口语都还是地道的Chinglish(中式英文),最怕的就是打电话催确认函。但是,工作不是因为怕,就可以不做的。于是我每天回家把打电话遇到的各种语境都写了下来,一字一句地反复背诵。我的第三份工作是到投资银行做审计,最痛苦的莫过于写英文审计报告。当年我的主管对审计报告的严苛程度超乎想象,从数字核实到用词精准到排版格式,一篇审计报告在最后定稿之前,改上个十几遍是家常便饭。傲慢的主管还会把他不满意的审计报告扔到你面前,面无表情的说一句"Again(再改)",最多的一次我修改了26遍。独自坐在午夜的中央火车站等末班车回去时,也曾经委屈地哭出来,但是哭完之后,继续捧着电脑在晃动的火车上改报告。就这样,坚持着一步一个脚印,把工作中的每一件事情做好,不管是有趣还是枯燥。

未来的职场优秀者和平庸者的最大区别就在于是否养成敬业的职场习惯,对于枯燥、乏味、不起眼的小事,是否能够一如既往地完成,甚至多做一步,哪怕在没有人看到的时候。我曾经工作过的外资银行,有一个前台小姑娘。当时银行前台都是外包,不算银行的正式编制,因此前台想转岗到银行其他部门是不太容易的事情。那个小姑娘除了前台接待之外,还帮几个部门主管做费用报销。我刚回国那会儿不知道国内报销是要开那种正式的发票,所以第一次拿了一叠小票交给她。没多久,前台小姑娘跑来告诉我,报销已经帮我提交了,然后提醒我下一次记得要开正式的发票。我问,这一次的那些小票怎么办?她告诉我已经根据小票的地址重新去店里开了正式发票,一些在外地的商家她也打过电话,请求对方帮忙把发票寄过来。我对她的"多做一步"留下了深刻印象。后来当其他外资行的朋友让我推荐一个靠谱的助理,我第一个想起了她。几年过去了,她从前台做到助理再到资金交易室的交易员,她能有这样华丽的职场转变,我一点不意外。

其二,低头赶路也要瞭望远方。

在黑夜中,偶尔会看不到远方的灯塔,能做的至少是坚持自己的航线。但是就像一个硬币有两面,特别有想法的职场新人容易好高骛远,而特别踏实的也容易只低头赶路而不想远方。职场新人还是要逐渐清楚自己想要什么、适合什么,及时修正自己的方向,并能在关键决策点做出正确的选择。同时,当明白当下所从事的工作不可能达到自己职业目标的时候,也要有从头再来的能力和勇气。

职场道路上,总有那么几次需要抉择的时刻,不同的选择会让将来的职业道路大相径庭,而智慧的选择总是偏爱有准备和有想法的人。从商学院毕业那年,美国网络科技泡沫(IT Bubble),很多公司大幅裁员。我所在的班级里面只有10%的学生拿到工作机会,而我在薪水相差将近一倍的两个工作之间,选择了薪资较低的会计师事务所。我当时的考虑,一是四大会计师事务所的工作性质能够让我在最短时间内看到最多的美国公司现状,融入美国社会;二是会计师事务所的层级设置和学校差不多,只要不出现重大失误,一年即可升一个级别,这对于文化和语言都有些障碍的外国留学生来说,可能是更好的选择,我可以相对专注于工作本身,而不用为了升职去分心经营办公室政治。会计师事务所一周60

个小时的工作,让我光速成长,职场道路越走越宽。如果当年选择了另外一份工作,恐怕我现在还会在美国中部的一个小镇继续过着波澜不兴的生活。三年前,我决定离开朝九晚五的外资银行,投身996的互联网金融行业,虽减薪一半,但是对自己将来职业方向的主动调整。

职场道路的规划对于大部分人来说都不易,甚至有时候付出未必能够收获结果。只是有些人能够坦然把所有的经历变成财富,而有些人过去的日子只是日历上划掉的数字。既要脚踏实地,也要仰望星空。**那些初入职场的懵懂,于我都是岁月的馈赠。**

(这篇文章写在2016年,转眼又是职场四年。说职场是一个江湖,一点都不过分。越是业务多元、职能健全、体系庞大的跨国公司,越是错综复杂。这种复杂来自事,也来自人。一切皆无可厚非,因为世界经济和人类社会本来就不是简单明确的。如果有人告诉我,我们的公司特别简单。那我只能说,要不你家公司还不够大,又或者你距离管理中心尚远,不需要面对理顺"生产关系"的命题。在这样的前提下,职场无赢家,只有优秀者和平庸者。优秀者,在于无人欣赏时依然坚持,在于万人瞩目时依然警醒,蛰伏或爆发,都不急不躁。一路走来,职场冷暖自知,唯求不忘初心。)

投行工作,原来就是干房产中介的活儿

在互联网崛起之前,战略咨询和投资银行曾经是商学院毕业生最为向往的两大职业,问其为何?冠冕一点的回答是:"具有挑战性,是聪明人的游戏。"朴实一点的说法是"一个高薪的、有光环的工作"。离开四大会计师事务所之后,我终于加入了在 League Table① 上占有一席之地的投行,渐渐才发现光鲜的投行工作,也有不为人知的一面,就好比烟花之下也有黑暗的地方。

投资银行家(Investment Banker)在世人的臆想中是一种高级而神秘的生物。这种生物绝大部分为雄性,他们身形高大,举止优雅,面容模糊;他们必定穿着手工三件套西装,袖口绣着名字的缩写,裤腿笔挺,皮鞋锃亮,总之精致到位,一丝不苟。自从美国电影《漂亮女人》热播之后,凡夫俗子们不约而同地给投资银行家配上了理查·基尔的脸。其实,投资银行到底是做什么的,若不是业内人士,未必能够说得那么精准。

在 20 世纪 90 年代初,国际金融一夜之间变成了热门专业。

---

① League Table 相当于全球顶尖投资银行的排行榜。

投行工作,原来就是干房产中介的活儿

金融就等于银行,国际金融就等于外国银行。至于银行是什么,就是金饭碗呗。当时的大众对于银行的认识就是如此"简单粗暴"。大学毕业时,我进了某国有四大银行,从储蓄柜台开始轮岗,每天在厚厚玻璃之后微笑和数钱。黄昏时分,夕阳照进柜台,隔壁菜场卖鱼的老王总按时来存一叠带着鱼腥味的人民币,我怎么都不能明白数钱、银行和国际金融之间的关联。那时候,我根本不知道银行还要细分成投资银行、商业银行和零售银行。还记得当年,中国建设银行莫名分出来一个中国建设投资银行。一个比绝大部分人早谙此道的小伙伴欢天喜地去了投资银行时,大家还莫名其妙,觉得这不是同一家银行吗,有什么好开心的?后来,我去美国念了商学院,在银行业内浸淫一段时间后才明白这之间的天壤之别。投资银行玩的是心跳,并购、上市、重组,Deal Table(交易表)上的数字如果散开来写到个位数,那些零数着数着就眼花了。零售银行拼的是体力和细心,每天晚上轧账,一分钱不平,急得满头大汗,恨不得掘地三尺刨出来,或者自掏腰包垫上那一分钱。如果银行是一座金字塔,零售银行是塔基,投资银行就是那个塔尖尖。在同一家银行里面,投资银行部分和零售银行部分之间也有一道看不见的鸿沟。当年JPMorgan(摩根公司,著名的投资银行)和Chase(大通银行,美国最大的零售银行之一)的并购案之所以著名,就是因为它被认为是高高在上的投资银行和脚踏实地的零售银行的完美结合。即使现在已成为一家公司,摩根大通(JPMorgan Chase)员工的电子邮件后缀,仍有些是JPMorgan.com,有些则是chase.com,似乎在有意无意提醒这之间仍然泾渭分明。

如果说2008年美国的金融风暴有什么正面作用,就是给大家

人生哪有那么多赢家

上了一堂金融普及课。连弄堂口的大妈都知道华尔街、杰米·戴蒙①和摩根了,只是她们分不清摩根大通和摩根斯坦利(Morgan Stanley),并且一直固执地认为它们是一家公司(也没错,至少它们曾经是一家)。还有各种关于华尔街或者投资银行的影视作品也纷纷涌入,刻意粉饰、夸大投资银行家这个职业的光环。如果说美国好莱坞的作品尚且还有些经得起推敲的细节,国内以投行为背景的某些职场爱情片,真让人为导演对这个职业的理解着急啊。譬如,某部片子里面的男主人公,商学院毕业两年之内升了Managing Director②,一出场秘书、司机加上一堆跟班,谈的都是几十亿美金的大并购,这绝对是误导年轻观众的罂粟啊。商学院毕业后,如果有幸成为佼佼者进入投行,两年之后不过堪堪是投行的Associate Level③。夜深人静的时候一定是忙得跟个狗一样,在为路演需要的Pitch Book(推销书)做最后的格式修改,而不是手边一支烟,想女主人公想得出神。另外,投行Associate级别的员工都坐在格子间,不会有看得见东方明珠或者维多利亚港的大办公室,更何况办公室是禁烟的。

在2008—2009年的财经新闻和投行背景电影的连番轰炸下,人们突然明白了,念国际金融是为了进投资银行,做投资银行家。为什么?多金、刺激、风光呗。很多年轻人,职业目标因此不接地气地清晰起来。曾经有朋友开玩笑,以后希望儿子做什么?做投资银行家啊。那么女儿呢?嫁给投资银行家啊。虽然是一句戏

---

① 杰米·戴蒙(Jamie Dimon):银行家,美国大通银行CEO。
② Managing Director:董事总经理,投资银行人员层级的最高级别。
③ Associate Level:投行职业层级的入门级别。

言,却也勾勒出浮生众态。

就如所有的事情都有两面一样,同样,看起来很美好光鲜的投行背后自然也有一把辛酸血泪。我几次和投行的小伙伴们喝酒聊天,扯着扯着就开始吐槽,本来说好的投行,怎么觉得干的就是房产中介的活儿。

衣冠楚楚是必修课

不管你银行账户的余额多少,都要衣冠楚楚。在美国,除了投资银行之外,最衣冠楚楚且有颇多俊男美女开着好车的行业,估计就是房产中介了。我以前在美国找的房产中介是一个华裔美女,妆容精致得体,开着大红色的悍马。问她有什么讲究吗?她操着带着南方口音的普通话回答:"你帮人买卖的不是房子,而是'家',那么最重要的就是给人信任感。如果一个中介邋邋遢遢,再开着一部叮当乱响的小破车,你怎么会放心把房子交给他买卖呢?"同样,投资银行帮人买卖的是公司,起码也要让客户看起来端正讲究吧。当然,中国的房产中介比美国同行明显要简朴得多,出入一般都是助动车代步,黑西装、白衬衫加上一条极窄的黑色领带似乎是房产中介的标准装备。以至于小区保安看到穿成这样的,就不客气地拦下来盘问:"去几号楼啊,几零几,和房东打过招呼伐?"我们暂且可以将此理解为新生事物发展的初级阶段。

都是资本市场的操盘手

投资银行家和房产中介一样,都是根据客户的喜好、要求去市场上寻找买家或卖家。我曾经看过一个并购案客户的提议,希望在一年之内寻求有意向的被并购方。如果企业 A 愿意被收购,佣金 10%。如果 A 不肯,退而求其次,企业 B 愿意,佣金 8%。如果还不行,选择其余相当资历的公司,佣金 5%。这的确和从房产中介门店里听到的很相似吧?"我在一年之内有意向买房。最好是某某小区的,价位控制在 200 万左右哦。某某小区不行的话,那么对面的小区也可以考虑。总之要这附近的学区房。"现在投资银行还有一个亮丽的名字叫作"资本市场运作",而房产中介也纷纷挂出了"××不动产公司"的招牌。没错啊,不动产不也是资本的一部分?所以投资银行和房产中介都是资本市场的操盘手呐。

都是全年无休的辛苦工作

房产中介的工作时间是早上九点到晚上九点,全年无休,客户一个电话就要奔去陪着看房;干投资银行的,晚上九点才是开始,做到凌晨是家常便饭,尤其是做 Associate 的那几年,往往干的是技术含量不高的找数据、做 Pitch Book 的活儿。有投行的小伙伴说:"谁敢说我们工资高我跟谁急,资本家不过是把该 3 个人干的活让一个 Associate 干了,然后给了他 1.5 个人的工资。大家看到的,是我的工资比同年毕业的人多了 50%,不知道的,是当他们看肥皂剧、吃薯条,在沙发上 Veggie out(变成蔬菜)的时候,我在苦哈哈地干活。银行账户余额蹭蹭往上涨,因为没时间花。"

说了那么多,调侃也好,实话也好,想说明的无非是老生常谈的一句:在选择职业的时候要清楚自己想要的是什么,也要清楚自己能够得到的是什么。经常有商学院的学弟学妹在毕业之际找我谈职业目标,无比向往的总是那么两样——"咨询"或者"投行"。

投行工作，原来就是干房产中介的活儿

咨询一定要麦肯锡，投行一定要高盛。至于咨询或者投行具体做什么，有多艰辛，需要什么样的人，他们其实并不清楚。那痴迷的表情就如小女生看了偶像剧，就把老公的理想人选定义为霸道总裁一样。可是至于自己能否忍受霸道总裁那20集下来只变换3种表情的脾气，或者自己是否有女主角的美貌和富有，都可以全部不管。还有，职业和婚姻的本质是一样的，时间长了，什么兴奋、光环和浪漫都会慢慢消褪。进投行时间长了，会发现其实和其他的工作一样，有光鲜的一面，也有糟心的一面，也会戏谑自己本质上和房产中介干一样的活儿。曾经，有一个小学妹想换工作。我问她想换什么样的工作，她说想换一份能让她兴奋激动、有挑战的工作。我坦白告诉她，其实没有任何一份工作会瞬间改变你的人生，让你兴奋激动起来，即使有也不会持续很久。这种说法就如同"我要马上结婚，因为结婚以后就会过上甜蜜浪漫的生活"。这种想法很天真。**职业和婚姻一样都需要耐心地慢慢经营，细水长流，一点点积累和磨练，苦过了累过了，受过了挫折和打击，甚至被欺骗和忽悠过，才能成为某个行业真正的专业人士。**

啰嗦半天，总结下来就是李宗盛曾经写过的一句很直白的歌词："不经历风雨，怎么见彩虹，没有人能随随便便成功。"投资银行可以只是Job（工作），房产中介也能够是Career（事业）。从Job到Career，看个人的用心而已。

（写这篇文章的时候，我刚从所谓的"华尔街投行"回国，披着光鲜靓丽的"职场精英"外衣。其实，想想美国的一些地名，真的在各种影视剧里面被概念性地神化了。纽约的时代广场不过是几个

人生哪有那么多赢家

繁华街区的十字路口,却是"世界的十字路口"。华尔街不过是一条1 600米的街道,却成了美国金融中心的象征。连带着在街上某家银行上班的职员,似乎都成了出场自带BGM①的精英人士。我刚回国的时候,在上海安家置业,接触了不少房产中介,有不少从农村到魔都来打拼的年轻孩子,敬业、吃苦、谦逊,晚上住在狭小的群租房,白天带着客户进入百万乃至千万的楼盘,只想通过奋斗在这繁华都市谋一席之地。这和当年的我何其相似:白天在曼哈顿寸土寸金的高端办公楼里研究招股书上数不清几个零的数字,深夜跨过哈德逊河回到对面新泽西的小公寓,看着银行存款余额每月月末跌回三位数,努力工作一天又一天,渐渐地从窘迫到从容。前几天和在麦肯锡工作的朋友聊天,说起项目上的种种,以及令人羡慕的工作背后那些至暗时刻。其实,说到底没有什么最好的工作,只有怎么做出最好的工作而已。投资银行、战略咨询,令人羡慕的不是工作本身,而是最严酷的职场训练给年轻人带来的痛与快乐。)

---

① BGM:Back Ground Music,背景音乐。

跨国公司,是职场也是江湖

跨国公司,简称外企,曾经风光无限,引多少无知少年竞折腰。不知不觉间,转眼我混迹在跨国公司已经有十几年,这是职场,也是江湖,期间我经历种种的"荼毒"和"折腾",这里一吐为快。

Keep you in the loop,抄送全球的电子邮件

在外企,电子邮件绝对是一种文化。一封邮件 TO(发给)给谁,CC(抄送)给谁,或者 BCC(暗中抄送)给谁,都是有讲究的。跨国企业的组织架构错综复杂,不要说新进菜鸟,连老江湖也难免会犯错。有些老板不在乎,有些老板却特别在乎。不过做久了慢慢也可百炼成精,如果搞不清楚状况,大不了按照姓氏排序,管你多大的老板,如果你的姓是 Z 开头,照样后面排排坐,童叟无欺。

外企邮件抄送风气也是让人极度崩溃的。可能最初只是一件小事,抄送来抄送去,变得一传十,十传百。但是如果不抄送,在某些时候就会冒出某些人,突然质问你为什么不告知他。曾经有个大老板意味深长地说,没有人会介意被多抄送一个邮件,大不了他不看、删除,但是他一定会介意应该知道的事情却没被抄送到。下属们也觉得邮件抄送了老板或者有关部门,就如同进了防空洞,"反正我知会过你了,有事别怪我"。这就是所谓 Keep me in the loop(有信息同步我)。Loop 是个很微妙的英文单词,意思是循环,环状线路。我每次看到邮件里面这一句话,脑海里就涌现出一个场景,很多人绕着一个圆悠悠转圈,却没人接近核心。事实也是如此,种种抄送,除了炸爆几个老板的邮箱之外,似乎真正出来提供解决方案的人并不多,因为每个人都觉得自己是被抄送的那个。一封邮件耗时一周,绕了地球一圈,再兜兜转转回到你面前,让你来解决问题,只能是无语了。但是,这一大圈有时候还不得不绕,因为需要 Keep everyone in the loop(把信息同步给每一个人)。所有在外企工作的人似乎都花了大量时间在邮件上。虽然我有轻度强迫症,看不得邮箱上显示未读邮件的红色数字,不停想清除干净;但是电子邮件绝对是"野火烧不尽,春风吹又生",最终我也只能放弃。

有时外企员工会用邮件来隐晦地表达工作上的情绪,成熟老板们在邮件里面也能够客客气气地表达不满。下属员工必须学会 Read between the lines,翻译成中文就是读出字里行间的意思。但是,我们母语不是英文好不好,能够理解字面上那层意思就不错了。所以我经常听到办公室里有这样的对话:"你说老板这么写是几层意思啊,一个 But(不过)后面还有一个 However(不过),这是双重否定吗?你觉得他是让我这么做,还是不让我这么做?"好吧,模糊语言,永远是老板的专利,中外皆同。更让人抓狂的是,英文也不是老板的母语!想像一个法国老板和一群中国员工用英文在邮件里面争论一件略复杂的事情,那画面实在太美,让人不敢直视。

时差算什么,我们又要开电话会议了

当邮件讨论不能够解决问题的时候,就需要外企的另一法宝——电话会议。跨国企业之所以是跨国企业,就是因为在各国都有分支机构。越是看起来高大上的企业,员工分布范围越广。在亚太地区开个会,就有比北京时间快三个小时的澳大利亚,快一个小时的日本、韩国,还有比我们慢两个半小时的印度(至今还是觉得这个半个小时时差很神奇)等分支公司参与。如果某个电话会议需要把欧洲、美洲同事一起 Keep in the loop,那么约一个会的难度可想而知。这样的全球会议,开场白是"各位早上好,中午好,晚上好",也算是跨国企业特有的一道风景。

开全球电话会议总是有人需要牺牲早晨或深夜的时间,这时亚洲同事往往很谦逊自觉地做出让步,谁让人家是全球总部呢?好吧,不得不吐槽,某些总部的美国同事念书时地理一定是挂科的,完全没有时差的概念啊,怎么想怎么来,经常会约到亚洲的凌晨两点这种睡意正酣的时间。真怀疑他们是不是不知道有谷歌这类万能搜索引擎,可以知道北京时间是几点。难得碰到一些体恤亚洲时间的美国总部同事,开会约的却是早上七点或者八点。好吧,毕竟人家也是一片好心。挣扎地抱着超大杯咖啡,一大早去办公室,结果会议被临时取消!因为人家突然有 Family Commitment(家庭义务)。面对地球那一端一句轻飘飘的 I am sorry(对不起),你也只能体面地说,I understand(我理解)。但窝火的感觉绝对可以让人憋出内伤。被"放鸽子"这点小事,我在外企混迹那么些年,绝对不是偶然才碰上。这种窝火的程度和时差区间的大小成正比,到美资企业达到顶点。感叹一句,真是白天不懂夜的黑啊。一个朋友面试一家欧资企业,对方求才若渴,介绍企业种种福利的时候,其中一条竟然是,欧资企业不用老是半夜开电话会议。朋友听了,欣然神往,可见被荼毒多年。

电话会议中有很大一部分是周会、月会之类的常规会议。这些会议参加人数众多,原则是为了信息交流,如果你不是大老板,基本也就不需要发言。你可以啃着油条、肉包,悠悠然地聆听,不过记得一定要按下静音键,否则你家狗叫猫叫,或者你打嗝的声音会传到世界上每个有你们公司分支机构的地方。如果你想另类得出名,恭喜你,这样一定可以做到。剩下比较棘手的,就是邮件不能解决的事项。开这些会议对中国同事的英文水平是巨大的考验。如果说在邮件里面掐架还可以经过字斟句酌的深思熟虑,要在口头上体面而华丽地掐架,绝对挑战一个人的英文听力、造词遣句以及反应速度。老板说,在 Heated discussion(激烈讨论)的时候也要保持 Cool(冷静)。这可以简单直白解释为,电话掐架的最高造诣就是,用新闻联播的语调和态度来主持柏阿姨的节目①。

说真的,当年真的不是为了没完没了的邮件和电话会议才来外企的。片面甚至极端地说,不过是年少无知的时候,被那么点虚荣心驱使。曾经,外企是高大上的代名词。办公室一定要在 CBD,譬如北京的国贸、上海的陆家嘴、香港的中环等。办公楼一定非甲级、A 级不可。办公室一定要有落地大玻璃窗,可以鸟瞰些风景,比如东方明珠、央视大楼或者另一栋甲级楼的窗户,反正一

---

① 柏万青阿姨的节目是一档调节家庭纠纷的沪语节目。

定要有些景致。虽然大部分昂首阔步走进办公楼的人或许只分到一个两面是隔板的格子间，看到的风景不过是贴在隔板上花花绿绿的报事贴。好不容易熬到主管级别，搬进了有风景的小房间，发现要不就是忙得根本没空看风景，要不就是起雾霾天看不清风景。

办公室里的卷筒纸，繁华过后被缩减的开支

金融危机之后，许多跨国企业如同没落的大户人家，开始捉襟见肘，但是即使如此，门面还是要维持的。还没从冲击中回过神来，严格的预算控制就开始变态地推行起来！最先被"控制"掉的是办公室的花草树木，几乎是一朝一夕之间，办公室原来据说是帮助员工保护视力、提神醒脑的盆栽集体失踪，唯一幸存的是前台的鲜花——那是门面，不能撤。接下来，冰箱里的各种饮料以及矿泉水也消失了。好吧，这些可以忍受。但是最后，咖啡机坏了也不能再换新的了。在外企工作的人不要说你从来没有加过班，也不要说你加班从来不需要咖啡提神。从某种程度上说，外企文化和咖啡是紧密联系在一起的。但是现在，咖啡机也被华丽丽地精减掉了。于是听到这样的笑话：位于国贸某高档写字楼的跨国企业员工，在隔壁公司撤离的时候，赶紧把别人留下来的咖啡机如获至宝地顺了回来；甚至为了节省费用，盒装餐巾纸也被卷筒纸（没错，就是厕所用的那种卷筒纸）代替，一走进茶水间还以为自己不留神走进了厕所。

反正各种预算控制的方法绝对出乎你的想象。需要出差的，电话会议解决吧。不得不出差的，改变出差的标准：曾经，在亚洲飞行三个小时以上可以坐商务舱，现在要求提高到飞行五个小时以上,于是除了去澳大利亚,都要挤在经济舱。原先,跨国企业制定出差坐商务舱的标准,是为了让员工一下飞机就能精神抖擞地出现在客户面前。现在好了,一下飞机,必须在厕所更衣洗漱才能见人。最令人发指的预算控制方法是电脑居然越换越厚!每当我扛着足有5公斤重的电脑出差时,真心想感谢公司发了"防身武器"。

说是预算控制吧,甲级或是A级办公楼的空调开得像是不要钱似的,让人冬夏颠倒。夏天的时候,外面38度高温,一身臭汗进了办公室,瞬间穿越到秋天,需要穿个外套,春秋打扮最适宜。有一年夏天我到新加坡出差,心想新加坡本来就热,又是夏天,清凉套装应该合适。结果事实告诉我,我实在错得离谱。新加坡办公室的空调大概不光不要钱,还有政府补贴吧,室内的低温让我有种到了南极的错觉。新加坡同事基本都是羊毛大披肩,还有男同事夸张地戴着绒线帽,整个出差期间,我都臆想着逃回酒店,把酒店浴袍穿来办公室保暖。可是为了维持职业形象,我不能啊。于是,只能过一段时间去室外晒晒太阳。35度的东南亚阳光,给我的感觉却是暖洋洋的。但是到了冬天,办公室里又是热得不像话,什么秋裤、高领毛衣,基本是穿不住的。外面冰天雪地,里面还会热得出汗,于是上下班时间,厕所里都是排队变装的员工。长期的季节颠倒,是外企对员工身体素质除了通宵加班外的又一考验。

村长也是干部,对中国市场的理解偏差

所有的一切作为跨国企业文化的一部分,在其间待久了的人,自然会慢慢习惯、融入。但是在外企最让人想吐槽的事莫过于总

部同事对中国的认识。中国,作为跨国企业的一个海外驻点,相比于日本、新加坡等还算是新兴市场,所谓的 Emerging Market。曾经,中国公司在所有海外机构中规模较小,并不特别受到总部的关注,所以一切天高皇帝远,大家相安无事。现在美国和欧洲市场都疲软了,中国变成创造利润的新秀、总部目光的焦点,各种令人啼笑皆非的事情就来了,尤其是那些总部设立在美国某个偏远大农村或者欧洲小镇的跨国企业中,这类事情更多。

那些同事们对中国的了解是片面而模糊的。譬如某个欧洲老板曾经天真地问我们,中国现在用洗衣机了嘛?他对于中国洗衣服的印象,还停留在某民国电影里一群女人在河边用脚踩衣服的画面上,他觉得那场景和法国人用脚踩葡萄酿酒一样浪漫。从某些跨国公司给外派人员的福利中也能看出一些他们曾经对中国国情的理解。譬如,搬家费里面包括立遗嘱的律师费用,可想而知,几十年前被外派到中国和如今被外派到索马里一样危险,大有一种"风萧萧兮易水寒,壮士一去兮不复还"的悲壮气概。还有些公司外派中国的福利居然有困难补助,看看北京、上海的繁华景象,反正我是没有看出什么"困难"来。不过据说现在的困难补助可以诠释为雾霾费和食品安全费,倒也是旧瓶装新酒,蛮合时宜。

总部同事对中国的了解是一个循序渐进的过程,他们一知半解的时候,会有更多让人吐槽无力的问题和要求。最常见也最让人崩溃的就是:"这是中国的事情,你怎么搞不定?"那口气似乎工商局、药监局、银监会、证监会全是本公司的附属机构似的,如果你搞不定,就是你没有能力。只能耐心跟他们解释:"中国监管机构也是有很多规则的,我们可不能'不把村长当干部'啊。"总部同事从开始的迷惘、纳闷到慢慢了解、接受,只是这个过程中会让人抓狂无数次。

跨国企业曾经的光环慢慢消褪。外资公司曾经以高薪为傲,现在民企的股份、国企的福利,都让外企的裸奔工资黯然失色。绝大部分的外企,除了工资之外是没有任何隐性福利的,哪怕年底老板发一个红包,下个月立马在工资单上缴税。所以有人戏称,外资企业的工资是"大浪淘沙",发工资的时候好像很多,一个月下来所剩无几,因为全是费用支出项,没有任何福利收入项。曾经,外企让人羡慕的还有可以满世界出差,如今国门打开,出国旅行再不是值得骄傲的事情。那么我们为什么还是赖在外企?或许是一种习惯,习惯了做事方式,习惯了企业文化,或许还因为它提倡尊重平等,给年轻人提供一定的上升空间。

仁者见仁,智者见智,吐槽完毕,照样要回去敬业地工作。在外企,员工和公司之间不用虚情假意地说什么热爱和献身,我们崇尚的是一种朴素的契约精神,就是我要对得起我的薪水。That is professionalism, simple and stunning,即这就是职业精神,简单而令人震撼。

(这一篇文章我是在出差的时候,在飞机上写的。那些年在外资银行,出差还是有商务舱坐,可以从容不迫地码字。后来到了互联网民企,国际飞行十几个小时也只能在经济舱,基本没有办法码字,因为会碰到旁边的乘客,顶上的阅读灯也会影响别人休息。还有邻座某些好奇的乘客会不请自来成为你的第一个读者,但是抱歉,我真的不喜欢在创作过程中就有读者,尤其是一边看一边还要点评的那种。吐槽完跨国企业文化,我就离职了。此去经年,有人问我,是否怀念外企。扪心自问,我是怀念的,虽然这似乎和说偶尔想念前男友一样不妥当。但是,十几年外企文化在我身上的烙印是无法忽视的。我会偶尔怀念外企的"工整"和"规则",毕竟百年老店沉淀了那么多年,大部分事情皆有章可循、有据可依。互联网要求拥抱变化,但是变化太"胖",被变化撞个趔趄的时候,我还是会怀念一下平稳时刻。还有外企经年积累的庞大且不断更新的可供员工随时搜索的知识库,以及给职场菜鸟安排的阶梯性、有规划的职业训练,都曾经让我受益匪浅,至今怀念。如果,有人问我,职场道路重新走一遍,你会如何选择,我真的很难回答,职场之事无法假设,更不可能重来。我相信,不同的方向会有不同的风景,需要走过的人自己体会和欣赏。)

互联网民企的生存指南

两年前,因着一颗不安分的心,我离开外资银行,加入了互联网金融行业。转眼之间,已经两年多。从最初三个月的蜜月期,每天被梦想叫醒,电量满格地要去普惠大众,到第一次汇报"死"在PPT目录上,接下去生不如死地倒空自己,其实哪里是空杯心态,根本就是打碎自我,从一只傲娇的红酒杯被重塑成一只结实的马克杯。直到现在,我慢慢归于平静,终于完成了转行的"落地"①。来到互联网金融的日子,我就好像重新走了一遍职场道路。

两年前,我还在外资银行做一名光鲜亮丽的职业经理人,每天拿着星巴克,裹着小包裙,混迹于陆家嘴的高档写字楼,和那些所谓的职场电视剧里面的人一样装逼,当然留美十几年后海归的我,自认英文比电视剧里那些"安迪""唐晶"标准,也不会犯"安迪"要做空金融市场那类低级错误。2008年全球金融危机之后,各国监管部门纷纷出台各种新规,银行开始"戴着镣铐跳舞"。作为一名理想尚未消失的同学,我禁不住情怀和愿景的诱惑投入了互联网

---

① 落地:互联网企业的专有词汇,表示适应了公司文化和环境。

金融的大潮。记得面试的时候,面试官慢悠悠地说:"你害怕走夜路吗?如果一群人走夜路就不害怕了。加入我们一起'走夜路'吧!"于是,那一瞬间,电光石火,我被击中,决定背井离乡"走夜路"去了。

互联网式办公环境:躺着、站着和蹲着

来到互联网金融公司,第一个冲击可能就是"朴素"(好吧,其实我真正想说的是"简陋")的办公环境。互联网金融公司不论现在变成了怎么样的"独角兽",血液里面流淌着的还是互联网创业公司的基因,而不是金融的基因。

互联网金融风是一种什么风格呢?一个楼面的办公室全部打通,大排档一样放着一排一排的简易办公桌,大概有个几十排,每排大概可以坐几十个人。后来公司发展了,员工越来越多,本来放两排座位的空间挤进了三排桌子。站起来的时候,只要椅子往后退的幅度大一点,一定会跟后面的人背靠背撞上。我仔细观察了一下,互联网金融公司里面的胖子的确不多,可能是这里的生存环境对于胖子实在太不友好了。想象一下,一个楼面坐着几百号员工,还包括需要经常打电话的部门,譬如客服部门,这个场面是多么气势磅礴。有一阵子,某个需要整天审阅合同的安安静静的部门,被安排在两个年轻人居多、风格活泼的部门之间,那两个部门的工作重心大部分在电话上,还时不时要在办公室里面小小团建一下鼓舞士气。于是那个安安静静的部门只能人手一个最高端的降噪耳机,而降噪耳机也阻挡不了他们不时要被迫享受一下互联网金融的热情。

人生哪有那么多赢家

越是从高大上的外资律所、咨询公司、投行投身到互联网金融的人,在最初的时候,感受到的反差越大。冷色调的北欧风情办公家具是不存在的,免费咖啡、矿泉水也是不可能的。在外资公司奋斗半生好不容易拥有了一间带玻璃窗的办公室,可以鸟瞰陆家嘴或者国贸 CBD,平视东方明珠或者央视大楼,现在加入互联网金融公司,不要说办公室,连一个有挡板的格子间都没有了。全部大通铺!以前在外资公司,即使是格子间也会根据级别有大小之分,现在童叟无欺,人均一平方米!如果"同桌的你"还是喜欢把东西乱堆乱放的主,那么"领土"纷争也是会有的,就差中间画条三八线,立个 Flag[①] 表明不许侵犯"神圣而有限"的领土。属于个人的空间和区域大幅度减少,习惯了把办公室当作第二个家的前外资精英人士,需要最大限度地改变生活习性。办公室的红酒柜首先被删除,一个保温杯泡点枸杞最适合(对了,枸杞是免费的)。办公室的鞋柜没地方放,以前的十几双名牌高跟鞋,桌子底下搞个箩筐随便扔进去,反正到最后慢慢也不会穿了——上下班来去匆忙,走路带风,平底鞋什么的最舒服。那种感觉就好像打怪一路升级,突然被清零重新来过,不爽也好,痛苦也好,谁让你人到中年,要赶时髦学人家转行到互联网金融呢!

记得之前在外资金融机构,繁文缛节甚多。中午吃饭一定要到茶水间,怕影响了办公室清香的空气。中午要小憩一下,也要尽量找个没有人的地方。曾经有员工在自己的格子间靠着椅背午

[①] Flag:原意为旗帜,此为网络流行词用语,指故事中让人能够预测到之后发展的事件。

睡,由于姿势别扭还打着小呼噜,尴尬的一幕正好被带着高净值客户进来洽谈的部门老大看到,从此多了一条办公室不准午睡的规定。但是,互联网金融公司节奏超快,边吃午饭边工作是常有的事情,公司自然不会限定不能在办公区域吃东西。那么,整个楼面一到中午就散发出极具包容性的味道。午休时间,有人拉出行军床戴上眼罩和防噪耳机开始睡午觉,旁边可能就是为了某个方案激烈讨论的小组,还有趁着午休在办公室做瑜伽拉伸的,再加上办公室里面涂鸦的各种色彩明亮的励志口号,形成了"万物生长"的互联网金融办公室风格。

哦,对了,还有,一定要说说互联网金融和传统金融反差最大的两大特色——厕所和电梯。互联网公司的厕所不论男女都是没有马桶的!全部是吸取了"中华文化之精髓"的蹲坑式。这对被资本主义腐蚀多年、小腿肌肉半萎缩的海归同学们来说是极大挑战——这都多少年没有扎过马步了。但是!怎么说咱们也是从小有过培训,多加练习也能慢慢恢复一个稳稳的"小马扎"。不过,当时我有一个困惑:公司里越来越多的国际友人是怎么练习的?后来有一个国际同学喝过几杯之后吐露奥秘,据说 YouTube(油管,视频网站)上面有专门教外国人到中国旅游时如何蹲坑的视频。原来国际友人还在 YouTube 上了解中国。强烈建议他们来看抖音!再说说电梯。由于互联网金融公司下班晚,早上 9 点到 9 点 30 分是上班高峰。那个时候真正能够感受到互联网金融行业的欣欣向荣——全是人啊。每个电梯前面都排着蜿蜒的队伍。在这里讲什么 Personal Space(个人空间)实在太矫情。每台电梯不塞到响警报是绝对不会罢休的,即使响了警报,有一个人不得不下来，也总有一个自以为比那人轻和瘦的人挤进来。挤电梯三大心愿：天气不太热，没有人买韭菜饼，技术员哥哥没有连续通宵睡办公室。互联网金融公司大楼的电梯也很有互联网精神，级别不管用，哪怕你是CEO，一样得排队，没有人会让出一条道来。经常出现在新闻里面的大佬们，在电梯里一样被挤到角落。还有在电梯里面会循环播放很燃的视频，告诉每一个人我们是一家多牛逼的公司，而我们就是这家牛逼公司中的一员。电梯里大家挤在一起，仰头看着视频，可能就是"脚踏实地，仰望星空"的感觉吧。这是互联网金融公司的魅力，这种魅力让很多曾经的Banker（银行业者）愿意放弃公务舱和五星级酒店，来互联网金融公司，坐着经济舱、住着快捷酒店，拿着每天只够吃金拱门[1]汉堡和白毛女[2]咖啡的差旅餐标满世界出差。

眼里看到的不再是蛋饼铺，全是未被服务的客户

来到互联网公司的第二个冲击是客户的下沉。之前在律所、咨询公司、投行的客户都是机构大客户，即使是所谓中小客户也是具有一定规模的，否则怎么付得起昂贵的费用呢。客户方派出几个西装革履的职业经理人代表公司利益，再如何谈判激烈也是公事公办、风度翩翩。自从加入互联网金融公司之后，街头巷尾我一眼望去，不再是蛋饼铺、小吃店、水果摊，全是未被提供金融服务的长尾客户啊。这些客户不会跟你一边喝红酒，一边话中有话、一语

---

[1] 金拱门：麦当劳的戏称，由麦当劳的标志像金色拱门而来。
[2] 白毛女：星巴克咖啡的戏称，由星巴克的标志而来。

双关。现在的客户是鲜活的,满意的时候狠命夸"你们的产品真方便啊",不满意的时候会哭、会闹,也会威胁要投诉、要上访、要跳楼。不用费心猜,全是大开大合、起伏跌宕的最真实的人生戏码。

我来到互联网金融公司后,常常被教育,"你们这些之前在云端的职业经理人不能有大公司、大银行病,要学会如何处理下沉客户"。多下沉呢?我觉得已经潜入海底三万里,在马里亚纳海沟里面了。不过,最大的好处是我爸妈终于可以搞清楚我是干什么的了。我之前工作的金融机构只会出现在《大而不倒》《大空头》这样的电影里面,离父母生活很远,他们十几年了都解释不清楚自家孩子到底是干什么的。现在好了,他们是这么介绍的:"×××好用伐?我家孩子就是×××公司的。""×××打折划算伐?我家孩子公司搞的活动。结棍①伐?"在父母热情地传播下,我变成了众多叔叔阿姨们的专属客服,回答各种跟我司产品相关的问题,顺便也回答不相关的问题,而且必须耐心、必须细致,当被问到各种啼笑皆非的问题时也要认真严肃地回答,否则怎么对得起"客户第一"的司训。譬如,某叔叔要求把另外一个人发的朋友圈删掉,因为他不要看封建迷信的东西。我说,别人发的朋友圈你不能删除,或者你可以选择不看他的朋友圈。叔叔斩钉截铁地说,那不行!他发的养生的东西还是很有好处的,我只要删掉那几条我不要看的。额,容我打个电话给"鹅厂"技术人员看看能否开发"选择性不看他(她)朋友圈"的产品新功能,毕竟互联网企业最需要聆听客户之声,这也是部分客户的诉求嘛!

---

① 结棍:沪语,表示"厉害"。

努力不在PPT的目录上阵亡

来到互联网金融公司,最大的冲击还是来自它的简单、直接和高效。之前银行的一个新产品上架,要经过产品、技术、运营、合规、风控等部门的无数人审批,有些产品的审批还要上升到亚太区乃至全球,新产品审批马拉松要跑上几个月到半年。曾经,银行产品经理吐槽,某款产品他用中文、英文,甚至方言跟几十个人介绍了N次,解释了N次,还是悬而未决。有一天监管新规一出,新产品就此夭折。而互联网金融的产品迭代,长则几周短则几天,大家都用百米冲刺的速度跑马拉松。不管白天黑夜,如果需要讨论问题,钉钉群一拉,直接开始讨论,然后决策。这里必须说一说钉钉,这款奇葩又颠覆传统的聊天工具。用钉钉聊天,对方是可以看到自己发送的信息是否被阅读的。之前用微信还可以借口说:"啊哟,不好意思,你发的信息我没看到。"现在老板晚上11点发一条钉钉过来,信息的状态如果是你已读不回,就比较尴尬了。如果是群发信息,还可以看到谁读了谁没读。就算你心态够稳健,抱着我不管,我就是"已读不回",钉钉还贴心地提供了"钉"的功能,可以用钉钉应用本身、短信乃至电话多种手段"钉住"你,催命连环call,让你速回信息。给这款聊天软件起名"钉钉"的人,真是很有想法!一开始加入互联网金融公司,很多人是很不习惯用钉钉的。但是现在,我会对着微信信息琢磨,那人到底是没有看到,还是看到了不想回?真想微信也能跟钉钉一样,显示信息状态,给个痛快!

因为速度快、项目多,老板们给予每一个项目汇报的关注和耐心也是有限的。在传统金融机构,哪怕你汇报得再烂再没逻辑,老板也会给面子,勉为其难地听你说完再批评;即使批评,也讲究"三明治"式的方法,先讲一层你做得如何好,中间说说你需要改进的地方,最后再来个"总体来说还是肯定的"。在互联网金融公司,没有人有那个时间来陪你玩含蓄迂回,所有的一切都是简单直接。经常会有辛苦了很久准备的几十页PPT,因为思路不对,刚说了几页就变成了"一盘没有下完的棋",毫不留情面地被打回去重构思路。没有经历过"死在PPT目录上"的汇报,就没有真正体会过互联网金融行业淋漓酣畅的痛。在互联网金融行业,每天都在做没有先例的事情,每天都在创造历史,经常会出现有大方向感,但是具体实施细节还不清楚的情况。所以当老板对着你的项目计划书说:"这个肯定不是我想要的,但是我要的具体是什么,我暂时也不清楚。"他真是发自肺腑的感慨,不是在"耍流氓"。有玩笑说,马云是一个梦想家,而阿里的员工把他的梦想变成了现实。

在互联网金融行业最大的收获在于碰到各种牛人。原来在外资银行碰到的人似乎都是跟自己差不多的背景,几乎都贴着海归、商学院、金融、华尔街这些标签。大家思考的事情似乎也差不多。因为互联网金融的多元文化,各种大咖被招募在麾下。之前在银行,可能一辈子都不会和这些牛人有交集,更不可能同席讨论互联网金融这个改变和征服世界的行业。这个行业让中国实现了从"Copy to China"(拷贝到中国)到"Copy from China"(从中国拷贝)的华丽转身,而我们在其中一起亲历历史,创造历史。

互联网金融的世界,让很多混迹职场半生的职业经理人都渐渐忘记了"君子之交淡如水"的矜持,在每天一起工作十几个小时,一起度过那些奋斗到深夜、为失败而沮丧、为成功而喝彩的日子之后,彼此之间的感情更像是战友而不是同事,真的就是有这么一帮人陪着你走夜路。所以那首《夜空中最亮的星》会让很多在互联网行业创业的人流着眼泪一起高唱,只因为那几句:"每当我找不到存在的意义/每当我迷失在黑夜里/夜空中最亮的星/请照亮我前行/我祈祷拥有一颗透明的心灵/和会流泪的眼睛/给我再去相信的勇气……"

在互联网金融公司的这两年,我有过迷惘的时候吗?有!有想过放弃吗?有!有难过委屈地哭过吗?也有!有过后悔吗?应该没有。

(互联网民企,是一个很神奇的地方。如果"一千个读者眼里就有一千个哈姆雷特",那么一千个人心中也有一千个互联网企业。和互联网民企"爱恨纠缠",有时候像是在谈一场恋爱,所有的感情都鲜明而强烈。为了一个前人未尝试过的项目,可以爱得奋不顾身,日夜不眠,衣带渐宽。会被一些无法做成的事情折磨得痛苦,因久久无法破局而辗转反侧。常常有人吐槽:"我熬不下去了,再这样下去我不干了。"嘴上尽管说,人却始终留在原地,一年又一年。爱也好,恨也好,说不出口一句"再见"。如果你爱一个人,送他去互联网民企。如果你恨一个人,也送他去互联网民企。说我不客观,是的,只缘身在其中。)

互联网的你,今天落地了吗?

我的 Buddy① 离职了,在他入职互联网民企的五个月零二十六天之后。还记得,第一次见面的时候尚是盛夏。互联网民工们穿着汗衫、大裤衩,还有夹脚拖鞋,在办公室里面各司其职。他则是工工整整的白衬衣、西装裤,为了表示入乡随俗,看起来似乎刚刚拿掉了领带。他的老板带他过来介绍:"这是你的师姐。"他站在那里深深一鞠躬:"师姐,请多多关照。"我着实吓了一跳,忙说:"别叫师姐,叫 Buddy 吧!"Buddy 在加入我们互联网民企之前,在一家著名的日资银行工作了十几年,已经做到了部长级别,据说算是极少突破日本企业"竹子天花板"的中国人。曾经的"Buddy 部长",办公室门口黑压压坐了好几排下属,动动手指,财务报表立马出现在办公桌上。报告上一个数字出错,下属马上拿回去改。

我问 Buddy,为什么不继续在日资企业"作威作福",要来互联网民企"受罪"。Buddy 说:"人到中年,却不想继续安于现状,想要

---

① Buddy:原意为朋友,同伴,兄弟。公司里为了帮助新人尽快适应环境,会找一个背景和级别相似的人带领入门,就是我们俗称的师兄或师姐,也称为 Buddy。这里的 Buddy 可理解为兄弟,是我与师弟的互称。

最后挑战自己一把。你不也一样吗?"又是一颗因着一点不灭的理想之光而不安分的灵魂。

"Buddy部长"在这里自然没有办公室了,只能挤在黑压压的工位之间,满头大汗地做Excel表格,还经常要接受比他年轻许多的女上司的指导——"要有互联网思维""要有商业感觉"。几个月过去,Buddy还是和这个环境非常不一样,永远是干干净净、整整齐齐的衣着和恭恭敬敬的态度。去他工位那里谈工作,看到你坐过来,他会第一时间站起来,开口说话前习惯性地微微鞠躬。和他一起去开会,永远抢先一步帮你去推开厚重的玻璃门。他的不同,带着几分习惯,也带着几分执拗。公司为了帮助新人落地,为新人设立了"师兄师姐"机制,就是让先入职的人给后来的人讲讲经验教训什么的。这算是一个非强制的"民间组织",结构松散,全靠自愿。我都已经不记得我到底是有一个师兄还是一个师姐了,反正就这么过来了。Buddy却对公司所有的规则都认真执行。他会定期来跟我这个师姐汇报"落地情况",还特别虚心地听取我的建议。每一次聊完,他都郑重其事表示对我的感谢。搞得我不得不对这个Buddy上点心。

过年前,Buddy约我吃火锅。在这之前,由于他工作越来越多,已经抽不出时间来跟我定期"汇报"心路历程了。那一次,看到Buddy,我有些意外,因为他已经非常"互联网"了,牛仔裤、运动鞋、双肩包,头发乱糟糟的。喧闹嘈杂的火锅店里,他一边大声让服务员再上半打啤酒,一边撸起袖子往突突冒泡的红锅里面加毛血旺。我问他最近怎么样,他说:"过完年,我就打算走了!"过去五个多月他在公司经历的不痛快,我多少是有所耳闻的。所以他的决定,我并不完全意外,却仍然不甘心地追问为什么。他隔着桌子,扯着嗓子回答:"因为,我落不了地吧!"然后,他又问了一句:"怎么样才算落地呢?"

是啊,怎么样才算落地呢?**今天,你落地了吗?**

互联网民企绝对是各种企业中的"战斗民族"。初来乍到的新人,多多少少都会碰到一些下马威。但是其中最令人发怵的一句问候是:"今天,**你落地了吗?**""落地"是我到互联网民企之后学会的词。一开始觉得意思应该和外企中的"Fit in"(融入)差不多,后来我发现,其实"落地"所包含的意思远比"Fit in"(融入)要丰富得多。每一次觉得自己应该已经落地了,没有想到还有一层等着你继续"坠落"。进入公司的时候,工作经验越多,层级越高,要落地越容易摔得头破血流。公司为了帮助新人落地,还有一个培训班叫作"降落伞班"。本意应该是告诉作为"空降兵",新人如何用正确的姿势,在高空优雅从容地打开降落伞包,然后安全着陆。但是后来大家都发现,我们所处的环境更加严峻复杂,新人们往往根本来不及打开降落伞包,脸朝下直接硬着陆,在地上搓出一道带着牙印的泥痕,然后挣扎着站起来,拍拍身上的尘土说:"我落地了。"仔细想想,如果没有经历过以下阶段,就不能算真正落地。

"落地"=你相信了吗?

我入职的那天,去参加新员工培训。一张桌子上坐了两只半"海龟"——我和另外两个男生。那两个男生从美国回来,几乎是一下飞机,时差都没有倒清楚,就直接来参加新员工培训。我算半只"海龟",毕竟三年前已经归国,算是有过缓冲带。下午的时候,

人生哪有那么多赢家

两个男生强睁着因为时差快黏在一起的眼睛,注册各种公司的账号,因为还没来得及去办理中国手机号码,老是注册不成功。于是,我们干脆停下来聊天,因着相同的"海龟"背景一下子热络起来。后来,我们也经常聚在一起吃饭。出国十年,中国已经跟当初我们离开的时候很不一样了。早回国三年的我,变成了他们眼里的"中国专家",小到注册手机号码,大到如何办理社保,他们都会来问我,我们讨论的最多的,就是如何在互联网民企落地的问题。

两位大哥都是高智商的人,是美国硅谷走出来的超级码农,颇有几分"谢耳朵"的傲娇和矫情。他们在硅谷也是在互联网企业工作,但都是已经成气候的、赫赫有名的互联网企业。公司规则和程序,自然清晰、一目了然,事事有章可循。如今,加入了有"中国特色"的互联网民企,确是别样滋味。中国的互联网企业发展飞快,像是一列飞驰的高铁,以倍速成长。这期间,很多规则、程序都在逐渐形成和不断纠偏。这样的对话经常发生:"我们这里有不错的工作机会,要不要来尝试一下?""好啊,JD[①]拿来看一下?""额,没有JD。""什么? 连JD都没有?""那我现在给你写一个?""什么? 胡搞什么? 现写? 你逗我玩儿呢?""真没有真没有! 我们可以因才设岗!"常常话音未落,人已远离。我还有一个前银行同事,最近联系我,说他应聘了我们公司的某一个职位,想听听我的意见。过了一个星期,他又联系我,说岗位变了。问怎么还没入职就转岗了,他被吓坏了:"我过去五年没变过岗位,没换过老板。你们这个公司靠谱不靠谱啊?"当然靠谱啊! 我说,这有什么啊。互联网组

---

① JD: Job Description,工作岗位职责描述。

织架构变动是常有的,换老板也是家常便饭。没有灵动的组织结构,怎么适应瞬息万变的市场环境。云计算都是秒级了,其他变化怎么就不能跟上呢?前同事最终没有来,因为他的小心脏受不了。

这样的环境中,两位"海龟"大哥自然是不舒服的。他们两个人都是把老婆孩子留在美国,自己孤身一人回国试水,想要等一切安定以后再决定是否举家搬迁。只是,在这"万马奔腾"的互联网行业,"安定"二字就如同我们四海飘零、无处安放的"青春"。其中一位大哥连房子都没有租,直接 Airbnb 上找了短租的公寓,拉着大箱子跑来跑去。第一个月的 20 号,他打电话给我问:"今天 20 号了,怎么没有发工资啊?你说,中国的民企会不会不准时发工资啊?"我不禁笑喷:"我们工资是每个月最后一天发啊。入职培训讲这一段的时候,你估计在打盹儿。"我说,大哥,你如果这一点信念都没有,想必在这里落不了地啊。果然,在不久之后,听到这个大哥离职回美国的消息。我一点不意外。

在我们这样的互联网民企,没有一点信念还真不行。我们很牛的人事姐姐说:"我们要因为相信而看见,不要因为看见才相信。"听起来玄乎乎的。其实用洋气一点的说法就是"Take a leap of faith"。在进门之前,有谁可以确定门之后有什么?谁不是开门之后,才在黑暗的屋子里摸索着开灯?说实话,互联网民企这种高速发展、高度不确定的环境,没有一点点信念还真不会来。来了之后,没有一点点相信,还真落不了地。

"落地"= 你触底了吗?

其实,在我加入互联网民企之前,我看了很多关于民企的报道,也和很多过来人聊过,知道要有空杯心态,也知道要揉碎归零、从头来过。但是"知道"和"经历"之间,还是隔着一道深渊。

刚刚入职的时候,我也曾经风光无限,毕竟好歹也算是一个"海归专家",带着先进的理念,来帮组织升级能力。我做的又是非常熟悉的专业领域,一路顺风顺水,被各种肯定和表扬。半年之后,差不多时间入职的小伙伴不少已经经历了跌宕起伏,而我还尚不知"人间疾苦"。某一次一起吃饭,同一天入职的海归大哥说起在这里被"打碎重来"的痛苦经历,竟然几度哽咽。他工作中压力大,诸多不顺,本想一个人承担,不让远在美国的妻子担心,于是每一次越洋电话都回避再三,到后来妻子都怀疑他是否在国内有了外遇。他每一次回美国探亲,离开都是一场撕心裂肺,儿子会整夜不睡地拉着他的手,生怕一觉醒来,爸爸就已经在大洋彼岸。这一切变成了落地过程中的加速度,让硬着陆变得更加疼痛。同桌的人都纷纷表示理解,然后开始讲述自己落地过程中的痛苦。我却还懵懵懂懂,觉得似乎没有那么糟糕吧,好像还不错啊。然后,变化就突如其来了。

这种感觉就好像坐在游乐园的跳楼机上,戴上头盔、扣上安全带,一开始,跳楼机缓缓下降,看着旁边过山车上的游客们狼哭鬼嚎的,还暗自窃喜,觉得自己选的这个游乐项目没有那么糟糕,自己的样子也不会很难看。在完全没有准备的一刻,就这么突然一下,跳楼机以极快的加速度,笔直地掉了下去,工作方法被批评,工作思路被挑战,PPT 汇报一稿又一稿,然后永远"死"在目录上。要重塑,要预判,要前瞻。到最后,我都想要不买一个大水缸放在办公室,里面养一只名叫"保罗"的章鱼,会不会有点帮助?

互联网的你,今天落地了吗?

再和同期入职的小伙伴交流的时候,我没有了隔岸观火的不痛不痒,有的是身临其境的体会。他们说:"看来,你开始落地了。"我追问:"什么叫作开始落地了?我不该要触底反弹了吗?"他们笑着说:"触底?你还早着呢。"我内心一阵凉意。那么到什么时候,我才算落地呢?小伙伴们说,当你落地的时候,你自然就知道了。

省去一万字的细节描述之后,我终于有些体会到落地的感觉了,虽然我还是不知道自己算不算触底。落地,首先就是内心不再骄傲,曾经觉得自己走路都带光芒,代表着世界先进生产力,没搞清楚状况时,就要去打破从草根生长起来的一切,而不去想打破之后如何重塑。现在我明白,先进生产力不是到处都管用,合适的生产力才最有效。后来在一次行业交流会议上,主持人总结陈词,大致意思是国外在风险防控领域很先进,国内在这方面还滞后很多,所以要多借鉴学习国外的先进经验。当时作为嘉宾的我忍不住反驳,国外大企业有多年的沉淀,如果是传统金融行业,在某些方面的确领先,但是说到互联网金融这一领域,其实国内国外已经各有千秋、各有所长了。我想,当时我说这个话的时候,倒真不是因为民族自豪感,更多的是这几年的"落地"过程,让我真正谦逊起来,不再玻璃心。过于骄傲的人往往也过于脆弱,一点打击就会开始怀疑自我选择和职业方向。在最痛苦的时候,我也曾经想过,为什么要跟自己过不去,告别曾经光鲜的生活来这里找罪受;也曾怀疑,自己是不是真的没有曾经以为的那么专业和能干。人到中年,职场之路风雨十几载,好不容易获得一些所谓的"功与名",这种自我怀疑和自我否定是异常痛苦的。但是,就如那一句被说烂了的鸡汤歌词,"不经历风雨怎么见彩虹",不走过这一段路程,就不算真正落地。有那么一天，同伴告诉你，"我也经历过"或者"我也正在经历"，然后，你豁然开朗，知道"煎"和"熬"，再加点油，终于成就了一道人生的美味。

至今，我也不敢说，自己已经落地，或者是落得很好了。不过，我知道自己不再惶恐和不安。互联网民企的这几年，成就了自己一颗强大而安定的内心：不会因为某个成功的项目，就觉得从此站上了人生的巅峰；也不会因为某个项目被批评得很惨，就怀疑和否定自己的能力。我会微笑着对自己和团队说，**合理的高要求是锻炼，不合理的高要求是磨练，都是职场的锤炼。**

因着信念，莫问前路。

（Buddy在裸辞后的第3个月找到了新工作，再次回到银行体系做他熟门熟路的财务总监。他微信的名字又改回了英文名字。朋友圈也更新得频繁起来，晒健身房，晒健康食谱，晒旅行照片，晒工作态度，散发着中年男人的自信和从容。想到之前一起加班到深夜的时候，他说："我太久没有更新朋友圈了，朋友都以为我是不是出事了，他们不知道其实还有一种可能是，我去了互联网公司。"现在的他，终于回到了适合他的地方，没有大开大合的精彩，却每天一点小确幸。至少，他看起来很开心。我也常常在他朋友圈点赞。写这个后续的时候，我发消息告诉他，我的新书要出版了，里面有一篇关于你的文章。他刚刚散步回来，说看这个城市在一场"新冠"疫情之后逐渐热闹起来的街景，感觉这才是生活。他现在在公司里管理着200人的部门，一切游刃有余。他说现在的抗打击能力和工作效率都比以前好很多，这是互联网企业经历予他的馈赠,但他不后悔选择了放弃。互联网很美也很苦。留下的未必是赢家,离开的也未必是没有勇气的逃兵。归根到底,选择去还是留要看适合不适合内心的诉求。祝 Buddy 一切都好,在不同的舞台一样精彩。)

互联网怎么联：关于"团建"这件小事

互联网企业教给我很多新的词汇，譬如"对焦""打仗""颗粒度""用户心智"，还有无处不在的"团建"这件小事。在进入现在的这家互联网公司之前，我从来没有听说过"团建"这种说法，在英文中词义最接近的应该是"Team Building"，即团队建设（后简称为团建）。

我在美国留学和工作长达数十年的过程中，Team Building 的次数屈指可数。第一次是在商学院入学的时候，新生报到，有长达一个星期的 Orientation（新人培训），介绍商学院的教学体系，认识教授，熟悉同学。商学院讲究团队合作，于是将新生拉到野外做 Team Building，分成几组登高爬低，又是翻越障碍物又是匍匐前进。当时国内来的学生都是"文弱书生"型，哪里见过这种阵仗。最后，带了一胳膊淤青和一身的泥回家，好几天浑身酸痛。第二次是在会计师事务所校招生的入职培训时。会计师事务所一般都是项目制，审计经理带着一个项目小组开到客户那里，驻扎个几个月，出审计报告然后走人。所以，团队合作精神也极为重要，否则一个项目小组成员之间搞得鸡飞狗跳还要在客户面前彼此和颜悦

互联网怎么联:关于"团建"这件小事

色,也是很挑战的一件事。所以入职培训中的重头戏就是 Team Building。这一次倒不去野外了,一屋子踌躇满志的年轻人在纽约时代广场的办公室里面,分组搭建奇形怪状的积木,然后给假想的公司设计解决方案。这样的 Team Building 对于在美国念了两年商学院的我来说,最大的挑战不再是语言,而是对美国文化的了解和融入。分组讨论的时候,小组成员的"引经据典"经常让我一头雾水,以至于我给当年的同事留下了"安静内向"的错觉。后来我开始在美国纽约的会计师事务所工作,平时大家都在项目上,面对不同的客户,在不同的城市,连一起进事务所的同伴也很少见面。唯一聚在一起的时候就是公司的圣诞节派对。有一年圣诞节,公司租了一个酒店的场地办派对。会计师事务所年轻人居多,一起喝得开心了,在半醉半清醒之间把酒店门口的充气圣诞老人顺走了。第二天,被酒店电话"追杀"到所里,行政追查了半天,才在一个合伙人的汽车后备箱里面找到了被放了气的圣诞老人。在那之后,就再也没有圣诞派对了,说是经济大环境不好,要缩减开支,其实就是"圣诞老人惹的祸"。金融危机的那几年,我回到国内美资银行工作,也没再参加过什么真正意义上的团建,顶多每年工会组织一次旅游。

直到几年前我因着一颗不安定的心加入了互联网民企,才真正接触到无处不在的"团建"这一件小事。我和周围的朋友交流了一下,发现每一个互联网民企都很爱搞团建。互联网人事部除了招聘、算绩效、发工资之外,最重要的任务就是组织企业文化建设,而团建是其中的一项重点工程。在互联网公司这些年,大大小小的团建也参加了不少,总结归纳了一下,大致分为以下几类。

旅游类：世界这么大，唯有"签到湖"

和外资银行每年的工会旅行差不多，互联网公司每年都会有带团建性质的旅行，还会大大方方地给一天的"团建假"。一年忙碌下来，团队一起去一个地方放松放松确实是不错的，但是莫名的旅游类团建是长在大家槽点上的一类团建。首先是一天"团建假"真心不够，不出国，即便去个内蒙古草原或者青海湖，路上来回都要两天，还没适应高原反应就要往回赶了。互联网公司的假期比外资公司短不少，家庭旅行、学校家长会、亲子活动或者办理点私事都需要请假，一年就那么几天带薪假，需要好好计划着用，恨不得按照小时来请假。团建还需要用带薪假，真心舍不得。如果只是一次团建贴个一天或者两天假期也就算了，问题是大部门、小部门各种组合的旅游类团建一年好几次，每一次都要自行补上假期。一年带薪假，团建就用了一半。如果不想自己贴休假，只能去千岛湖或者莫干山。所以，千岛湖就成了著名的团建名胜地——"签到湖"。还有就是公司补贴的团建费用有限，基本不够买机票，于是每一次团建都要自己贴钱。如果跟着各种组合，一年要团建几次，也是一笔很大的费用。尤其是有些"豪气"部门秉持一年辛苦到头难得团建一次的心态，一定要吃好、玩好、住好，以至于住民宿一人一栋竹楼的标准，随行的人真的很想问一句："请问有司机房或者导游房吗？"

不过一起出去走走的团建也真的能留下很多美好的回忆。互联网公司组织架构变动是常有的事情，这一次一起出去玩的小伙伴，明年可能就不是一个部门的了。**不管平时争论得如何面红耳**

赤,总能在团建中的某一刻看到彼此闷骚又可爱的另一面。然后在最苦、最累、最想撕的时候,回忆起来"一笑泯恩仇"。

聚餐类:吃饱喝足才有力气干活

这一类团建以最通俗易懂、最喜闻乐见的形式位于各类团建组织频次的榜首,同时也拿下了"最受欢迎的团建"榜首。基本上,欢迎新同事,欢送老同事,某同事工作周年,某同事生日,某个项目顺利完成需要庆功,某个汇报被老板猛批需要彼此安慰,都可以成为聚餐类团建的由头。觥筹交错,谈笑风生,小伙伴之间感情迅速升温。

在聚餐类团建中,有一个比较高难度的事情就是把握喝酒的尺度。每一次聚餐类团建都有人喝得和平时判若两人。有平素精致的韩范小哥一喝醉酒抱着路边的大树挪不动窝的,有平时不苟言笑的钢铁直男喝醉了到处向人撩起衣服秀八块腹肌的,还有高知人设的专家喝嗨了随手拿起旁边女同事的爱马仕围巾擦嘴的,如果目光可以是枪,他已成筛子。最尴尬的是,有人喝得不醒人事后抱着老板又哭又笑,实力吐槽老板本尊。当然,也有人因为有了前车之鉴,滴酒不沾,却和大家生出距离感。有人总结经验,聚餐类团建中最好的状态是微醺,可以真诚地说很多话,却清楚地知道自己在说什么。

互联网工作辛苦,一天三餐基本都在公司解决。在互联网民企工作的第一年尤其辛苦,在落地过程中被摔得鼻青脸肿的,全靠和小伙伴们撸串、火锅、小龙虾,续一口真气,继续向前。

共创类：寻找定位拼个大图

共创类的团建是互联网企业的传统保留项目，以时间长著称。一般都是一天起，也有长达两三天的，一群人被关在一间会议室里，大有不达成目的不散会的气势。共创类团建一般有几类经典的运用场景：寻找部门定位，共画战略大图，寻找解决方案。

寻找定位，可能是最不适合共创类团建的场景。这类团建往往发生在一个部门被赋予了新的职能，或者两个部门被合并的时候。组织架构的调整一定是为了适应业务发展的需要。如果部门主管需要通过一天甚至几天的团队共创来找到部门的定位，一定是自己没有真正理解组织架构调整之后的意义。主管想不清楚部门的定位，是一件非常糟糕的事情。这就好比是大海航行，航线可以调整，但是航向必须清晰，而掌舵的船长突然之间让全体船员讨论大家要去哪里。我看到过，有些主管任由部门成员七嘴八舌讨论了两天，没有引导、没有总结更没有锚定，这一定是低效甚至无效的共创。

共创的第二类场景是共画战略大图。这类共创型团建又被称为脑暴（头脑风暴）。地点一般是办公室之外的地方。有些是离公司十几公里外某一个风景宜人的度假屋，有些可能只是办公室旁边的某个咖啡馆。离开办公室的原因就在于，让大家离开熟悉的办公室环境，打开思路，想出好的主意。在传统公司里面，基本没有和普通员工一起共画战略大图的。因为传统公司的战略方向基本已经成熟。即使遇到公司的战略转型期，战略方向也是一小群高层的决策，鲜少是自下而上共创的产物。相比之下，如果不计较

互联网怎么联：关于"团建"这件小事

投入的时间和产出的结果，互联网企业让每一个人参与到"战略大图"中，可以激发每一个人的潜能，让大家在脚踏实地的同时仰望星空。

最有必要的共创场景，应该是寻求解决方案这个类型。往往是部门在一个阶段内需要完成一个项目，但是最有效的实现路径却不是很清晰。于是大家一起坐下来探讨"解题"思路，和商学院完成 Team Project（小组项目）差不多，不过是真刀真枪地解决现实商业世界中的问题。大家利用以往的经验和知识积累，以不同角度切入，这期间会有理念的碰撞，思路的冲突，终于还是能够磕磕绊绊地找到解题路径。这样的共创，往往在跌宕起伏后，会产生出乎意料的结果。

互联网企业很喜欢"打仗""打法""武器"这一系列词语，仿佛时时刻刻处在没有硝烟的战争中。现代信息社会就好像是给企业加上了一架显微镜。这架显微镜之下，一个出奇制胜的商业决定可能会让业务病毒爆发式的增长，而一个负面舆情事件也会成为企业的灭顶之灾。互联网中人不得不时刻保持着如同身处战场般的警醒。大家更需要生出"背靠背"的信任。胜则举杯相庆，败则拼死相救。互联网怎么联，团建这一件小事，承担着重大的作用。吐槽也好，喜欢也好，团建的日子终究是我在互联网企业这些年中最闪亮的一部分时光。

（去年春节放假之前，部门的小伙伴就团建去哪里，进行了一轮又一轮投票，南方的想去东北滑雪，北方的想去海岛躺平。反正众口难调是团建目的地选择必经之事。选定目的地之后，开始看

人生哪有那么多赢家

机票、看酒店,又是一阵折腾。结果过完年之后,发现一场"新冠"疫情毫无征兆地降临,雪山、海岛、湖泊哪里都去不了。团建这一件小事居然变成了"不可完成的任务"。在家工作,天天起床一步到岗,下班一步直接到床,感觉要抑郁。电话会议、云讨论,碰到网络不堪重负则大崩溃,这边激情昂扬说了半天,对面一片寂静,原来掉线了,白白浪费口才。这个时候格外想念公司里面可爱的同事们。哪怕意见不同要争论,也要隔着会议桌张牙舞爪、真刀真枪地开"撕",而不是"喂?你说什么?我不同意你的观点。什么?没听清楚。好吧好吧,我再重复一遍"。这一场疫情再次证明,人是需要社交的群居动物。春暖花开后,我们一起去团建吧,哪怕还是去"签到湖",也是极好的。关键是我们可以一起说走就走。)

互联网是张什么网：活下来的都是赢家

转眼，我在这家举世瞩目的互联网公司也快四年了。四年之间，互联网各种新业务、新概念风起云涌，有的人长风破浪、直挂云帆；更多的是黯然退场，不带走一片云彩。互联网公司之内，随着业务的变化，组织架构调整，人员流动，部门职能纵横交错，唯一不变的是变化。每一个步入互联网圈的人，不论是职场菜鸟还是老司机，不管是为了理想还是期权，都坐上了一列高速奔跑的过山车，经历高光时分，觉得自己从此走上人生巅峰，更有涌动的至暗时刻，开始质疑自己的专业、逻辑和思维方式，乃至怀疑自己的智商和情商同时欠费停机。

新人入职参加培训，作为"前辈师姐"的我经常被要求送一句祝福寄语。我总是很煞风景地送一句："活下去，最重要。"新人惊愕："有这么恐怖吗？"有，也没有！关键是要看你有多想活下去，以及以什么样的姿势活。作为一个在美国生活了十年有余的海归，一个曾经在"大而不倒"投行工作的"买办"，我在互联网民企不知不觉走了四年，经历过无限风光，也经历过痛不欲生，终于修炼出一颗"牢不可破"的平常心。周围的同事中有从外资银行来了一个月就逃回去的,也有一年多了还在文化差异中煎熬的。有人问,你是怎么适应的,怎么落地的,怎么活下来的。我想,"生死一线"间决胜的唯一筹码,其实是心态。互联网究竟是一张什么"网"？它是你眼里看到的那张网,更是你心里体会到的那张网。

以怂克刚:先认怂,再去赢

互联网企业,唯一和互联网速度没有什么关系的可能就是招聘的速度了。由于互联网开展的是前无古人的新业务,招聘的岗位在市场上基本没有什么可比性。在传统行业的类似岗位招聘,往往一句"没有互联网思维"就可以拒绝一箩筐候选人。估计这是和互联网企业合作过的猎头们最困惑的一句面试评语了。招聘的旅程从大浪淘沙般的筛选简历开始,候选人经过一轮又一轮的面试,再努力说服自己接受大幅度缩水的现金薪资,还有什么异地甚至异国的纠结,终于由候选人变成新员工,在群众的翘首以盼中入职了。

站在时代浪潮上的顶尖互联网公司,和十多年前的高盛、麦肯锡一样,都是职场精英们向往的企业。如今能够过五关斩六将入职的新人,哪一个出场不是自带光环和 BGM,哪一个不是手握一把可以当扑克牌打的证书。只是这些优秀人才可能会在互联网民企遭遇第一个职场"滑铁卢"。

互联网是最不崇拜光鲜学历和辉煌工作经历的地方,管你是北大清华还是哈佛 MIT（麻省理工学院）毕业,管你是在高盛花旗还是谷歌 Facebook 工作过,来了都是互联网民工,一视同仁。你的同事可能不是 985 或者 211 大学毕业,可能这辈子只待过这一家公司,但是架不住人家是互联网天才、技术界"谢耳朵"或者只是比你早个十几年入网。当你的产品方案、风控模型或者业务思考被挑剔得一无是处时,当你被一个看起来特别接地气,只要穿Polo衫不管室内室外必定竖起领子的主管挑战你积累了十几年的行业经验:"你知道你这个人最大的毛病是什么吗?就是太专业!"当你耐着性子说:"我再给您解释一遍。"对方来了一句不加标点符号的绕口令:"专业的人如果不能把专业的问题给不专业的人简单解释清楚就是你的不专业!"嗯,你可以冷静几分钟,回味一下这个长句式,做一下阅读理解。这种时刻,曾经在事业上顺风顺水的优秀人才会忍不住怀疑之前经历的是一个温情脉脉的假职场。经历过这样的难堪时分,有的人一蹶不振,开始怀疑自己是否真的不专业,有的人愤然离场"老子就不陪你玩了",还有些人先认怂,用一种柔软的、积极的方式去化解暂时的窘境。

认怂,不是认输。认输,是彻底承认失败,选择放弃,不再争取。认怂,只是暂时的退后一步,换来未来的海阔天空。但是,在现实职场中,往往越优秀的人,内里越是充满骄傲的"刚"。能够认怂,真的不是一件容易的事情。

认怂,需要极大的包容。包容的是自己的骄傲和自负。认怂,只是承认自己光鲜的"专家"外表之下,不过是一介凡夫俗子。既是凡夫俗子,自然会有认知的盲区,也会有思维定式。譬如,曾经我和同事讨论过某个营销投放模型可能不太精准,模型的不准确会导致投放到目标人群之外的问题,造成营销资源的浪费。这是我多年以来作为风险从业人员的固定思维,而且我非常确定自己的计算逻辑丝毫没有问题。但是,同事挑战我说:"你有没有想过,有多少应该圈定的人群没有被模型抓取,由此我们失去了多少商业机会?"我真没有想过。我的思维定式在于模型的"不应该"而不是模型的"应该",从这个角度上说,我最大的问题的确是"过于专业"了。

认怂,需要极大的勇气。勇敢地否定曾经的经验和认知,往往经验越多,需要打破的壁垒越高。只有"忘记了自己是专家",才能突然之间柳暗花明,遇到新天地。曾经在一次会议上,有一个没有半点保险行业经验的大佬说我们需要一款突破现有模式的互联网保险产品,然后兴致勃勃地描绘着这款啥啥都能投保的产品。他身边从美国回来的精算师极其认真地犯愁:"这个天马行空的想法,模型没法测算赔付率啊。"面对着慷慨激昂分分钟准备开干的一群互联网动物,他诚恳地认怂:"我没有互联网思维,我遇到了知识的盲点,我需要思考一下。"不久之后,一款互联网保险产品横空出世——一切皆有可能。

能够学会认怂的人,往往韧性极佳,自省且豁达,能够"以怂克刚"。即便是脸向下被按在地上摩擦,也能站起来敷张面膜,拍拍尘土说,"容我组织一下语言,再说一遍"。**先认怂,再去赢。在那些互联网的至暗时刻,我学会了"以怂克刚",坐看云起,荣辱不惊。**

厚颜无敌:面子是什么,不存在的

互联网企业的字典里没有"面子"两个字。互联网发展速度太快太猛就像龙卷风。在互联网行业,每一个人都好像坐上了高速飞奔的列车,简单和直接,不会迂回,没有铺垫。对于一个不够理想的方案，没有起承转合的客套，基本都是直奔主题、排山倒海地批评。一个自诩中国通的老外同事，有了一次在 PPT 目录上"阵亡"的经历后，郁闷地用散装中文吐槽："面子？What is（什么是）面子？We have no（我们不需要）面子。"好在敢挑战中国互联网民企的老外都是真心英雄，吐槽完毕说了一句"I will be back（我会回来的）"，继续回去该干嘛干嘛。面子是什么？不存在的。太拘泥于面子，反而给自己上了枷锁。在互联网行业工作的四年间，这样的时刻，我经历的也不在少数，慢慢地也修炼出来了，重压之下，"羽扇纶巾"，谈笑依旧从容，渐渐到达"厚颜无敌"的境界。

其实不管是在互联网还是其他任何职场，首先**要放下的就是一颗玻璃心**。捧着一颗玻璃心，带着一身公主病，还能一路升职活到剧终的，基本都是披着"精英职场剧"的外衣，实质是"游手好闲没见过世面的霸道总裁只爱同样游手好闲傻白甜的我"之类的偶像剧的剧情。在任何正常的职场，捧着一颗玻璃心，不管男女基本都活不过三集，在凶猛的互联网公司更是活不过片头曲。当我还是一个职场新人的时候，也曾带着一身"女文青"的矫情，动不动就觉得客户歧视我、同事排挤我，因为我是亚裔女性，英文带着口音。我弱，我有理啊。我当时的主管非常直白地告诉我："我们是来上班的，不是来交朋友的。主管不是你爹妈，不负责照顾你的情绪。公司负责培养你的专业技能，但是不负责改变你的口音，不负责改变你的出生地，更不负责改变你的性别。"那一番凶狠毒辣的谈话，让我无比难堪却又清醒过来。那一刻开始，我学会职场生存的第一课：内心糙一点，脸皮厚一点，总之不要太把自己当回事。很多时候，主管批评同事，虽然看起来气势汹汹、带着情绪，但其实还是对事不对人的。尤其是给管理层汇报时，满满当当坐了一屋子，大老板可能连你的名字都不知道，所以不要把自己想得那么重要，觉得对方是在刁难你这个人，而不是在批评你做的这件事。姑且不论带着压迫性或者攻击性的批评，是不是一种好的表达方式或者好的管理手段（这些事情留给高管去反思吧），我们能够做的就是剥离那些情绪化的语言，看看内核是否一针见血地指出了方案的弊端或者提出了建设性意见。如果有，就去改进方案，精益求精，情绪宣泄什么的就当作浮云。毕竟，我们是来工作的，不是来寻求共鸣和安慰的。如果想哭，公司有厕所，办公桌上有餐巾纸。面子在哪里？我没看见。

但是有一点，我们必须有清醒的认知，**需要打破的只是玻璃心而不是自信心**。职场上最难以打破的玻璃天花板，是来自内心的自我设限。扪心自问，人的本性总是趋利避害，自然是喜欢听表扬，不爱听批评。学会去聆听、接受并且理解别人对自己的批评，多多少少有些"反人性"。当那些批评又以比较激烈的方式涌来，可怕的不是由此产生的压力和沮丧，可怕的是在强大的挑战之下对自己的专业和能力产生的怀疑。要破这个困局，需要想明白两点。一是作为基层员工，你对于某项工作了解的细节肯定比主管多，否则主管要你做什么？魔鬼在细节，主管对你的挑战可能来自他对关键细节的缺乏了解。二是如果你已经是某个部门主管，你的主管极大可能已经和你不是一个专业领域了。不用对"外行领导内行"耿耿于怀，这本是职场上最普遍不过的事情，试想，CEO下面有财务、法务、技术等一堆职能部门，他怎么可能比这些部门主管更加专业？所以，主管对你的挑战可能来自他对某个专业问题的缺乏理解,更有可能的是,主管所接收的信息更全面、更高层,看到了你没有看到的全貌,你们的角度和广度不同而已。所以,不如会后找个机会紧跟着主管离开会议室,厚着脸皮和主管说:"我能够再说一遍吗?"用 Elevator Speech① 把那些没有提示清楚的细节问题抓大放小地再说一遍,把没有解释到位的专业问题再深入浅出地解释一遍。不用在大庭广众的会议上非要和主管辩出个是非曲直,毕竟当众承认自己的判断错误,对谁都是挑战。即使你真的是正确的那个人,也不必玻璃心作祟、虚荣心爆棚,非让大家觉得自己比主管更高一筹。

在职场,要做一个情绪稳定的人。不要因为一次批评就否定了自己。可以全盘否定方案,不可全盘否定自我。在互联网式狂风暴雨般直接酣畅的意见反馈和讨论方式下,我逐渐学会了放下面子、虚心聆听、选择接受、认真反馈,修炼出了一颗"厚颜无敌"的精钢心。他强任他强,清风拂山岗。他横任他横,明月照大江。

能够活下来的都是赢家

职场之道,无非有三,要不狠,要不忍,要不滚。能在互联网职场上活下来都是赢家。年轻的时候,我们一定要活下去,要在激烈竞争中厮杀出一条血路,为自己的未来闯出一片天地。难过的时候,我会看天边的云朵。人到中年,我们必须要活下去,要在逐渐

---

① Elevator Speech:电梯演讲、电梯交流。电梯上下的时间很短,表示通过简短的交谈,把事情说清楚,影响对方,达到自己的目的。

关闭的上升通道中逆水行舟,努力求生。要面对每天一睁眼就比昨天增长的账单和还了多年丝毫没有减少的房贷。难过的时候,我还会看桌上家人的照片。

选择活下去,于我可能还有一个重要的原因——为了自己的团队。曾经我被转岗到一个新成立的部门做主管。新部门成立之初,大家难免有些迷惘,努力寻找部门的定位和工作方式。当时有人断言"互联网公司组织架构调整是家常便饭,你们这种职能的活不过三个月"。一句话激起了我无穷的斗志。在每一个如履薄冰的时刻,我和团队都选择努力活下去,不为输赢,只为存在的合理。如今部门还在,足矣。

选择活下去,于我可能还有一个重要的原因,就是希望成为一个好的管理者。工作多年,碰到过优秀的管理者,也碰到过糟糕的管理者。一个优秀的管理者会把员工放在最合适的地方,发挥出潜能;一个糟糕的管理者,也可以在短短时间内毁了一个团队。在职业发展的道路上,一个好主管对于职场新人的影响是深远的。在职场徘徊期的一点至关重要的光亮,就可以让人继续努力前行。我的一个特别尊敬的主管曾说过,希望我们有一天成为管理者的时候,能够照着镜子对自己说:"我没有变成我讨厌的那个主管。"而只有好好地活下去,才能有机会变成一个好的主管,然后把种子传播下去,培养出更多优秀的管理者。

每一个职场都是一个战场。所谓的职场赢家,哪一个不是从职场菜鸟一路升级打怪而来。**在最沮丧最郁闷之处,凭借着一口真气,以怂克刚,厚颜无敌。**

（王家卫在《一代宗师》里说，人这一生，要见众生，见天地，见自己。在互联网的这些年，亦是如此。见了众生，所以包容。见了天地，所以谦虚。见了自己，所以豁达。）

创业,中年职场危机的解药?

最近几次高中好友聚会,有一对夫妻没有参加。这对夫妻没有孩子又喜欢热闹,从来没有缺席过任何一次同学聚会。大家一开始以为,他们正好出国旅行去了。后来聊起来才知道,原来那位先生的公司最近裁员,而他不幸是其中一员。夫妻两人因为没有孩子,所以生活一贯潇洒。太太早年是一家公司的总裁秘书,收入不算高,但由于总裁事务繁忙,作为秘书一直是随时待命的状态,她想想先生已经是公司管理层,收入两人花绰绰有余,不如回家种种花养养狗,于是早就辞职回家做全职太太了。现在先生一下子失业,家里没了唯一的收入来源,两个人虽然没有孩子,房贷也早就还清了,不至于生活有忧,却再也不敢像以前一样大手大脚,不再一年安排几次出国旅行,旅行必定选商务舱和五星级酒店了,也不敢去豪华西餐厅动不动开瓶红酒,人均消费 1 000 起了。最近先生几次求职被拒,夫妻两人更是焦虑到连同学聚会也没有心情参加了。"哎,中年危机啊……最怕的就是失业。"席间,有人第一次说出了"中年危机"这四个字。我们这些高中同学都是爱玩爱闹的,经常聚会、旅行,每一年新年前夜还要跨年狂欢。40 岁出头了,却觉得青春永远不会落幕,而就是这么突然之间,一夜中年。

人到中年,诸多焦虑。老人生病,孩子念书,身体透支,而其中职场危机感可能是最让人焦虑的事情,尤其是那些在外资企业供职的中年人。

危机之一:自由落地的收入水平

二十年前,外资企业有着令人羡慕的光环,工作环境好,收入高,还有完善的培训机制和职业发展规划。可以以偏概全地说,当时上海优秀的大学毕业生都去了投资银行、咨询公司或者会计师事务所。在职场打拼近二十年之后,慢慢从小职员熬成了主管,再慢慢熬成了年薪过百万的准"高管"。人到中年,收入越高,危机感就越重。近几年,互联网民企纷纷崛起,不断蚕食曾经被外资垄断的市场份额。相比互联网的飞速迭代,外资企业开始显得固步自封,有些外资面临来自本土市场的挑战,慢慢将战略重心转回。这些年,中国高级管理人员的收入水平已经开始向纽约和香港看齐,当外资公司纷纷开始缩减在中国的开支时,其中重要的一项措施就是裁员。而裁员往往优先选择高薪的管理层,毕竟裁掉一个高管,抵得上好几个普通员工。况且人到中年的高管,不少已经缺乏创新精神,上有老下有小,太过于注重生活与工作的平衡,不如裁掉一个,保留一些年轻的新鲜血液。对于中年人来说,一旦失业,收入水平就是自由落体,直线降落为零。

曾经有人形容没有任何隐性福利的外企高收入就好比"大浪淘沙"。每月工资单轰轰烈烈下来一大张,然后在房贷、学费、课外班等种种开销之后,好比退潮后的海滩,其实没有多少留下来。一旦失业,那就是连大浪都没有,直接干涸在沙滩上了。最让人恐惧的是,中年失业之后,再就业容易陷入高不成低不就的死循环。市场上能有多少年薪百万的工作在等待?但要做回十年前的工作,拿十年前的工资终究是心有不甘。于是,慢慢地从待价而沽到"待字闺中",希望一步步变成了失望。中年最怕失业,因为一旦失业就可能无法翻身,直接变成提前退休了。但是,家中的账单远没有到退休的阶段,依然每个月"生龙活虎"地迎面扑来。

危机之二:缺乏应急预案的单收入

不管是因为男人最初的一句承诺"我养你呀",还是因为两个孩子的家庭对妈妈的要求太高,一些高收入家庭慢慢变成了单收入家庭。很多家庭从来没有想过失业的可能性,也就意味着在家庭收入这方面缺乏应急预案。

我之前和一个男同事吃午饭,他点了一大盘酸辣木耳,自己一个劲地吃还不停地劝我吃。他说,木耳软化血管,可以防止心脏病,他之前也没有那么爱吃,但是最近发现自己心血管有些毛病,就开始逼迫自己"食补"。他说:"你知道吗?我现在最怕生病。我生病了,不但没有工资,还要一大笔医药费。小孩学费怎么办?将来大学出国念书费用怎么办?还有我们养老怎么办?"男同事的太太之前是中学老师,她想想与其把孩子送去各种课外辅导班,还要担心靠谱不靠谱,不如辞职在家亲自教育两个孩子。这些年下来,太太把两个孩子教育得彬彬有礼,不光学业优秀,还擅长钢琴、绘画、冰球、网球、游泳等各种技能,眼看着都是奔着藤校去的"别人家的孩子",他在朋友圈傲娇地晒娃晒幸福,引来一大波点赞。但是这背后,依然有深深的中年焦虑。他说,这几年收入高,开销也大。每年暑假,太太带着两个孩子去国外夏令营就能折腾掉他一个月工资,还有雷打不动的圣诞滑雪,已经成为一种家庭传统了。平时各种课外兴趣班,只要说英文的课程轻易就上万。他说:"我和太太都不是追求名牌的人,我们可以丰俭随意,大不了回去过大学毕业时的日子。但是现在有了孩子,一旦失业,我们总不见得让孩子转学,离开他们熟悉的老师和同学,让他们停下学了一半的钢琴吧,这个未免过于残忍了。还有,我们怎么面对父母?他们那种想问又不敢问的眼光对我也是一种折磨。"

如果说中年会有危机,那么所谓中产阶级家庭的中年更有危机,没有应急预案的单收入中产阶级家庭的中年更是危机重重。真的不敢生病,也不敢任性,也真的怕失业这件事情哪一天就掉到自己头上了。

危机之三:上升通道已经关闭

即使留在职场的中年们,也是危机四伏。职场最初,职位和工作年限尚存在一定的线性关系,在某一个年龄之后,职场年限相对于职场成就,已经属于无关信息。大家都心照不宣,40岁之后,职业发展曲线趋缓,最后十余年上升通道渐渐关闭。先不说某些招聘广告上的"要求35岁以下"这赤裸裸的年龄歧视,有些公司在人才盘点的时候已经悄悄地把70后排除在外了。40岁之后的中年人,不管实际情况如何,都慢慢被打上了一系列的标签,譬如"精力有限""可能缺乏创新精神""照顾家庭对工作投入度可能降低"。一些具有挑战性的、需要长期出差的机会自然而然地向年轻人倾斜。职场如同逆水行舟，不进则退。"被平稳"发展数年之后，原先的下属变成了平级，一些慢慢地变成了上司。你或许可以说服自己接受这种现实，但多少会生出一些失落和危机感。

　　面对这种情况，破局异常艰难。如果重新找一份工作，不管为了面子还是家庭经济考虑，总还是希望起码能够维持在原先的层级和薪水。但能够"待价而沽"的，是多年积累的工作经验和人脉。结果，兜兜转转还是在相似的行业，相近的领域。有一次在公司碰到一个之前银行的老同事来做客户拜访，名片上印着外资银行A。第二次来拜访的时候，名片上变成了外资银行B，不过职位、头衔、工作内容还是和以前差不多。他苦笑说，人到中年，我也想转型做点别的，但没有猎头肯买账，更没有公司愿意买单。到后来，我们这一群所谓的资深职业经理人还不是在外资银行这个圈子里面，今年你跳槽到我家，明年我跳槽到你家的"搓麻将"式轮岗。慢慢地，觉得没意思了，就"混日子"，等着哪一天公司给点遣散费走人，只是希望那一天不要太快来。

　　居安思危，与其坐等被离职，不如主动思变。创业，似乎变成了不少人中年职场危机的"解药"。

　　这一年，我和先生去法国自驾游。车行在普罗旺斯的乡间田野。他装作漫不经心地问："你说，我要不要自己去创业？"窗外一片紫色的薰衣草，景色美得令人窒息。我以为他只是随口一说，他却无比认真地开始说他的创业构想。先生出生在上海的一个普通工人家庭。公公婆婆一生循规蹈矩，在同一家工厂工作了一辈子。在公公婆婆眼里，不要说创业了，连我工作跳槽的事都花了一段时间来接受。先生深受父母的影响，生性谨慎保守，大学毕业至今一直在同一家公司工作。周围的朋友们不乏自己创业的,有些还颇为成功。每每同学聚会,总有人绘声绘色地描绘创业的惊心动魄,什么A轮B轮,纳斯达克敲钟。先生从来都是淡定的听众。我一度认为,全世界的人都创业了,先生都还会在公司安心赚工资。现在连他也动了创业的念头。我问,怎么会想到创业?先生回答说:"突然感到中年危机了。"

只是,创业真是中年职场危机的解药?是,也不是。删繁就简且以偏概全地说,创业离不开三个要素:人脉、资金和思维。

多年积累的人脉是一种复杂的动态平衡。

人到中年,在职场已经积累了不少的人脉。一个行业之内,既是竞争对手,又是同行。越是竞争激烈的,往往越是惺惺相惜。正是有了伟大的对手,才能让人不停地努力创新。中年创业,第一个想到的自然是如何充分利用之前的经验和人脉。但是不得不承认,人脉是一件微妙也易变的事情,部分是因为人心世故,更多的是因为不在其位,无法再共谋其事。职场中人脉关系的建立,可能是共事多年彼此间产生的信任感,可能是曾经帮助职场新人发展种下的善因,也可能是在职场危机时候伸出援手的恩报。如果把人脉解读为单纯的利益关系,是一种极大的误解。人脉,更多的是彼此之间觉得不可或缺的关联,这种关联却又是职业时间轴上复杂的动态平衡。只是当"关联者"离职创业,他在人脉关系中就可能变成了纯粹的"需求者",长期以来的动态平衡被打破。长期经营的人脉不是单纯的利益关系,是一种混合着感情和利益的平衡,所以不至于"人一走茶就凉"。大部分时候,人与人间还是会保留着曾经在职场中建立的信任,在不违反职场准则的范围内会给予方便。但是终究不能也不应该期望失衡的人脉关系成为一种长期通行证,否则真的就变成了"十年前给人一碗泡饭,现在希望对方天天鲍鱼鱼翅伺候了"。因此即使拥有广泛的人脉关系,中年创业者也必须在半年到一年之内站稳脚跟,才能再次建立在商业世界互需互惠的动态平衡,否则渐渐地,人脉就真的不管用了。

最容易也最不容易的资金。

资金是创业过程中最容易也最不容易的部分。人到中年,多少都有一定的财富积累。创业的启动资金如果不是太夸张,几个合伙人凑凑,基本还是可以拿得出来的,这比起依赖天使投资的年轻人创业,有些许优势。等到创业模式一旦稳定,也会有后续融资。但是难的也是资金。资本世界是最没有耐心的,一个创业项目如果不能在短期之内被认可,很快就会面临资金寒冬。于是,创业者为了项目持续,不得不追加资本投入,最终打破把创业资金和家庭资金分开的承诺,如果连续投入之后还是没有起色,就不得不接受创业失败的现实。有创业者家属说,比失业可怕的是中年失业,比中年失业可怕的是中年创业,而其中最可怕的是中年创业失败。失业,对家庭经济状况顶多是零分项。而创业,对家庭经济状况是负分项,而且可能是连年负分项。这个时候,创业者有来自家庭的支持极为重要,却极为不易。

从管理型的思维转向创业型的思维。

创业型思维是创业的灵魂,但并不是每一个人都具有创业型思维模式。

深夜,几个男生在一起打游戏,打得激动人心时却饥肠辘辘,这种场景经常有,但只有一个张旭豪创立了"饿了么"。他是一个创业,中年职场危机的解药?

渴望创业的人,研究生一年级的时候,他就决定要做一家市值150亿美元的公司。饿了么,是他的创业灵感,更是他创业型思维模式的必然结果。曾经有一个朋友,每一次聚会总喜欢拉着大家聊他的创业想法,开口必说:"我有一个想法,我要搭一个平台……"他想过要搭一个旅行类项目的平台,也想过要搭一个集结快递公司的平台,反正那些年他想要搭的平台不少,也真的搭过不少平台。在反复将想法试错之后,倒是渐入正轨,他目前有一家规模不大但是持续经营且盈利的平台型互联网公司。

相比这些天生喜爱创业的人,在职场多年的经理人完全是另外一个思维模式。深思熟虑的大局观,抽丝剥茧的分析能力,是大公司管理层运筹帷幄的必备能力,但其反面,往往是缺乏创业公司单刀直入、不问结果的魄力。我高中同学夫妻两人,先生是投行的行业分析师,太太成长于一个创业型的家庭。她的父亲是上海第一批下海经商的人,从小耳濡目染,大学毕业短暂工作几年后,就开始自己创业。在投行分析师先生的眼里,太太的创业计划不是缺乏可行性分析就是没有可持续的商业模式,反正各种不靠谱。太太一笑了之,从不辩驳。后来听说先生辞去了投行工作,加入太太的公司,投行圈内人说起来都带着几分羡慕,说他有一个很厉害的太太,经营着几家即将上市的公司。再一次同学聚会,先生坦白这些年来自己对太太创业的偏见,倒是太太还是一如既往的温婉,她说其实职业经理人在创业的时候最怕过于理性,什么都要想清楚了再做,以至于步步为营,失了先机。

创业,需要灵光一现之时的决断。有时候,做了再说,边做边看,边看边调整,未尝不可。人到中年,如果是由于职场危机而去创业,恐怕是一没有创业思维模式,二没有不问前路的勇气。有一个朋友,职场十几年,一路做到了某外资公司的高层。由于他不愿意参与公司管理层中的派系之争,年前辞职加入了一家本土创业公司,成为创业团队重要成员。但是六个月之后,由于不能打开市场,最终被创始人淘汰出局。创始人对他说,我们要的是一个创业者,而不是职业经理人。后来,他无比感慨地聊起这短暂的创业经历,发现十几年的职业经理人生涯让他对创业的艰难程度估计不足。他以为还是在大公司,业绩不好顶多奖金少点,却不知道创业公司每天都在面临着生死存亡,他的紧迫感和危机感严重不足。如果六个月前他就预见到自己需要为结果买单,就会早有破釜沉舟的果断,很多决定都会不同。

中年创业,其实是一个伪命题。创业这一件事情,在哪个年龄都是不容易的事情,也并不是适合所有人的选择。年轻的时候,没有人脉也没有资金,却有着无所畏惧的勇气和天马行空的创意,失败了再来也没有什么了不起,大不了再来一次,不少年轻人给自己贴上"连续创业者"的标签。人到中年,如果真的选择创业这一条道路,人脉有一些,资金有一些,思维模式也可以努力改变。只是负重前行的中年人是否真的可以承受创业之"轻"? 创业,未必是中年职场危机的解药。

(先生最终没有去创业。大概他和我一样,基因之中还是没有"创业"这一条 DNA。虽然有点小小的不甘心,但是人到中年,对自我终究可以有客观的认知。我那些正在创业的朋友,依然忙忙碌碌。偶尔在朋友圈读到他们的分享:"创业的美妙在于加班都是乐趣……时刻感受到颠覆和创造,再高级的打工也没有这样的体验。"路遥在《早晨从中午开始》有一句话:"只有初恋般的热情和宗教般的意志,人才有可能成就某种事业。"祝福所有创业从中年开始的人。)

中年职场危机,当失业真的到来

2019年有一部很火的电视剧叫《小欢喜》,讲述的是人到中年的三对夫妻,面对孩子即将高考的种种焦虑和生活中的鸡飞狗跳发生的事。三对夫妻各有特点,一对是公司白领组合,一对是金牌教师加公司老总的组合,还有一对是天文馆馆长加区长的组合。最贴近我们生活的是方圆和董文洁这对夫妻,两个人都是公司的中间管理层,收入不菲,却只能算是白领之上、金领未满。播到十几集后出现了人到中年的方圆被裁员的剧情。我和先生对望一眼,不约而同问彼此,如果这个情节发生在我们家里,我们会怎么办?沉默之中,我们没有答案,因为谁都不愿意做这种假设。

先生就职于一家跨国公司。外资大公司人事结构错综复杂,总部和区域之间有个平衡问题,本土管理者对国内业务发展的一些创新想法也难免有所掣肘。先生希望打破这个局面,于是选择离开。离开工作多年的公司,那种感觉就好像是把一棵大树连根拔起,先生的决定中充满着一种和自己宣战的果断。他不怕职场归零的清苦和艰辛,唯一有一丝犹豫,是想到家里的两个孩子,怕家庭经济受到影响。他问我,你准备好了吗?我说,准备好了。只是我当时觉得,以先生的资历和经验,下一份工作不会来得那么晚。

没有想到这一次先生的职业空窗期比我们想象的要漫长。"如果中年失业发生在我们家,我们该怎么办?"这个我们不愿意回答的问题,终究还是要被迫给出一个答案。只不过,这一次不是假设命题,而是现实问卷。我问他,你准备好了吗?他说,暂时还没有。

英文中,职业空窗期有一个很有意思的说法叫做 Between Jobs。在大学刚刚毕业的那段时间,先生有过四个月的 Between Jobs。那时人生尚在入海口,即使暂时没有工作,也充满着随时可以一人仗剑走天涯的豪迈。二十年之后,却是另外一番光景。**人到中年,上有老下有小,诸多羁绊,人生不能再是一场说走就走的旅行。**之前,我们两个连请个年假也要仔细计划,留一些给孩子的家长会,留一些给全家旅行,再留一些做应急预案。面对这一次的中年失业危机,我们两个在小区的花园里长谈。上海的九月,天气转凉,秋意浮现,慢慢地,我们觉得已经准备好了。

是否要告诉老人和孩子

这个消息是否要告诉家里的老人和孩子,是我们讨论的第一个现实问题。对于老人,我们很快达成了共识——隐瞒事实。在父母眼里,无论我们多大了,始终是当年那个不靠谱的孩子。我们人到中年,父母都已逾古稀之年,年纪大了就更加容易担心和焦虑。当初先生换一个工作,公公婆婆都会质疑他的决定,认为"做生不如做熟"。现在,如果他们知道先生因为一意孤行而主动失业,不知道会焦虑到什么地步。而先生在这一段时间最不需要的就是来自家人的负能量。这种负能量不仅仅会影响情绪,更会影响判断。所以,在这个问题上,我们几乎毫不纠结地就达成了一致。只是在"技术"处理上,如何让父母不起疑心,我们颇为伤脑筋。我们和两家父母住得很近。如果先生整天待在家里,不出一个星期父母就会起疑心,难不成真的要一天到晚坐在星巴克里面?我们最后想出了一个漏洞百出的借口,只是不知道这个借口能够抵挡多久。

对于是否需要告诉两个孩子,我们倒是讨论了不少时间。平时我们很重视和孩子之间的爱和尊重,任何重大家庭决定都会让孩子参与决定。我们希望一家人的生活,他们是参与者,而不是旁观者和被动接受者。譬如之前我离开银行加入互联网公司,全家开会投票表决。当时7岁的儿子也似懂非懂却郑重其事地举手表决。其实,我们是不介意让孩子们知道的。这可以让他们知道生活中会有挫折,即使在他们眼里像超人一样的爸爸,也会遇到暂时无法解决的困难。在这个时候,我们全家需要在一起共同面对。只是我们担心两个孩子单纯,不擅长保守秘密,童言无忌,转身就去告诉爷爷奶奶了。于是,我们决定目前不告诉孩子。等到我们终于走出这一段日子,一定会好好和两个孩子分享,告诉他们真实的人生,是偶尔直面挫折,也能相信未来的温暖和美好。

做好这是"持久战"的准备

找工作难,找一份理想的工作更难,在中年找一份理想的工作更是难上加难。尤其职场多年,先生已经做到了某一个领域内比较资深的职位,而市场上合适的职位不是一直都有的,这将是一场"持久战"。我们首先做了一下家庭财务规划,幸运的是,过去一段时间的积累加上我的收入,家庭在经济方面,暂时不会出现重大危机。那么,我们要准备的就是调整好自己的心理预期。

如果恰好有合适的职位出现,而先生又非常幸运的能够过关斩将最终应聘成功,那么或许三个月的时间情况便可改变。但更大的可能是,在三到六个月的时间内都没有合适的机会出现,或者出现了也有其他更加合适的候选人,那么这个时间将会变得非常不可控。那个时候,我们需要做一个选择,是否要和生活做妥协,降低对于下一份工作的预期。职场奋斗半生,好不容易达到一定高度,现在要走回头路,对谁都不是一件容易的事情,关乎面子更关乎心态。况且这一次离开是为了破局,如果走回头路,岂不是失去了之前"破釜沉舟"的意义。虽然我们也曾经讨论过,如果迫于生计,我们是否可以放下骄傲去从事一些最基础的工作。先生非常肯定地说:"大丈夫能伸能屈。"但事到临头,这终究是一个对男人的骄傲的挑战。渐渐地,我们已经有了这是一场持久战的心理预判。

持久战中的心理过山车

调整好心理预期,只是一个开始。因为在这一场持久战中,我们还会经历一个心理过山车。在这过程中,因久而不得而生出的无端焦虑和沮丧,是最摧毁意志的。先生说,我们先来预判一下在这个过程中可能要经历的心理过山车吧。

第一阶段:调整心态。先生当初下定决心加入前公司,是因为认可公司的文化、理念和价值,甚至觉得自身的气场和公司所创的品牌有着高度的契合。如今发现不合适,中途退场,虽然是自己的选择,终究还是会觉得这是自己职业发展中的一次重大失败。当我们谈起下一步准备做什么时,他第一反应是"让我调整一下"。是的,缓一缓,深呼吸,调整一下心态。但是这一调整时间切忌过长,否则就会陷入"一直调整,从未修复"的局面。渐渐地,调整心态,就会变成躲避现实的借口。先生对自己说,只给自己一周的时间调整心态。一周之后开始修改简历!

第二阶段:自我反思。先生这一次的离开,有多方面的原因,有个人的判断失误因素,也有公司整体业务策略与他的想法冲突的因素。回过头看,先生过去二十年的职场生涯尚算顺遂,这些年来也在稳扎稳打中逐步上升,不能算是具有战略眼光的商业奇才,也算是在数次公司大局迷雾中能够辨清方向的管理者。这一次的"滑铁卢",让他开始反思过去的一些管理方法和判断。这是一个痛苦却必须的过程。把过去职场发生的事情,拿出来当作商学院的案例一样,抽丝剥茧地冷静分析,进行"What I can do better? What I can do differently?(我如何可以做得更好? 我有什么可以做得不同?)"的灵魂拷问,然后缓慢而艰难地再次成长。少年失恋,中年失业,都是人生历练。没有反思,历练也只是经历,不会变成阅历。

第三阶段:重拾信心。少年失恋,会怀疑自己是不是不够好,才让最爱的人离我而去。中年离职,也会产生同样的怀疑。先生说,在这一段时间,可以反思,可以调整,但是最不需要的是怀疑自己的专业能力和职业素养。信心,是一切的根本。动摇了信心,就好比是动摇了大厦的根基,而这职业的大厦,是先生花了近二十年的时间打造的。常常说,治疗失恋的最佳良药就是找到新的恋情。其实,治疗失业的最佳方式也是投入寻找下一个职场的过程里去。更新了简历,联系了猎头,最初总会有一些看起来不错的机会出现,信心就慢慢地回来了。

第四阶段:跌入低谷。豁出去找过工作的人都知道,跌入低谷是必经的过程。刚把自己重新投入求职市场的最初一段时间,会觉得市场上的工作机会还不少。猎头似乎和房产中介一样喜欢制造市场繁荣的假象,但手上握有的未必都是"真实房源",又或者几家猎头说来说去的不过是同一个职位而已。跨国大公司的某些高端职位,出于保密原则,一般只会透露给签约的几家猎头公司。市场上其他猎头公司听到这些高端职位消息之后,有的也会利用这些有吸引力的职位去接触资深职业经理人。目的只是为了获取这些候选人的简历,因为优秀的候选人简历是猎头公司最大的财富。但事实上这些猎头公司并不具备推荐候选人的资格。寻找工作的候选人不知道猎头公司手上的职位是否真实,往往就出现了看似花团锦簇实际颗粒无收的情况。还有在求职的过程中,并不是每一次面试之后都还能有下一次面试的机会,尤其当一个心仪的工作机会出现,过五关斩六将却在最后一轮面试二选一的时候失利,心情跌入低谷是最自然的事情。无论我们做了多么充分的心理准备,等到真真实实经历时还是会感到痛苦。只是,我们可以去到最阴暗的谷底,仍然要相信谷底之后都是上行的光明。

第五阶段:归于平淡。经历过调整、反思、亢奋和失落几个阶段,我们终于可以用平常之心看待中年失业这件事。知道**失业只**

是职业生涯的一个阶段，而职业只是生活的一部分。曾经我们一直忙于工作，往往忽略了离开职场这个环境，我是谁的问题。这一段职场留白的时间，正好可以停下来，拾起我们曾经因为忙碌而忽略的美好。我们有多少年，没有在天色未晚的时分看着孩子们从校车下来，如欢快的小鸟归巢。又有多少年，没有拿一本书在秋日的午后不疾不徐地念着。读到某处，掩卷抬眼看空气里面的灰尘在阳光里跳舞。如同多年之前，一个小人儿在外祖父的书房，爬上他的书架挑了一本最厚的书，佯作看得懂，却忍不住看天边的云朵。我们曾经在工作中太拼太快，归于平淡之后，缓一缓，坐看云起时，也挺好。

先生在离职的时候，写过一封邮件，里面写："职场如球场，每一个人都或多或少有当板凳队员的经历。现在，我暂时离场当一个板凳队员。但是，我会在球场边上为比赛而呐喊，为再次下场而准备。因为，比赛还没有结束。"是的，中年失业并不可怕，可怕的是泄了一地的沮丧。让我们提着一口真气，如少年般带着孤勇，继续上阵，逆风翻盘。而家人，会一直在观众席上，无论你上场或者下场，都关注着你，随时为你喝彩。

（在书稿第一次完稿的时候，先生已经找到了一份合适的新工作。这份新工作重新激发出他"如初恋般"的职场热情和灵感。回首过去的几个月，发现有时候"休止符"是为了让整个乐章更加动听。在寻找工作的过程中，他经历了文章中描述的"心理过山车"，痛感鲜明而难忘。所幸的是，我们事先做了充分的心理建设。人最怕的就是未知的黑暗。做好充分的预期，就不会太恐惧。我和先生也曾经讨论,要不要在新书里面收入这一篇文章。因为我们的父母、亲戚还有朋友都会读到我们这一段"至暗时刻"。曾经在他们的印象中,我们有着光鲜亮丽的人设,"人生赢家""职场精英"等。但是既然说了"人生,哪有那么多赢家",就应该把最真实的人生展示出来。如同和编辑讨论的那样:"这本书不是要读者知道,如何成为人生赢家,而是让读者接受或许无法成为真正'赢家'的真实的人生状态。"曾经盛行的"成功学",让人们一度喜欢看励志的鸡汤故事,即"我怎么做,就可以成为人生赢家",以为这样的故事,是可以被复制的。其实,个人经历千差万别,而"赢家"或者"成功"的定义也是仁者见仁、智者见智。我希望能在这里真实地分享经历,坦然面对不完美的人生,直面挫折,依然保持笑容。狭路相逢,勇者胜。)

妈妈，哪是什么赢家，根本是全年无休的『全家』

不知从什么时候开始,儿女双全成了人生赢家的标配。女儿穿着粉色芭蕾舞裙,像小天使一样旋转,儿子在篮球场上一个漂亮的抛物线,掷出人生第一个三分球;黄昏时分带着一儿一女小区里面散步,夕阳下是一大两小并行的背影。朋友圈的这些动态,美好得如诗如歌。

只是,岁月静好的背后全是不省心的鸡飞狗跳。妈妈,哪里是什么人生赢家,根本就是全家便利店,全年无休,24小时超长待机。妈妈是世间最难的职业:不能跳槽,不能请假,没有工资,没有奖金;做得好,这是你"应该做的",做得不好,不光会受到来自四面八方的批评,还会祸害自己的晚年生活,更加可能危害社会和人类。

谁说女人天生就会当妈,分娩的那一刻只是在生理下变成了孩子的妈,心理上的不知所措只有自己知道。养育孩子,其实是和孩子一起成长的过程,因为在他们来到我生命中之前,我从来没有从事过妈妈这个职业,我也在摸索和学习。

为人父母就是如此痛并快乐着的一件事情。有时候我们也会假想,如果没有这两只"小动物",我们会过着如何洒脱的生活。因为他们,我们的生命少了自由,却多了温暖。作为父母,我们给予孩子的一切,都是为了将来他们能够很好地离开我们,去独立而幸福地过自己的人生。

Love them and let them go,爱他们就让他们离开。

物种起源：发光的种子

作为一个向往自由，有点事业心也有点文艺心的妈妈，我没有想过会要二胎，第二个孩子的到来纯属意外。当时，我刚刚从纽约的华尔街回到上海的陆家嘴，正准备好好发展事业，一度纠结着要不要接受这件突如其来的"礼物"。我下定决心生二胎是因为网络上的一张照片，两个像天使一样的孩子在草地上玩耍，爸爸妈妈在旁边的太阳伞下翘着脚喝咖啡，相视而笑，无限温馨。原来两个孩子可以形成自娱自乐的效应，为了以后可以翘着脚喝咖啡，我们决定，生！！后来才知道，这个照片就是摆拍啊！这跟别人家的狗狗猫猫一样，平日里毛发靓丽，温顺可爱，背后全是铲屎官的苦和累。

因为属猪，所以女儿小名"小猪"。全家人中，小猪姐姐对即将来临的弟弟或者妹妹最为欢欣雀跃。随之而来的，是关于物种起源的一堆问题。当时小猪姐姐才2岁半，她也问过"妈妈，妈妈，我是怎么来的？"的问题。2岁的孩子嘛，还是比较好忽悠的。我们用过各种忽悠版本，当然，其中肯定没有"你是垃圾桶里捡来的"这种用滥了的版本。

童话一点的版本："你是送子鸟包在一个包裹里面，放在我们门口信箱里面送来的。"小猪问:"妈妈,妈妈,我在窗口看了半天,没有看到送子鸟,只有快递叔叔啊。"小猪一心一意想要一个像洋娃娃一样可爱的妹妹,于是问妈妈:"妹妹是怎么送来的呀?她是你淘宝买来的吗?"爸爸脸上"生"出三条黑线……小猪真有互联网思维。

科幻一点的版本:"很多很多年前,地球上还有地球人和火星人。你呢,其实是火星人。当火星人离开地球的时候,他们把你留给我们地球人抚养。"哎,小猪爸爸,你怎么不说,当年地球上有汽车人呢?也不知道这部科幻大片小猪听懂没有。小猪问:"爸爸,爸爸,火星人又回来了嘛?最近奶奶烧饭的时候,我没有看到火星人出来。"轮到妈妈脸上"生"出三条黑线……小猪,昨天晚上洗澡,你看到水星人了嘛?

二胎的不期而至,把我们原先以为可以过两年再解释的,或者拖到孩子长大自己自然就懂了的问题,摆到了自己面前,那就是"我是怎么来的?"的问题。不管在西方文化还是东方文化里面,这个问题和其他与生命相关的问题一样,对父母来说都是棘手的。答案要简单,否则孩子理解不了;要有趣,孩子才会记得住;要有爱,得让孩子感受到生命的美好;要得体,嗯,要得体,这个大家都懂。记得有一套绘本名字叫《我从哪里来》,是香港教育局给小朋友的生理课教材。这套绘本是比较"技术流"的,有爸爸妈妈人体的解剖,还有生育的过程,5岁以下的孩子对此还不能完全理解。而且即使是受过西方教育的我,讲起这套绘本来也略不好意思。找了一遍,发现没有合适的绘本之后,擅长编故事的我给小猪讲了这么一个故事:爸爸妈妈很要好,于是爸爸送给妈妈一颗种子;妈妈把这颗种子放进了肚子里面，用心来培养；种子发芽了，开花了，妈妈的肚子也慢慢大了起来；种子开花后，散发出一种只有天上的小天使才能看到的光芒，然后他们就排着队，挑选自己喜欢的爸爸妈妈飞下来，成为这家人的孩子。小猪很喜欢这个版本，一直深信不疑。

在弟弟出生之前，小猪一直想要一个妹妹，一个像洋娃娃一样可爱的妹妹，可以陪她扮演公主。而我有了弟弟那段时间，小猪又很喜欢《不一样的卡梅拉》绘本系列中的一本《我想有个弟弟》。这个故事，讲的是小公鸡卡梅利多一直想要一个小弟弟，结果妈妈的蛋孵出来的是一个小妹妹。讲完之后，我们问小猪，如果妈妈肚子里的是一个小弟弟呢？小猪会说："那我也喜欢。"慢慢地，她有了不管弟弟还是妹妹，都可以陪她一起玩的概念。

春节前一个普普通通的周二，在相信自然分娩的我辛苦了几个小时之后，弟弟终于降生。因为弟弟肉嘟嘟的、圆头圆脑，得小名"肉圆"。小猪姐姐趴在婴儿床旁边，用一种探究的表情，研究着这个小生物，从此开启了两娃家庭之"战争与和平"模式。

生二胎的过程，是爸爸妈妈和孩子一起做心理建设的过程。爸爸妈妈要准备好重新经历一遍换屎尿片和喂夜奶的生活，还有变成两倍的各种抚养教育费用。孩子要准备好接受自己不再是家庭这个小宇宙的中心，会有另外一个人一起成长、一起分享。从今以后，两个孩子，爱在一起，打在一起。前一分钟亲亲热热，后一分钟好比上辈子的仇人。曾经向往的翘着脚喝咖啡的美好场景，最终并没有出现。两娃父母需要心力、脑力、精力、体力和财力五力合一，齐心合力和两只"小动物"斗智斗勇，才能其乐无穷……

虽然忙乱和辛苦,却总有那么温暖的一刻,不经意触动我们的神经。

某一天,我们一家人开车出去旅行。一路上听两个孩子坐在后座聊天。小猪姐姐问肉圆弟弟:"你知道你是怎么来的吗?"肉圆弟弟摇头。小猪姐姐很得意地说:"我知道!"于是她认真地给肉圆弟弟讲了一遍种子开花的故事。

肉圆弟弟听了后说:"嗯,我知道!我还是小天使的时候,在天上排队。然后,看到妈妈的肚子在发光,我就飞下来了。"

我好奇地问:"为什么是我,不是其他妈妈呢?"

肉圆弟弟毫不犹豫地说:"因为,这家人有姐姐!我想要一个姐姐。"说完,他做了一个飞下来的动作。

小猪姐姐伸出手去,佯装接住肉圆弟弟,对他说:"肉圆,初次见面,请多关照。从今以后,我就是你的姐姐了。"

附:
小猪姐姐写给肉圆弟弟的一封短信

亲爱的肉圆弟弟:

很久很久以前,当你还在妈妈肚子里面的时候,所有人都说妈妈看起来怀的是一个女孩。只有我一个人斩钉截铁地说,一定是一个弟弟。虽然那时候,我其实是想要一个妹妹的。这也许就是我们之间第一次心灵感应吧。

小的时候,我们谁都看不惯谁,我会仗着比你大,偷偷摸摸去欺负你一下,却又怕你真的受伤了,或者真的被我气哭了。所以,我又会悄悄安慰你,勾个手指,保证不告诉爸爸妈妈。不管在家里怎么打架，到外面我们是一个联盟。你还记得有一次我为了你跟比我们大很多的孩子打架吗？后来，我们上同一所幼儿园，我会向同学们炫耀说："这是我的弟弟。"可惜，现在我们虽然上了同一所学校，可你在浦东，我在浦西，我不能再拉着你到处炫耀"这是我家萌萌的肉圆了"。而且我们现在都有很多作业，每天放学后，两个人分头在自己的房间做功课。做完功课，你就在外面玩游戏，我就在自己房间看书和画画。我好想念以前，我们打成一团，你跟在我后面做我的小尾巴。

将来有可能我们会去不同的地方上学，见面也会越来越少。不过爸爸妈妈说，我们是血脉相连的姐弟，是世界上最亲的人。不管是不是每天都在一起，只要有彼此，就会觉得暖暖的。

爱你的小猪姐姐

（BTW：不许再追问我小猪是怎么变成肉圆的！！！）

在中国当妈之奇葩现状

曾经有个女演员说:"做人难,做女人更难,做个名女人更是难上加难。"我想说,她一定没当过妈。等她在中国的 Hard 模式下当妈之后,她的名言会改写成:"当女人难,当妈的女人更难,当学生家长的女人更是难上加难。"

在中国,当妈的 Hard 模式从怀孕那刻就开启了。我第一次怀孕时人在美国,在美国医生的孕期注意里,简直是百无禁忌,咖啡照常喝,只要一天不超过 6 杯(一天 6 杯,我不怀孕也喝成亢奋了),游泳、骑车等运动都没问题,夫妻生活一切照常,除了孕期维生素,其余的啥都别补,反正怎么任性怎么来。第二次怀孕时我人在上海,啊呀,一怀孕,防辐射背心都要赶紧穿起来,自己简直一秒变神龟;还有咖啡,想都不要想;至于夫妻生活,前后三个月绝对不行,中间最好也不要。谈这些问题的时候,中年女医生一副"你咋那么熬不住"的鄙夷神态。还有你呐,高龄产妇缺钙缺锌缺铁缺叶酸,最好老公是土豪买个矿回家慢慢补。我看到一则社会新闻说,老婆怀孕之后,老公一家一家央求邻居晚上关闭 Wifi——避免辐射。这绝对是中国式的充满"禁锢"的怀孕过程吧。

在中国当妈之奇葩现状

好不容易十月怀胎,娃呱呱落地,卸完货,另一波考验接踵而至。如果你有一个极为保守的婆婆,要求你严格按照中国传统坐月子,我对你表示严重同情,因为那意味着一个月不能洗澡洗头,如果是夏天,还不能开空调或开窗通风,满清十大酷刑没加这一条真是可惜了。曾经有个朋友,在吃饭的时候详细描述了他挥舞两把扇子——一把替儿子驱蚊一把替媳妇驱蝇的场景,大家当场就听饱了。第一次坐月子时,我老妈飞来美国,我以绝食为手段获取了开窗通风的权利。这种撒泼招数也只对亲妈有效,对婆婆还得保持知书达理的伪装。第二次生娃我积累了战斗经验,早早订好一个贵宾包间,等不明真相的群众在外面围观孩子时,我在里面麻利儿地洗澡洗头,然后傲娇地蹲在床头差遣老公去买麦当劳的汉堡加星巴克的咖啡。怀孕期间不让吃垃圾食品,真是憋坏了,从来没觉得汉堡包这么好吃。婆婆和我妈——"两宫太后"看到我时,像鸟一样地停在那里,除了无语只剩无奈,我狡辩说:"洗都已经洗了,后面坚持也意义不大,这和处女膜同理。"在"两宫太后"的白眼中,革命成功。

奇葩的考验不会随着月子的结束而终结。如果家庭经济条件优越,可以在月子中心坐月子或者聘请月嫂,那就有人精心伺候着你还有娃的吃喝拉撒睡。但是动辄十几万甚至几十万花费的月子中心绝非久留之地,月嫂动辄过万的月薪也让月嫂只能是"月"嫂而非"年"嫂。婆婆和亲妈在这个问题上的意见出奇的一致:"这么贵?自己带!"于是,你只能含泪和悠长的甜睡说再见了,半夜开好闹钟,每两个小时起来喂奶换尿布,万一娃生病,那整晚不用睡了,因为老人白天帮忙带娃已经很辛苦了,咱怎么忍心让老人起夜?

万一睡不好累病了,更是添了一件劳心劳力的事情。不得不说,中国的老公们在这个过程中的作用严重缺失。绝大部分老公会以白天需要工作为名搬入客房,以避免晚上被孩子哭闹吵醒,导致睡眠不好影响工作。有些夫妻分着分着,妈妈带孩子睡、爸爸自己睡客房的模式就一直延续了下去。我曾经很好奇,如果夫妻需要那啥了咋办?而我那些当妈的女性朋友给我一个彪悍的白眼:"老娘只想睡觉!"在西方社会,夫妻分房要不是感情破裂,濒临离婚,要不是年纪大了睡眠质量差,怕互相干扰。为娃分房,这算是在中国当妈的又一个奇葩现状吧。

喝着不能加盐的催奶汤,过完娃睡咱就睡、娃醒咱站岗的几个月,终于要上班了。问题来了,娃怎么办?有的欧洲国家产假长达一年,产假结束,娃也该去幼儿园了。美国福利没那么好,产假6个星期,但是6个星期的娃就能送Daycare(托儿所)了。福利好的大企业,托儿所还是公司办的,就在办公室旁边,可以上班间隙偶尔去瞄一眼,再回去安心工作。这和爸妈那会儿厂办托儿所基本是一个概念。但是现在国内没有托儿所了,娃要3岁才能进入幼儿园,那么中间的空白呢,敬请自己发挥想象力。家里有老人的,只能靠老人,虽然咱真心不想啃老。当然老人带娃的矛盾不可避免,妈妈群里就此可以整理出上千条"控诉"。结论是,要不忍,要不自己带。

家里没老人的只能请阿姨,请阿姨也是问题一堆堆。首先是最大的问题,信任。估计没几个妈妈能够放心把不会说话的小嫩娃完全交给陌生人。网络上,阿姨趁主人不在家虐待孩子的视频三不五时出现。更不用说万一碰上个居心叵测的,把娃抱走了都没处找。好吧,姑且把前两条算为极端案例,抱着人心本善的信念,找到了一个善良的阿姨,假设咱也能忍了她偶尔摸鱼或者做事方式和咱要求的不同,但是阿姨也会跳槽!这年头啊,不怕老板凶残,不怕队友如猪,就怕阿姨说不干啊。我家那位用了五年的阿姨要辞职,只能让我家小鲜肉以他纯真童稚的卖萌留她下来,留下的还算是有情义负责任的阿姨。如今微信朋友圈某位当妈的朋友突然不发帖了,多半是她家阿姨不干了。一个女神级别的姑娘当妈后特别感慨,以前甩男人的时候多潇洒,现在有报应了,整天被女人甩,而且还是颜值普遍不高的中年妇女。哪怕寒窗十年苦读,哪怕职场叱咤风云,如果在养娃这件事情上外援缺失,也只能回归家庭,憋屈成绝望主妇。譬如我认识的一个颇有才华的女律师,为了孩子回归家庭成了全职妈妈。等娃大了,回归职场也成了遥远的梦。这个残酷的事实在这个依然由男性主导的世界里大同小异。

某种角度上,我算是一个幸运的职业女性。生了两个娃,有能干的老妈、好脾气的婆婆,还有可靠的阿姨一起帮忙,所以我还能专心于职场格斗,并且保持浪漫,偶尔和老公私奔到普罗旺斯。我总是用3岁之前喂养孩子和养小动物没大区别的理论来安慰自己、逃避责任。直到女儿进了小学,儿子进了幼儿园,当妈的身份升级成家长,我终于"无处可逃",必须担当起教养的重任,也终于体会到在中国当家长是多么需要正能量。

每个在中国当家长的人,必备两个微信群!一个是有老师的官方微信群,一个是不带老师的纯家长群。官方群是老师用来传达指示、布置任务的,这本来是一个简便快捷的方式。但是老师每发一个消息,就不停有家长抛出各种卡通表情表示欢迎、喜爱、感谢。我一个电话会议结束,几百条未读信息,我要穿过几十个跳舞的小姑娘、卖萌的河狸,还有吐舌头的小黄人,扒拉到手指抽筋才能捞到点干货。听一个朋友说,她儿子学校的老师特地关照,发作业通知时,除非家长有问题不用回复,简直太体贴了!至于纯家长群,绝对是吐槽学校和老师的场所。在官方群撒完鲜花、卖完萌的家长,在纯家长群可能立马变身怪兽家长。中国家长对孩子的过高期望和对教育的过度重视,导致大家对学校和老师产生很多不合理的期望。有些家长觉得,我把孩子交到学校,孩子磕着碰着学校负全责。有一次的事件是春天学校操场有野猫,孩子们下课喜欢去看小猫,结果其中一个孩子被野猫的舌头舔了一下,老师立马带着学生去医务室处理,确定没有伤口,但是这位学生家长极其愤怒于学校的安全措施不到位,竟然让野猫跑进操场。大家都知道猫是一种随性自由的动物,学校控制不了野猫,自然只能控制孩子,于是课间不让学生去操场了。不知道这样的结果是否真的对孩子好。至于其他吐槽老师教学方法的,学校伙食质量的,种种种种,都不算什么事儿。每天群里都有好多未读信息,不读吧怕错过什么,怕被其他家长边缘化最终影响到孩子,读吧的确浪费好多时间,只能利用如厕时间一目二十行。当家长那几年,速读水平突飞猛进。想想我家有两个娃,那是四个群在"争奇斗艳"啊。

当妈的绝对要全面发展,必须做得了文案,拍得了照片,烤得了蛋糕,算得出奥数,画得了美工,讲得了英语,必须是一只功能全面的机器猫。但是,关键的是做这些事需要时间,而职场妈妈最大的挑战就是没有时间。费心费时协助孩子做完以上一切需要动手能力、想象能力的作业,还有家长会、老师约访、各类学校亲子活动,这时学校会含蓄地表示希望家庭主要教养者,也就是父母参加,在中国,这种希望大部分成了妈妈们的义不容辞。曾经有妈妈说,在她儿子去的那所明星小学,如果是爷爷奶奶去接孩子放学,班主任基本是不会和你交流的,必须要父母亲自去接,班主任才会对你说些孩子在学校的情况。更有些所谓名牌小学公然说,孩子学习成长需要父母陪伴,如果妈妈现在不是全职妈妈,在小升初之前也最好能变成全职。这是什么世道啊?这是活生生把有理想、有抱负的大好职场女性逼成陪读主妇啊!我好傻好天真地问,如果家庭经济不富裕,妈妈必须工作呢?朋友鄙视我,既然是明星小学,申请者众多,录取的时候学校也会看家庭背景嘛,最受欢迎的家庭结构是爸爸是高管或老板,妈妈是全职,最好是台湾妈妈,温柔贤惠又能干,为学校一切活动鞍前马后不遗余力。

除了学校的规定活动之外,还有各种同学之间的课外互动活动需要花功夫,譬如同学生日会、户外亲子游。班里家长看到孩子的同班同学办了生日会,对着自家孩子殷切的眼神,自然不忍拒绝,于是一个班级的学生一圈办下来,当妈妈的周末除了送孩子去学奥数英语钢琴画画围棋跆拳道之外,还要带孩子上山入海地参加生日会。我参加过的最奇特的一个生日会是在极乐汤,也就是俗称的澡堂子。在美国,我已经多少年没和其他女人裸裎相对了,何况还是其他同学家长!!前一天晚上我忧郁紧张到失眠。第二天鼓起勇气去了,其他妈妈安慰我说,没事儿,都是女人嘛。我眼睛一闭,脱!睁开眼,一澡堂的裸女,冲击力太大,不得不扶墙才能入。不过再次证明,当妈的女人是伟大的,为了女儿我都可以慢慢适应和其他家长"坦诚"相对,在池子里对中国教育侃侃而谈。不

人生哪有那么多赢家

过那天额外收获一项数据,看了那么多裸女,我回去跟老公说,原先我没依据,但是今天一天实地考察,根据大数据分析,你们画报上那些女人的身材估计是修图的,因为现实生活里没有样本。扯远了。

所以,综上所述,在中国当妈不容易,当家长更不容易,全职妈妈和职场妈妈各有各的辛酸心路历程。多怀念我们小时候,还没有学区房的概念,也没有菜场小学的称谓,学校就在街对面。小朋友们放学,胸口挂把钥匙就可以自己走回去。周末没有补习班,大家不用拼爹拼妈,更不用拼命。只是,**我们活在今天,只能随波逐流,无论曾经以为自己是多么特立独行的女性,当了妈只能满身人间烟火**。最后提醒各位妈妈,记得要多锻炼身体,不光因为当妈、当家长是体力活,也是因为万一哪天你需要去澡堂开家长会呢?好身材才更有信心脱。别怪我没提醒你哦。

(这是我在"奴隶社会"公众号第一篇"10万+"的文章,原名为《中国当妈之奇葩现状》,后来被几个大公众号转发,据说最后阅读量破百万,算是我的"成名作"吧。这一篇文章是在飞机上一气呵成的吐槽之作。同在中国当妈,皆是"槽点"满满,正好给了大家一个"米兔"的出口。随着两个孩子成长到不同阶段,不停衍生出不同的"槽点"。但是,慢慢地,我的吐槽文越来越少,一部分是因为去了互联网民企,所有的文字才华除了贡献在报告和邮件上之外,还贡献给了每周几千字的周报。更重要的是,当妈的"工作经验"越丰富,抗压性也越强大,对于娃的各种幺蛾子不会一惊一乍了。想告诉所有正在抓狂的妈妈,有什么大不了的呢?熬一熬,都会过去的。而且要知道,在未来的日子里,今日、此刻永远是娃最小的一天,也是她/他最黏你的一刻。终于有一天,我们会自由,会轻松,却也会失落,会寂寞。所以,痛并快乐着,怀着"自虐"精神享受当下被呼唤"妈妈妈妈妈妈"的日子吧。)

二宝妈的自我修养

近年来,生二胎已经不再是新鲜事情。生两个孩子仿佛是女人成为人生赢家的通行证。据说继"吃了吗?""离了吗?"之后,"你家生二胎了吗?"已经成为人与人间的热门寒暄之一了。以至于很多妈妈说,现在生二胎简直变成一种 Peer pressure(同伴压力)了。做女人真心不容易。不结婚吧,要被逼婚,否则"剩女"帽子扣上来。结婚了吧,要被逼生孩子,否则就有亲朋好友悄悄给你递不孕不育的老军医广告。现在终于结婚生子了,你以为任务完成了?错!我们可以生二胎啦!公婆爸妈语重心长地劝说:"以前那是不能生啊,现在你能生了还不生?"这感觉就和"超市都大减价买一送一了,你怎么不赶紧去啊,多划算啊"一样。于是,你就在一半心甘情愿一半纠结彷徨中被"二胎"了。生二胎,绝对是对时间、精力、财力的全方位大挑战,而这些都只是外在的挑战,真正的挑战来自你是否已经做好了足够的心理建设。想要成为二宝妈,走上人生巅峰,先来了解一下二宝妈所需具备的自我修养。

二宝妈的自我修养

不要忘记"准生证"这一件小事

首先,你准生证办了吗?据说上海等一些大城市生头胎已经不需要准生证了,但是二胎还是需要的,以至于很多糊涂的二宝妈彻底忘记了这件事,譬如我。我家小猪姐姐是我在美国工作期间生的,肉圆弟弟是在国内生的。我从怀孕开始一直去的是外资医院,从来没经历过建大卡之类的流程,所以也从来没有人提示我有准生证这个环节。等肉圆弟弟出生,才发现他居然没有准生证!某个风和日丽的下午,工作人员找上门来,我解释说我家肉圆弟弟绝对是符合国家生育政策的。计划生育干部语重心长地教育我:"虽然你是符合生育政策的,但是生前没有办准生证,就是违规的。"为了不让肉圆弟弟变成黑户口,我虚心地接受了教育,诚恳地承认了错误。这就是一个二宝妈最基本的自我修养。最后,计划生育工作人员看我态度端正,特贴心地说:"你看你家大宝是国外生的,如果你办了准生证,你家二宝本来是可以办独生子女证的,每个月有8块独生子女费,可以领到18岁。"我飞快地心算了一下,总共损失1 728块。

淡定面对来自中国大妈的灵魂拷问

二宝顺利来到世间,而二宝妈的自我修养修炼历程才刚刚开始。先修炼下如何淡定地应付中国大妈吧。和炒黄金、跳广场舞、去宜家喝咖啡一样,生二胎也是新潮流,怎么能不引起中国大妈的围观呢?对于生二胎这件事情,中国大妈有其自成一体的价值体系,每一款都能挑战你的耐心极限。

人生哪有那么多赢家

二胎嘛,男宝和女宝,根据排列组合,自然有四种可能。女女,男男,男女,女男。对每一种组合,她们都可以提出让二宝妈的自我修养瞬间崩盘的问题。

我家是姐姐和弟弟的组合,最常见的的问候是:"姐姐好啊,可以帮忙带弟弟啊。"我立刻脑补了一下姐姐背着弟弟踮脚站在小板凳上在水槽边洗碗的画面,或者坐在门槛上剥毛豆的场景,然后看到眼前两只不知道又是什么原因厮打成一团的"小动物",叹了口气,我是多想穿越到大妈您所描述的美好年代啊。在那个年代,我奶奶生了10个孩子,都是大的带小的,这么乱成一团长大的。最糟心的问候是:"你是为了生个儿子,生的二胎吧!"比较奇葩的是有一次在地铁,一个热心大妈逗我家弟弟玩,然后突然问我:"这两个都是你生的?"大妈,你这问题到底有几层意思呢?是说我年轻呢还是说我看着像后妈?我耐着性子点头说是啊。于是大妈来劲了:"啊呀,为了生这个儿子罚了多少钱啊?"大妈,求放过! 您还是去跳广场舞吧。同行毒舌闺蜜劝解我:"算了别生气,至少大妈没有问,你为了生这个儿子之前打了多少胎。"闺蜜的确是用来毁三观的。

如果生的是女宝加女宝的组合,总算没人一厢情愿地以为我是重男轻女才生二胎的吧。但是,大妈同情的眼光如潮水般涌来!"啊呀,第二个又是女儿啊。两个女儿,呵呵,不错不错,女儿好呀,贴心啊。"大妈您知道您说这话时的表情是多么不真诚吗?据一个二女宝妈说,曾经有知心的大妈递给她一张生男宝典,同时建议她去香港再生一个。

如果是男宝加男宝组合的妈妈,总该可以在大妈面前傲娇了吧？两个儿子，还有什么好说的！哪怕内心深处其实对那两只具有破坏力的雄性"小动物"充满着无奈。但是，大妈总是对你怀着真切又多余的担忧："啊哟，两个儿子啊。将来要两套婚房啊。你负担重的哦。"好吧，大妈，您又赢了。

那么唯一幸免的，估计只有男宝加女宝组合了？但是，还是不！节假日时，二宝妈带着二宝走亲访友，最痛恨碰到某些熊亲戚（多半为中国大妈）。她们最热衷用各种无理问题来逗两个孩子。先是逗大的那个说："啊呀，你妈妈生了弟弟（妹妹）之后，是不是不喜欢你啦？""你妈妈喜欢你多还是弟弟（妹妹）多啊？"然后继续摧残小的那个："你知道吗？你是爸爸妈妈从垃圾桶捡来的。"听到这些问题，二宝妈的怒气值蹭蹭上窜！新闻里那些威胁父母不能生二胎的恶劣孩子就是这么被调戏出来的。本来在单纯的孩子的世界观里，手足的概念应该是相伴和友爱，现在被歪曲、描绘成了掠夺和侵略。面对"恶势力"，二宝妈的自我修养就是淡定却异常坚决地告知她们，请闭上你的嘴。

被按下重启键的生活，每天都是"惊喜"

再来，淡定地面对重新开始的换尿片生活吧，什么夜奶、拍嗝、辅食，都要从头再来。好不容易把一只混沌不开的小家伙服侍得在咿咿呀呀之外能吐一句人话出来，以为已经"逃出生天"，突然之间又被人按了重复键，养两个孩子，工作量瞬间翻倍。如果你还是不愿意变成全职家政人员，也不能负担收入已经逼近你年薪的月嫂、育儿嫂，那你只能请求外援了。不管是婆婆还是亲妈，都一样地考验情商和修养。还有双份的早教班，双份的学费，双份的夏令营。只有一个孩子的时候,喜欢什么上什么,英文画画乐高舞蹈钢琴,只要孩子一点头,信用卡刷起来。当有了两个孩子后,你做决定是不是会慢一拍,想一想?可是大宝已经去了那么多早教班,去了价格不菲的私立幼儿园,怎么忍心厚此薄彼,亏待小的那个。

还有,更加淡定地面对居高不下的房价。一个娃,两室一厅可以了,我可以不奢侈地再想要一个小书房或者一个客卧留给父母。但是,两个娃,如果还是一男一女,那不逼人换三室一厅嘛。现在孩子青春期来得早,这换房的时间还挺紧迫。实在不行,干脆爸爸和儿子一间,妈妈和女儿一间,门口标识男宿舍和女宿舍吧。不要跟我忆苦思甜,说什么以前上海10个平方米可以挤下一家三代人。的确不假,但是真的能回去过如此没有隐私的生活吗?与时俱进的不光是人的思想,还有生活习惯。假设家境优渥,这些和钱相关的事情都不在话下,还有不同时间表的早教班和亲子活动排在眼前。除非让司机、保姆代为接送,否则整个周末,不是在早教班的门口等候,就是在带娃去早教班的路上。尤其开学的时候或者期末的时候,要不在开家长会,要不在去开家长会的路上。在养娃这件事情上功能普遍缺失的爸爸们,如果在家有二宝的情况下还不能迅速认清形势,并且把自己自动升级成2.0版本,那只能静静地等待家庭暴风雨了。

常常有人问二宝妈,喜欢大宝多一些还是喜欢二宝多一些。二宝妈总说,喜欢是一样多的。但是我和一些二宝妈私下聊天,能够真正做到完全不偏心,真的不是那么容易,尤其是一个爹妈生的两个孩子却性格迥异时。我想,作为两个孩子的妈妈,能够做到的公平首先是认同两个孩子之间的不同,还有孩子和自己之间的不同。曾经是学霸,现在不一定就要当学霸孩子的家长。我家大宝绝对是家有学霸初养成,爱看书,而且爱看那种《十万个为什么》之类的科普读物,能够告诉你泥石流的成因以及火山的多发地带在哪里。每个学期末,我可以到学校傲娇地拿回她的全 A 成绩单,发到朋友圈炫耀。到了二宝就是另外一副光景。二宝极其懒散,上课基本打横坐着,手臂搁在椅背上,托着下巴开小差。有一次难得举手提问,居然说:"老师,好困。能给我拉个垫子,我边上睡会儿吗?"老妈平时一直教育你不要害怕提问,没有笨问题只有笨答案,但是你这问题也太超乎老妈的承受能力了。公司的同事说,一看你的表情就知道你接到的是大宝老师的电话还是二宝老师的电话;看你一天的工作状态,就知道昨天晚上去开的是大宝的家长会还是二宝的家长会了。真有那么明显吗?

慢慢地,我开始学习接受他们的不同。**我能给予他们的公平就是认同和允许他们的差异,还有就是教会他们彼此尊重。**譬如说,我们认同他们对自己东西的所有权。一个孩子要玩另一个孩子的玩具,必须征得对方的同意。我们鼓励分享,却不强迫,答案不一定要是"Yes"。但是他们要明白,你给了一个"No",下一次当你要玩对方玩具的时候,也可能得到一个"No"。我们鼓励彼此照顾,但不是大的一定要让小的。还有,两个家伙吵架动武都是正常的,二宝妈要保持冷静淡定,在不给彼此造成物理伤害的情况下,打吧。反正家里不打,去学校也会打,那不如在家里实战演习,出去不至于溃不成军。其实,我观察下来,只要大人不掺和,孩子的战争往往结束得很快。前一分钟还誓不两立,我去倒杯水的工夫,已经又抱作一团了。偶然看到小猪姐姐在学校写的作文:"My brother is special to me and he is my best friend.（我弟弟对我很特别，他是我最好的朋友）"真是满心温暖。

  养育孩子是和孩子一起成长的过程，因为在他们来到我生命中之前，我从来没有过妈妈这个身份，我也在摸索和学习。曾经一度以为，我因着有养育大宝的经验，对二宝的到来可以驾轻就熟一些。可是我发现，他就是他，是和大宝完全不同的生命体。在大宝身上管用的一套，于他居然完全无效，妈妈必须再度修炼、再度成长。现在，妈妈要对付两个鲜活的不停在进化的小家伙，他们截然不同却又彼此呼应，演化出无数挑战妈妈智慧和耐心的可能。二宝妈自我修养的修炼从未停止。

  （自从二孩政策放开之后，上海迅速进入了"二胎时代"。只要是经济能力可以接受，二胎已成为许多家庭的标配。这篇文章写完没几年，大妈们不再对二娃表示大惊小怪了，反而态度来了一个180度大转弯，如果你只有一个孩子，她们会正义凛然地质疑："你家怎么就一个孩子，父母不要因为自私让孩子童年孤单没玩伴。"好吧，大妈们永远站在时代的前沿，道德的制高点。在上海这样的魔都，养娃贵，养两娃更贵。家里的两只吞金神兽，就是父母每天兢兢业业工作的最强动力。上海婚前靠丈母娘推高房价，婚后就靠两只神兽推高房价了。但是，我们的社会似乎没有完全准备好"二胎时代"的到来。譬如，中国大部分的酒店是没有家庭联通房概念的。如果两娃大一点，出门旅行只能开两间房，有时候还相隔甚远。只能爸爸和儿子一间，妈妈和女儿一间，好好的家庭旅行变成了夏令营，说好的夫妻关系高于亲子关系呢？无奈在现实情况下,也只能是说说而已了。还有很多亲子活动的套票都是两大一小的组合。两娃家庭只能在套票之外单买一张儿童票,尴尬的是有时候还不让单买儿童票,因为"无成人陪伴"。随着第二个孩子长大,双倍的课外补习班,双倍的家长会,双倍的亲子活动,不仅挑战职场妈妈的时间管理能力,更挑战夫妻之间的团队协同能力。每个周末,都是一个人带一个娃分头奔走在各个亲子教育场所,终于变成了"云夫妻"。双倍的辛苦,换来双倍的五味杂陈,而快乐也在其中。)

三条家规

扪心自问,养几个孩子,过相夫教子生活,从来不是我的人生理想,曾经一度觉得唯有丁克,继续浪漫文艺的生活,才能在婚姻里面最大限度地保有爱情原来的面貌。我生第一个孩子是因为朋友都陆陆续续买房生娃,在极大的 Peer pressure(同龄人压力)下,"搞出一条人命"。生第二个是纯属偶然。反正,我一个从来没想过要孩子,连仙人掌和小蝌蚪都养不活的人,居然变成了两个孩子的妈妈。

对于自己有两个娃的事实,我一直有种强烈的不真实感,我会看着这两团肉肉出神地想,这真的是我生的吗?惭愧地说,我是一个神经特别大条的妈,对各种奶瓶尿布理论避之不及。我家的娃一直养得不怎么精细。人家还第一个娃看书养,第二个娃当猪养,我们家的两只"小动物"全部都是散养。好在我还有两边的老人做外援,两娃就这么长起来了。直到有一天我被通知去开家长会,一声"×××家长",似乎二宝妈的身份终于坐实了。

如果说孩子在 1—2 岁时还属于喂养阶段,我还可以"啃老"逃避,孩子到 3 岁时便开始了他们的教养阶段,如果要求孩子有良好的行为举止和处世理念,父母就不得不亲自上阵了。一开始我和娃爸完全不知所措,尤其是当看到两只"小动物"又不知道为了什么事情扭打成一团的时候。有一天,娃爸一声叹息,这真是比在公司带上百人的团队还难啊。一句话我如醍醐灌顶,对啊,何不参照公司治理和团队管理的方法来管理这两只"小动物"呢。想想公司里面的员工,性格迥异、诉求不同,都在公司治理的框架下,如同银河系小星球一般在各自轨道合理运行,偶尔摩擦吧,也不至于天天猛烈撞击。公司那一套绩效考核制度,是多少人智慧的结晶啊,不借鉴使用真太可惜了。

核心价值观(Core Value)和三条家规

每个公司运营都会首先设立核心价值观[①]。核心价值观运用到家庭管理上,就成了家规。以前,中国的大家族都是有家规的,犯了家规就会被家法伺候,顺便可以脑补一下大家长开祠堂的隆重场面。现在这些基本都只能在民国风的电视连续剧里看到了,而且一般都是在男女主角为了爱情冲破传统家规,要被浸猪笼什么的情节里出现。不管怎么说,家规明确了一些基本准则。

现在,我和娃爸决定郑重制定我们家的核心价值观,即家规。核心价值观的制定,一定是言简意赅,提纲挈领,朗朗上口的。如果艰涩难懂的话,就不容易被记住,也难深入人心。具体例子,请

---

① 根据百度词条,核心价值观(Core Values)是指企业必须拥有的终极信念,是企业哲学中起主导性作用的重要组成部分,它是解决企业在发展中如何处理内外矛盾的一系列准则。它既不能被混淆于特定企业文化或经营实务,也不可以向企业的财务收益和短期目标妥协。一个优秀的企业能长久享受成功,一定拥有能够不断地适应世界变化的核心价值观。

参考学校的八字校风之类。如何把价值观这么复杂的哲学概念，转换成孩子能够记住并且认同的观念，真是一件不容易的事情。反复琢磨之后，我们订出了以下三条家规：

一、尊重长辈（就是要对爷爷奶奶外公外婆有礼貌。当然也会延伸到家族其他成员）

二、关爱手足（就是姐姐要爱护弟弟，弟弟也要爱护姐姐，可以打架吵架，但不能互相伤害）

三、好好学习（我们还是中国式家长，学习是万万不肯放松的）

其实我们觉得吧，没有规矩，不成方圆。我们现在制定的所谓家规，不过是告诉孩子一些最最基本的规矩。在每个孩子长大的过程中，父母往往会设立太多的规矩，这个不可以做那个不可以做，规矩一多，孩子会出现一些困惑，为什么爸爸妈妈什么都不让我做呢。现在我们给出的三条最基本原则，是告诉他们违反了这三条是会受到严重的惩罚的。而其他的事情做得不好，我们会批评教育，也会惩罚，但是程度会轻一些，譬如减少看动画片的时间，扣当天的积点等。我家有一套积分管理制度，以下会详细阐述。

我们对这三条家规，反复解释并且坚决执行。姐弟两个目前为之受到过最严重的惩罚，数得出来的几次都是和违反家规相关。有一两次是对外婆或奶奶不礼貌，老人对孩子的溺爱难免会让小朋友恃宠生骄，但是这种臭毛病绝对要被我和娃爸"扼杀"的。还有一次是在我们批评他们做错某件事情的时候，他们互相推诿，互相揭发对方,被我们认定违反第二条家规,本来倒是一件不怎么严重的事情,因为他们相互指责对方,而受到了较重的惩罚。有些朋友听到这件事情后,觉得我们反应过激了。但是我们希望他们学会勇于承认自己的错误,更学会手足之间的关爱。极端一点说,我们宁愿他们彼此庇护,也不愿他们互相揭短。因为,总有一天,父母会离开,我们可不想看到有一天他们去某些脱口秀节目面红耳赤地争房产。

在他们犯错之后,我们通常会让他们先背三条家规,然后自己回答犯了第几条。举一反三之后,这两只"小动物"慢慢理解了三条家规的含义,并且学会了延伸思考。譬如,在大家庭聚会上,他们会知道等到最年长的人动筷子了,才开始动筷子。其他亲戚宠爱孩子会说:"没关系,没关系,小朋友先吃。"姐姐则会一本正经地说,要尊重长辈,这是家规。

绩效考核(Performance Appraisal)和积分制度

职场中人一定对绩效考核很熟悉,而且爱恨交加吧。爱的是绩效考核之后可能的升职加薪;恨的是每年一开始就要制定一年的工作目标,包括定量的 KPI[①],还有定性的发展规划。工作目标制定不仅仅要有可行性、可衡量性,还要声情并茂、发自内心。发展规划既要分短期、中期和长期,还要详细阐述如何能够实现这些目标和规划,那种感觉就是"新学期新打算"。越是看起来高大上

---

① KPI:Key Performance Indicator,关键绩效指标。

的公司,这套绩效管理的制度越是严密复杂。但是,存在即有其合理性。这套完整严密的绩效考核制度,在一定程度上让一个庞大的公司运行顺利,给了员工相对意义上的公平合理。

将绩效考核制度运用于小朋友的奖惩上,颇有一种用原子弹打小怪兽的感觉。但是孩子们都是天生的政治家,和他们"斗智斗勇"也要从娃娃抓起。我们决定比照绩效考核制度,制定一套自成一体的积分制度。

首先是积分制度的总体架构。我们把积分分为两大类,第一类是基础积分,每天做到基本的三件事,就可以得到每日的一个基础积分。这是我们对小朋友最基本的要求,都和日常生活习惯相关,譬如按时睡觉,按时完成功课等。第二类是奖励积分,就是需要努力才能做到的一些事情。这两类积分,就好比公司的基本工资和奖金。

其次是考核标准的制定。和在公司里面的绩效考核标准因人而异一样,姐姐和弟弟的KPI也是不同的。譬如,弟弟内向害羞,还有点小懒惰,我们希望培养他勇于尝试的精神,所以当他尝试去做一件新的事情,或者能够独立完成一件事情的时候,就可以得到一个奖励积分。而姐姐呢,性子比较着急,做事不够耐心仔细,所以对于姐姐来说,如果她能够准确无误地完成一件事情,就可以得到一个奖励积分。

除了个人的表现之外,我们还鼓励团队合作精神。有些奖励积分是需要两个人合作才可以得到的。譬如姐姐帮助弟弟复习英文,如果弟弟在第二天英文课上表现良好的话,姐弟两人可以同时获得奖励积分。这样既促进了姐弟之间的亲情互动,又实现了管理中的授权机制。如此美好的境界,作为懒妈一枚,我真心要佩服自己的"狡猾"。

有时候,如果巧妙运用奖励积分,还能在两个孩子争执不休的时候,转移注意力,化解矛盾。譬如,姐姐在生日的时候得到一个菲比猫头鹰玩具,弟弟很想玩,但是姐姐坚决不同意。我家鼓励分享,也尊重个人的所有权,所以不会强迫姐姐一定要给弟弟玩。我对姐姐说,如果你愿意给弟弟玩30分钟,可以得到一个奖励积分。姐姐正为昨天晚上扣掉的一个积分而烦恼,听到可以得到一个积分,开开心心地把菲比猫头鹰让给弟弟玩了。娃爸在一边看了戏称,这一招比"央妈"用降息来宏观调控经济还厉害。

最后是评估和激励机制的制定。对评估和考核的周期,我们是根据两个孩子的年龄而有不同设定。对当时8岁的姐姐来说,两周为一个考核周期。而对5岁的弟弟来说,专注力可以维持的时间没有两周那么长,所以一周为一个考核周期。至于激励的奖品也是根据孩子的兴趣点不同而变化。目前阶段,姐姐正热烈地喜欢小马宝莉,立志要把小马谷的小马全部集齐。而弟弟正在收集他的小汽车,在动画片《闪电麦昆》里面,有来自不同国家的赛车,他的理想是把所有的小汽车集全。曾经我和娃爸讨论,这一套激励机制到什么时候会失去效果呢?结论是,只要两个孩子有想要的东西,而自己还不具备购买的经济能力,这套机制就会持续有效。《资本论》里面不是说了吗?经济基础决定上层建筑。

自主性(Autonomy)和责任制(Accountability)

当然,我们家绝对不是爸妈的一言堂。作为学过组织行为学的爸妈，我们深谙管理之道。让员工有自主权（Autonomy），参与到公司的某些决策之中，绝对是激励员工的最好方法。例如员工股权激励制度，公司是以股权的方式，让员工拥有参与公司运营、和公司一同成长的"主权感"。

在我们制定积分制度的时候，我们会和小朋友们一起讨论他们的 KPI。我们会问他们，"你们觉得怎么样可以得到积分呢？"孩子给出的答案往往出人意表。姐姐提出要用整理自己的书架来换取积分，第二天，曾经凌乱到让有轻微强迫症的妈妈几次抓狂的书架，果然整齐到让人怀疑姐姐是不是瞬间变成处女座了。弟弟则表示，他尿尿的时候一定不再像洒水车一样了，否则他就自己刷马桶。让孩子参与的结果就是，教育多次、屡教不改的问题，就这么迎刃而解了，真是让人不敢置信。

我们也会把时间管理的自主权慢慢交给孩子，尤其是对 8 岁的姐姐来说，先看动画片还是先做作业，由她来决定。我们会和姐姐一起，把在规定的时间里面必须完成的事情列下来，并且旁边写上估计需要的时间。然后把整体的时间切割成几块，让姐姐自己来排列，先做什么后做什么。姐姐会兴致勃勃地按照自己制定的时间表来完成事情，每完成一件，就很有成就感地勾掉一件，无意之间，她的拖延症被治愈了。

我们一直希望在保证安全并且不反人类、反社会、反道德的大前提下给孩子们最大的自主权。**他们可以拥有选择的权利，但是他们也必须要知道，必须对自己的选择负责，也就是有所谓的责任制**（Accountability）。譬如，他们可以自己选择想要学习什么课外班，譬如画画、钢琴、踢球、游泳之类。但是当他们选择之后，必须要坚持学习下去,如果要放弃也可以,但是起码要把已经报名的课程上完,这是最低的要求。

每次全家出门旅行,我们规定他们每个人都可以在旅程中选择一个礼物带回家(One Trip One Gift)。但是一旦选中,以后再看到喜欢的,就不能更改,不能再闹着要买了。上一次全家去澳大利亚旅行,姐姐在第二天就选定了喜欢的礼物,一只紫色的薰衣草小熊。我们问她,如果后面还有更好的礼物呢?姐姐反问,如果后面我想要的没有了呢?嗯,爸爸妈妈对两个小朋友一再灌输的"为自己决定负责"教育初显成效。小孩子也可以有大智慧。

有一次,朋友喝酒聊天开玩笑地说,再过几年估计要担心儿子女儿谈恋爱的事情了。大家假设,如果以后女儿要嫁给流浪歌手,我们会反对吗?我和娃爸互望一眼说,我们尊重她的选择,但是她要知道这是她选择的人生,她要为自己的选择负责。授人以鱼,不如授之以渔。对孩子来说,**教育的本质在于如何帮助他们养成好的习惯、正确的见解。在我们能和孩子同行的这一路上,父母能教给孩子的,是如何作出一个最合适的选择。**

最后的啰嗦

为人父母就是如此痛并快乐的一件事情。有时候我们也会假想,如果没有这两只"小动物",我们会过着如何洒脱的生活,会有一场说走就走的旅行,或者一个要醉就醉的晚上。因为他们,我们的生命少了自由,却多了温暖。

作为父母,我们在当下所能够给予孩子的一切,就是为了让他们将来能够很好地离开我们,去独立而幸福地过自己的人生。

人生哪有那么多赢家

Love them and let them go,**爱他们,最后让他们离开。**

(随着时光的推移,孩子们渐渐长大。装满星星的罐子还被他们小心翼翼地放在柜子里面,家里的星星积分制度却已经淡出。最终沉淀下来的是那三条家规,尊重、友爱和勤勉,如同源代码一样刻进他们的人生系统。这可能就是所谓"原生家庭"的烙印。就如同外公在我小时候不厌其烦地告诉我:"做人三件事,行为要正、身体要健、一技傍身,则一生无畏无忧。"这些话终成了我的人生源代码。)

当虎妈遇上狼外婆

前阵子(2015年)电视里面正在放《虎妈猫爸》。剧中,狼外公的教育方式,也勾起了不少人的童年惨痛回忆。有个朋友说,小时候被彪悍的老爸举着拖鞋在弄堂里面追打的场景仍历历在目。他当时暗暗发誓,以后一定做个和风细雨、不对孩子发脾气的慈祥爸爸。如今对着自己家里的熊孩子高高举起拖鞋,只能一声叹息啊。我们一边希望用各种先进的教育理念来教育自己的孩子,一边又不知不觉间沿袭着自己曾"深恶痛绝"的父母的教育方式。这种内心的纠结在《虎妈猫爸》里的虎妈身上也表现得淋漓尽致。

我母亲小时候绝对是虎妈级别,而等到我自己有了儿女之后,我发现自己居然也变成了虎妈,这时候我的老妈自然晋升成了狼外婆。狼外婆没有念过一本关于儿童教育方面的书籍,她不会分析诸如人生的意义、存在的价值之类的哲学命题。她的教育理念简单直白,带着中国20世纪80年代的特色。而虎妈喝了洋墨水、啃了洋面包,喜欢将各种儿童教育的理论在自家孩子身上做试验。当秉持着不同教育理念的虎妈遇上狼外婆,就是一个火星撞击地球,却最终彼此和解而有序运行的故事。

人生哪有那么多赢家

狼外婆的教育理念：好好念书是唯一重要的事情

据无从考证的家族传说，狼外婆的祖上是江浙一带的大户人家。后来日渐没落，直到狼外婆那一代，变成了光荣的无产阶级。作为长女，狼外婆念完初中就出来工作帮衬家里了。但是，狼外婆一直从未放弃"万般皆下品，唯有读书高"的教育理念。和那一代很多无法实现自己人生理想的父母一样，他们把自己的人生理想寄托在儿女身上。可想而知，从我懂事开始，"好好念书"这句话就不停盘旋在我耳边。

狼外婆对好好念书这个理念有着非常朴素的诠释。她的经典语录就是："要好好读书，读书不好只能去扫马路。哦，不对。不识字连扫马路也没人要。领导叫你扫淮海路，你不识字去扫了南京路，怎么办？开除！"这个理论从我小学时代开始，一直延续到我女儿读小学。可能是由于狼外婆觉得我这个虎妈堪称她的杰出教育成果，她在教育我女儿（她的外孙女）的时候加了一条新理论。在我女儿3岁的时候，我无意听到她和我女儿的对话：

狼外婆：宝宝啊，要好好读书哦。如果好好读书，会怎么样？

女儿（稚嫩的童音）：好好读书。长大和妈妈一样吹吹空调，打打电脑。

狼外婆：如果不好好读书，会怎么样啊？

女儿（非常肯定的语调）：去山沟沟里面，挖野菜。

对这种简明扼要的诠释，虎妈我真是哭笑不得。我抗议道："老妈不能这么直白啊。"狼外婆眼睛一瞪："道理错了吗？挖野菜也要晓得哪些能吃哪些不能吃，也要学生物的好伐。"好吧，彪悍的人生不需要解释。

我一直觉得，狼外婆如果去做宣传工作，肯定是非常成功的。因为我和女儿都在她的反复强调之下，潜移默化地认为，认真念书是做学生最起码的本分，为了"学业有成"，吃点苦再正常不过了。在初中的时候，我还曾经一本正经地写下"吃得苦中苦，方为人上人"。虽然我当时理解的"人上人"就是考试前几名，突然觉得自己的少女时代好肤浅。也算是得益于这样的理念，我从小学开始一路学霸，一直到美国研究生全 A 毕业。再苦再累的读书岁月都能够坚忍度过，因为在我心里，这就是学生的"本分"。我女儿现在也觉得"好好读书"就和吃饭睡觉一样，"本该如此"。她回家后第一件事情就是做功课。不做完功课不愿意吃晚饭，更不要说看动画片或者出去玩了。在这点上，不得不说，狼外婆的教育很牛。

狼外婆的教育方式：从"竹笋烤肉"到"做人靠自觉"

狼外婆在教育孩子的方式上，有一个贯穿始终的中心思想，"孩子爱要爱在心里"，表面上规矩一定要立好。狼外婆的教育方式倒也不能说是简单粗暴，但是绝对算不上和风细雨。

立规矩的时候，狼外婆绝对不是操起家伙就打，她也是有风度的妇女，而我毕竟是女孩子，对我不能像对待那些顽劣不堪的男孩子一样粗暴。小时候家里有一把量衣服的竹尺子，放在我够不到的抽屉里面。每次立规矩时，狼外婆就拿那把尺子出来打我的屁股,她居然还很黑色幽默地给这个行为起了一个名字叫作"竹笋烤肉"。偏偏狼外婆做的这道上海菜"竹笋红烧肉"也是我最爱吃的。让我记忆深刻的是,我有一次放学不回家做作业,在外面跳皮筋跳到天黑,狼外婆以为我被人贩子拐走了,急得四处找我。我被牵回家之后,自然尝了一顿极为丰盛的"竹笋烤肉"。反正那些日子,只要我的屁股吃了"竹笋烤肉",且我认错虚心、及时改正,晚饭必然也会有一道我爱的竹笋红烧肉。以至于很多年后在海外生活,每每想起家乡菜,我就会心情复杂地想起"竹笋烤肉"。

"竹笋烤肉"的规矩到我小学五年级就停止了,毕竟女孩子开始有了自尊心。狼外婆情商也是高的,知道什么时候改变战略。于是,狼外婆有了另一条名言"做人靠自觉"。从那以后,她反复强调:"读书是为了你自己好。读得好,以后有出息也是对你自己好。跟我们也没有关系的。我们将来退休工资养养老也就够了。所以,一切靠自觉。"一直以来,我学习是非常努力的。五年级以后,我已经不记得,老妈是怎么教我规矩的,只是我明白,考试考得不好,绝对是一件很糟糕的事情。这算是心理暗示吗?

延伸开去,除了学习之外,在我成长的过程中,很多事情狼外婆都以一句"做人靠自觉"来解决。她轻描淡写,我慎重考虑,三思而后行。包括在我结婚之后,谈论夫妻关系时,狼外婆也是一句:"男人多管有啥用,做人靠自觉。"我现在回头想想,狼外婆虽然从来不是一个可以和女儿促膝谈人生的母亲,这一句"做人要自觉"的论调却是言简意赅又高明,其威慑力在于给你的心理上营造一种氛围,给予你足够的自由,随之而来的也是极大的责任。这件事情如果做不好,是你自己的责任,你自己看着办吧,后果自负。

这其实和管理学上强调的员工自主权和建立问责制不谋而合。

虎妈的感受和反思：除了学习之外的那些事情

在很多人看来，我小时候是好学生，长大了也是一路顺利，该结婚的时候结婚，该生娃的时候生娃，从没有让父母操心。如今，光鲜亮丽地出入陆家嘴的办公楼，过着所谓"人生赢家"的生活。狼外婆一直认为我是成功教育的范本。所以当虎妈和狼外婆在教育孩子的理念有冲突的时候，狼外婆最大的论据就是："你看，我不是把你教得挺好？有什么问题吗？"这一句话呛回来，我登时偃旗息鼓。

其实，我自己心里明白，虽然说狼外婆在灌输"好好念书"的理念方面卓有成效，但是除了学习之外，狼外婆对于我其他方面，诸如素质和能力的培养相当薄弱。狼外婆教育理念的局限性带着鲜明的时代烙印。我们父母那个年代，尚处于马斯洛需求层次的初级阶段，生活的温饱和安全需求是首要的。他们的逻辑很简单，好好学习，找一份高薪稳定的工作，然后就会有优渥的生活。我们父母的教育理念是线性的，且只有学业这一条直线。而现在，中国整体经济水平的提高，尤其在北上广这些大城市，人们已经开始追求马斯洛需求层次的高级需求，即爱和尊重，还有自我价值的实现。所以，虎妈这一代父母想要的教育是多元而立体的，包括能力、修养和素质。

对于狼外婆教育中所缺乏的部分，我在离开父母之后，花了很多时间和精力才补上。我们目前对两个孩子的培养注重三个方面。

首先，生活能力的培养。小时候，我的任务就只是念书。我不需要承担任何家务，也不需要有任何学校课程之外的兴趣爱好。在很长一段时间里，我就是那种典型的"高分低能"学生。直到出国留学之前，我都没有洗过手绢和袜子。如果父母不做饭给我吃，我基本只能靠方便面里面打个鸡蛋和加根香肠来喂饱自己。到美国第一次自己下厨，我都不知道炒肉丝是需要解冻后切丝，然后加上调味和料酒，再放进油锅。我直接把一整块冰冻着的肉扔进了油锅，油锅当时就炸了，房子里面烟熏火燎的，引得警报大响，不一会儿消防车就来了。那件事情后，我痛定思痛，明白了自己生活能力方面的缺失。我不想我的两个孩子重蹈覆辙，所以我从现在开始就培养他们的生活能力和动手能力。在不出去旅行的节假日，我们会一家人一起下厨做一顿丰富的午餐。

其次，个人修养的培养。说实话，我们祖父母那一辈还是很讲究个人修养的，不管是熟读四书五经的旧式大家长，还是早年注重西方礼仪的上海洋买办。到了我们父母这一辈，因着资源的匮乏就变得很不讲究了。狼外婆在孩子教育上面，对"讲礼貌"的基本要求是能说"你好、谢谢、再见"。至于现代社会慢慢重新注重的一些基本社交礼仪，譬如公共场所不要大声说话，吃饭时候嘴里有东西不能说话，自动扶梯上左行右立，还有和别人保持一定的个人距离等，他们不懂也更加不会去教育。刚到美国留学时，我完全不懂也不讲究这些礼仪。某一次和几个同学吃饭聊天，聊到开心之处，一个美国女同学突然对我旁边的一个中国男生说："你能不能把嘴巴里面的东西咽下去再说话，我们不想看到你嘴里咀嚼了一半的食物，真的很奇怪。"那一刻，我真是尴尬到了极点，因为我也在做同样的事情。然而正是这个直接坦白的女生教会了我很多早就该学习的社交礼仪，让我受益匪浅。对两个孩子，培养好的社交礼仪是我极为重视的一项。我一直觉得是不是绅士淑女，无关富庶，而来自于一个人是不是彬彬有礼。

最后，艺术欣赏的培养。在我小时候是不流行学习钢琴的，至于绘画，不过是课外兴趣小组里面随便涂两笔。学校里面的音乐课和画画课因为是副课，基本属于放养，好学生在下面偷偷做作业，调皮学生要不看武侠小说，要不瞎胡闹。绝大部分的父母更加不会和孩子谈音乐、绘画、文学或者艺术，至少狼外婆从来不会和我谈这些"乱七八糟"的、和读书没关系的东西。很多年之后，当我在纽约的大都会博物馆和伦敦的大英博物馆流连忘返时，我突然很矫情地想哭泣，或许是因为被人类浩瀚的文明所感动，或许是突然意识到前面几十年生命中所缺失的色彩。有一次，我在巴黎的卢浮宫看到学校老师带着一群七八岁的学生，讲解文艺复兴时代的作品，觉得这些孩子真的很幸运。我希望从小就能够培养我的孩子们欣赏艺术的能力。钢琴不会弹，画画不好看，都没有关系。但是要有一双能欣赏音乐的耳朵和能欣赏绘画的眼睛。

曾经，在教育孩子这件事情上，虎妈和狼外婆的理念简直是火星撞击地球。然而，慢慢地，我们也学会了彼此和解和妥协。无论是狼外婆还是虎妈的教育理念和方式，都遵循"去其糟粕，取其精华"的原则。就好比没有女人天生会当妈一样，更没有妈妈天生就是教育家。当妈的感受就是，边当边摸索，渐入佳境。

有人说，做母亲最大的痛苦莫过于明明那个人是从你而出，却是完全不同的一个独立个体，你无法左右他/她的思想，更无法替他/她过人生。这种无力感随着孩子年龄的增长越来越深刻,尤其是看到他/她奔往一条崎岖泥泞的道路,却无法阻止。但是无论对孩子进行何种方式的教育,或者是进行何种方面的培养,父母给予孩子最重要的一样东西就是爱。哪怕小时候狼外婆对虎妈如何严格,虎妈从来都没有怀疑过她于我深刻的爱。就如现在,不论我怎样教育自己的孩子,甚至偶尔非常严厉,我都会让他们知道,妈妈是如何爱着他们。

(曾经看到过一个统计,中国的老年人已真正成为带娃主力军,有七成老人正在帮助子女照顾下一代,其中有30%的儿童甚至是被放在祖父母家里抚养照顾。我们和老人的教育理念不一致是太正常不过的事情。但是必须要记住的是,父母帮我们照顾孩子并不是理所当然的事情。是他们帮忙给孩子做早饭,让熬夜加班的我们可以多睡一会儿再起来;是他们每天去接孩子放学,让我们可以不用每天下午4点担心孩子回家没人看着做作业。既然自己拼事业没时间,将孩子交给老人带,就必须接受双方教育理念的不同,可以磨合,可以讨论,但是不要埋怨和指责。因为我们欠父母的其实是一句:谢谢,您辛苦了。)

幼升小，妈妈的一道坎

儿子终于转学去了这一所无数家长心之向往的魔都某国际学校读三年级。这是他连续考试三次后的结果。如今尘埃落定，我才能够平静地叙述儿子三次考试的艰辛曲折，以及为人父母者身在其中而不得力的感悟。幼升小，这一道坎，管你是职场精英，还是人生赢家，只要是妈妈，就不得不努力跨过去。

三年前，姐姐幼升小考这所国际学校的时候，是"裸考"的。我们走在漂亮的校园里面嘻嘻哈哈的，根本没有觉得这是一场考试。魔都国际学校幼升小入学考试大致分为两种，一种是 Rolling Basis（滚动式）的一对一面试，还有就是这种 Open Day（开放日）方式。一场 Open Day（开放日）考试，大概有两百多个小朋友。每25个小朋友分成一组集体面试，每一组都有可爱的名字，譬如草莓组、熊猫组。当年看着梳羊角辫的女儿排队跟着老师进考场，我和先生才有些许感悟，发现这是女儿人生第一场正式的考试。女儿出来之后，问她考了一些什么，她说就是跟老师聊聊天，然后看书、画画、做游戏。后来一切顺利，很快就收到了学校的录取通知。

三年之后，到弟弟上幼儿园大班的时候。我们天真地认为"随随便便"地去聊个天就可以入学了。只是,我们忽视了孩子和孩子是不一样的,性格、脾气还有态度都是不一样的。两个孩子上同样的幼儿园,女儿乖巧听话,上课时候认真听讲,对老师讲的内容吸收良好。儿子呢,他身在教室,心在宇宙,每天十万个为什么,问到老师无言以对。我们更加忽视的问题是,不同的孩子,应不应该去同一家学校,给予同样的Option(选择)。

到了儿子入学考试的那一天,我们两个大大咧咧的父母带着一个没心没肺的孩子去了。两个小时之后接孩子,门口好多焦虑的家长在翘首以盼。一个家长接了一个小女孩,一个劲地问,老师英文问了什么?数学题目是什么?小女孩似乎是有些沮丧,不怎么愿意回答。家长急了,不由呵斥了几句,小女孩"哇"的一声大哭起来。看看我们家儿子双手插在裤兜里面,表情淡定。我小心翼翼地问了一句:"考得如何?""还可以!"我不甘心地继续追问:"老师问了什么?""不记得了。"好吧……突然之间,我的内心有些不安。

事实证明,第六感往往是准确的。学校来电话通知,不出预料,落选了。招生办公室的老师很客气。于是我多问了几句,孩子是哪里需要再加强。回答是哪里都需要加强,最后老师加了一句,"需要加强主观能动性"。老母亲真是欲哭无泪啊。

回家之后,我先确认"主观能动性"的问题出在哪里。我循循善诱,抽丝剥茧后才搞明白。儿子说:"妈妈,你教育我要有礼貌、要谦让。玩游戏的时候,好多小朋友举手,我就把手放下了,还有回答问题的时候,我看别的小朋友举手了,我也把手放下了,因为要谦让别的小朋友。"老母亲心塞60秒……这是一个没有被应试教育"欺负"过的孩子啊。

本来以为,弟弟去姐姐的学校是志在必得的事情。我们在幼升小这件事情上竟然完全没有备选预案。这一下慌了手脚。在那一段时间里,我内心充满着儿子会不会成为失学儿童的焦虑。最后临门一脚,让儿子去了另外一家国际学校。

不得不说,不同的学校有着不同的基因和文化。每一所学校后面,都有欲求不得的家长,也有实力吐槽的家长。儿子去的那家国际学校,注重个性、自由奔放,100%的美式教育。在我这一类虽然在海外留学工作多年,但是骨子里对学业还是极为看重的中国家长眼里,基本就是"少体校"。相对于老师管得很紧的公立学校,这样的国际学校更像是一道开放式命题。学校有巨大的资源可以供家长和学生使用。但是如果不是在西方教育体系里面成长起来的家长,面对这样的宝藏往往无从下手。毫不夸张地说,儿子的整个一年级,我都很困惑,不知道他到底在学校里面学了什么。儿子每天回家的书包里面,没有任何作业本,只有一本需要阅读的英文绘本、各种手工作品,然后还有一枚球!国际学校学期末还是有成绩单的。成绩单是4分制的。4分是Exceed(超越),3分是Meet(达到),2分是Approaching(正在努力)。看到儿子满屏2分的成绩单,问Homeroom Teacher(相当于中国学校的班主任)哪里需要家长关注,家长怎么可以帮助他提高成绩。老师来了一句:"Don't Worry. He is getting there!(别担心,他正在往那个方向努力)"好吧,所以在英文成绩单上,2分不是不及格,而是Approaching(正在努力)。我真的可以体会到美式教育对孩子的正面鼓励和引导了。我欣赏美籍老师的"静等花开",但是我真的

人生哪有那么多赢家

做不到如此"佛系",尤其是看到朋友同年级的孩子已经开始学习乘法除法,而我家那只还处在用手指做算术,手指不够铅笔来凑的状态。我还是一个狭隘的、焦虑的中国老母亲。可能还是中西合璧的国际学校让我更加安心一些。于是,我决定让儿子去考插班生,上姐姐的学校。

第二次去考的是春季开学的第二学期插班生。报名的时候,招生办公室老师就说了,班上有学生转学,才能有名额出来录取插班生。考入这所国际学校实属不易,除非父母工作变动离开上海,基本不会有学生转学。相信每一个坚持报名的家长,都会想"万一有名额出来呢"。考试那天,你会发现即使是插班生考试,依然有很多孩子在等待考试,还有更多焦虑的家长。我听到爸爸在鼓励儿子:"Do you know why we fail? Because we need to learn how to pick ourselves up!(知道我们为什么会跌倒?是因为我们需要学习如何更好地站起来)"儿子似懂非懂地点头,郑重其事地跟爸爸击掌,排在队伍里面跟着老师进了考场。看着他的背影,先生嘟哝了一句:"好像考试的大部分是男生啊,还以为偏中国的教育体系更加适合女生呢!"我回答:"是啊!的确更加适合女生,所以女生都已经考上了,排队考试多是男生!"这时候,其实我有些迷惘。不知道为儿子做的这样一个选择是对还是错。孩子出自我们,却不是我们。他们是完全独立的个体。无论我们多努力,他的感受终究是他自己的。而他们又太小,无法用语言来精准描述自己的感受。父母为他们做的这个关于学校的选择,适合或者不适合,我真的不清楚。

在外面候场的时候,碰到了儿子同班同学安迪的父母,聊起来

幼升小，妈妈的一道坎

才发现大家的处境都差不多。他们家的哥哥也是三年前轻轻松松地考进了这所国际学校，和我们家姐姐是同学。本来以为弟弟入学，也可以这样轻轻松松，结果同样没有录取。不同的是，他们从一年级开始，就每个学期来考一次插班生考试，现在已经是第四次考试了。"不就是一些报名费嘛！多考几次，就算多积累点经验了！"安迪的妈妈如此说。"但是，一次又一次的失败，会不会让孩子觉得很有挫败感？"我问。"现在的小孩，缺少的不就是挫败感吗？失败再坚持，也是对他意志力的磨练。"她回答。其实也有道理。儿子第一次考试失败，我花了不少时间恢复情绪。儿子倒是像个没事人一样。原因可能真的是我们把孩子保护得太好了，为了照顾他的情绪，不让他有挫败感，一切正面引导，一切积极向上。儿子根本没有体会到老母亲内心的山崩地裂。

插班生的考试已经不是幼升小的那种聊聊天、做做游戏的形式了，而是变成了正儿八经的语数英的笔试加上中文和英文的面试。本来以为几个月的"复习迎考"已经准备充分，但是考试出来，问儿子考得如何。他说，数学题目没看懂，作文来不及写。的确，在过去的一年多，他就读的那所国际学校是没有考试的。所以他根本不知道，原来考试是有时间限制的，考试是有题型的，考试的时候题目看不懂是不可以问老师的。我们只给他补习了知识点，但是忘记告诉他一个最基本的知识点，考试是什么！

收到学校不录取的通知，并不意外。儿子打电话来问考试结果，说是安迪已经知道了。我正斟酌着怎么告诉他。电话那头儿子已经敏感地感觉到了。他问："妈妈，这一次是不是又没有考上？"我"嗯"了一声。儿子说："没关系，下一次我再跟安迪一起考好了。"后来,奶奶告诉我,放下电话之后,儿子说了一句,"我又没考上",然后坐在那里闷闷的,不说话了。这个时候,我差点泪崩。一贯没心没肺的儿子,看起来第一次有了心事。我知道,孩子需要挫折教育,他们的人生总会经历第一次的失败。只是我不确定,这第一次失败是不是该在这个年龄,是不是应该为了入学考试这一件事情。

第三次考试,是儿子提出来的。不知道是因为他不想认输,还是为了安慰老母亲。只是,小小的他异常坚决地说,要再考一次。我们给他请了英文家教,报了数学补习班,还买了著名的《一课一练》。看着儿子在灯下做题的小小身影,我不知道是欣慰还是心酸。

考试的日子是在五月。魔都的春天,极短。晴晴雨雨之间,转眼就热了。那段时间,调皮捣蛋的儿子变得异常的懂事。而我也如女儿描述的那样,"在虎妈的道路上一去不复返"。考试那天,儿子几乎是最后一个出来的孩子。我们在门口走廊等着,内心忐忑。其实,我们真的不知道,如果这一次再失败,我们是要坚持还是放弃。考试结束后,我晚上带着两个孩子去看电影,儿子看得心不在焉。电影结束。儿子问的第一句话是:"妈妈,你说我会考上吗?"孩子,妈妈真的不知道。

接下来几天很是煎熬,每天都在抱着一丝希望和可能没有什么希望之间摇摆。到了周三,收到短信。儿子在 Waiting List(等候名单)上面,说是数学考得不错,语文不太好。我问什么是 Waiting List,招生办老师说,如果有录取的学生决定不来,或者有学生交了下学期的学费,但因为突发原因又提出转学,就有名额出

幼升小,妈妈的一道坎

来给 Waiting List(等候名单)的孩子。哎,Waiting List(等候名单)真的是一种折磨。我问:"这么辛苦被录取,有谁会最后不来呢? 又有谁会全额交了学费又临时转学的?"老师很实诚地回答:"过去几年中,还是有这样的先例,但是概率的确不大。"不一会儿,仿佛有心理感应一样,儿子打电话来问,自己是不是录取了。我说,是 Waiting List(等候名单)。儿子问,什么是 Waiting List(等候名单)? 我解释说:"就是老师还在仔细考虑。你看,你比上一次进步了。上一次是直接拒绝,这一次是 Waiting List(等候名单)。你数学考了第一名(虽然我也不知道是不是),因为你努力了。语文作文没写完,所以扣分了,说明还有努力空间。"我们就是如此小心翼翼地维持着孩子的自信和自尊,让孩子从中得到点滴的成就感,愿意继续付出努力。电话那头的儿子听起来有些失望。其实,妈妈内心也很难过,但是还是要调整好情绪安慰你。然后,每一天都等着渺茫的、接近不可能的那个希望。

周末的时候,我让儿子学着收拾自己的房间。突然,儿子跑出来眼睛红红的,不说话。我问他怎么了,他也不肯说。再追问,他就说:"去我的房间看。"我走进他房间,看到桌上他整理出一堆考试之前做的练习册,很大一摞放在桌上。我突然之间明白了。这一次,这个孩子终于上心了。其实我也觉得好残忍,他这么努力,却还要承受失败的失望。大人失望也就算了,毕竟大人的承受能力强。他才 8 岁而已,就要体会努力了也做不到的滋味。儿子说,有一天晚上他做了一个梦,梦见妈妈跟他说,因为你很努力,你考进姐姐的学校了。结果早上醒来,奶奶还是给他穿了自己学校的校服,原来梦都是反的。这个梦听得我好心酸。

最后，因为一个小朋友临时转学，儿子从 Waiting List（等候名单）上面顺利录取入学。说实话，有点"天上终于掉了一个大馅饼"的意外之喜。拿招生办公室老师的话说，"这是小概率事件"。在狂喜之余，其实我常常在思考，如果这一次还是失败，我该如何对儿子进行正面的教育。我是该告诉他，百折不挠，坚持不懈呢？还是告诉他，"世界上总有一些事情，努力了可能也不会有结果"，譬如你将来可能爱上一个女孩，而她不爱你。

和朋友聊天，谈起这段经历。她推荐了雪莉·桑德伯格（Sheryl Sandberg）的新书"Option B：Facing Adversity, Building Resilience, and Finding Joy"，译为中文即是《备选方案B：面对逆境，建立复原力和寻找快乐》。书中的一句话，让人豁然开朗："没有人能永远过Option A（方案A）的人生，我们一生的命题就是如何持续建立Flexibility（柔韧性）。"是的，不管这一场考试结果如何，孩子，我们都不要怀疑人生，要学会接受"努力了不一定有预期的结果"，只要学到了经验就没有白费。考进姐姐的学校，可能是父母一厢情愿给你的 Option A，而当时，父母只给了你一个 Option A，这是我们的不尽责。

亲爱的孩子，**无论 Option A 还是 B，父母能够帮助你的，是渐渐让你明白适合自己的 Option，并且建立获取 Option A 的能力**。但是，当你不得不选择 Option B（方案B）的时候，我们也会支持你，鼓励你，和你一起 Kick the shit out of Option B（把方案B踢出去），让它成为适合你的 Option B。**所有的努力，不是为了那个 Option A，而是为了让你能够有足够的意志力和承受力，有选择 Option A 的能力，也有接受 Option B 的心力。**

幼升小，妈妈的一道坎

（肉圆，首先恭喜你经过三次考试，终于考上了，和姐姐同一所学校。其次，再恭喜你在新学校顺利度过了一个学期。你以前的学校因为不布置作业，被妈妈戏称为"少体校"。你在有作业的新学校还适应吗？从看你第一次作业写得像一条扭动的毛毛虫，到现在的整整齐齐，还被老师展览出来，我知道你慢慢适应了。还有，你在电话里面跟我说："妈妈，我要让你失望了，因为中午饭菜太好吃了，我又要胖了。"我知道，你连学校食堂中午难吃的饭菜也适应了。那天放学回来，我听到姐姐在问你："你喜欢现在的学校还是之前的学校呀？"你非常认真地回答："当然是现在的学校。"姐姐追问："为什么？"你说："我喜欢以前的学校，因为有很大的操场和很多的课间活动。但是我喜欢现在的学校，因为老师会教很多的东西，布置很多功课。"你一本正经的样子，突然让我心酸。哪个孩子会喜欢功课多的学校呢，不都是家长对于孩子的"期望"和"意愿"在孩子心里的映射吗？小小的你，在经历幼升小的辛苦之后，依然单纯地爱着妈妈，相信妈妈所做的一切都是为了你好。肉圆，其实妈妈相信，无论你在哪里念书，你的人生都不会太差，因为你已经有足够的意志力和承受力去面对生活，更重要的，你是一个心底有光的孩子。）

做一个认怂但不焦虑的妈

前阵子网上流传着一个小视频。是学校运动会入场仪式，一群孩子在操场上整齐划一地列队，一边行进一边喊口号："好好学习，学习让我妈快乐，我妈快乐，全家快乐。"居然有好几个没娃的朋友不约而同地转给我，我在她们的"举手之劳"背后，解读出了深深的"恶意"。让你平时走知性优雅路线，让你强拗职场精英女性造型，反正有娃就是你的命门！怎么你都逃不过一个焦虑的老母亲的身份。

不知道从什么时候开始，中国的妈妈集体陷入了一种深深的焦虑之中。应运而生的是一批以"中年妇女老母亲"为目标读者的自媒体公号，专注吐槽、贩卖和传播妈妈们漫长陪读生涯中的各种焦虑。各种关于陪读的文章，譬如《中年妇女优秀不优秀，主要看娃》《当妈后，我重新接受了九年制义务教育》等，这种标题让人一看就忍不住要点进去，看完超级共鸣超级爽快超级安慰，原来还有比我家娃更无可救药的，还有比自己更加不可自拔的妈，绝对是心理按摩啊。难怪这一类题材的文章，只要出场几乎都是"10万+"的爆款，可想在中国，焦虑老母亲的群体有多庞大。网上还有说老

做一个认怂但不焦虑的妈

母亲陪娃读书陪出高血压、心脏病的,开始我觉得这应该是夸张的网络段子吧。直到上个星期自己去体检,人生第一遭发现自己患高血压了!按理说,这些年我为了保持身材几乎没有吃饱过,一直是在低血压附近徘徊的。体检站的小护士居然见怪不怪地调侃我:"最近高血压的特别多,这几个星期是孩子期中考试吧。"一想果然,昨晚刚刚咆哮完家里那个不自觉的小胖子。在孩子考试期间,孩子的分数高低和老母亲的咆哮力度呈正相关线性分布。想当年,每天晚上八点档,我妈在客厅看电视连续剧,什么《射雕英雄传》《法不容情》。而我在房间里面边做作业边竖起耳朵听,遥想某一天等我当家长了,每天晚上八点档坐在沙发上翘着脚吃零食、看电视。但是没想到,真的等到这一天,我当了家长,每天晚上八点钟我还是在房间里面做作业,只是陪娃做作业比自己做作业还要痛苦,在外面看电视的仍然是我妈。

我也曾想要做一个云淡风轻的佛系妈妈,给自己立了三个"绝对":绝对不送孩子去课外补习班,绝对不给孩子请家教,绝对不人云亦云地要求孩子学不喜欢的特长。到了现在,三个"绝对"全部变成了"啪啪"打脸和"哗哗"刷卡。从佛系妈妈到鸡血老母亲,这一转型真是太容易了,只要加入各种老母亲微信群并在群里积极参与讨论,只要多看看其他老母亲的朋友圈,就可以轻轻松松转型成功。只是焦虑的感觉很糟糕,尤其是有一天看到儿子语文作业本上的造句,每一句都和妈妈有关:"风平浪静:我知道我考得不好,妈妈一定会骂我,但是今天却风平浪静。""笑容可掬:如果我这一次所有科目都得 A 的话,妈妈一定会笑容可掬。"原来不知不觉中,考试成绩变成了妈妈情绪的晴雨表。曾经说好的要做一个情绪稳定的妈妈,也曾经决定要"静等花开"的我呢?什么时候变得如此焦虑又鸡血呢?

有一天,我偶然看到一个有女儿的同学写的一篇文章《放弃也是一种成功》,写的是她妈妈是一个平凡的全职妈妈,"为了亲手把我带大"放弃了原来的工作。但是孩子认为选择平凡也是一种超越和勇气,"有时候我们不需要坚持到底,在一个正确的节点放弃,就是恰到好处,不浓不淡"。这篇文章看得我泪目。**孩子能够坦然接受妈妈的平凡,但是很多时候妈妈却未必能坦然接受孩子的普通。**于是,从今天起,我要做一个认怂的妈。淡定、从容、不再焦虑。从今天起,不关心分数和特长。我有一个决定,背向成绩,春暖花开。

先从接受孩子会偏科开始

首先,每一个妈妈都需要努力接受一个残酷的现实,就是你可能有一个偏科的孩子。不是那种所有的学科都不错,但有一门学科优异到准天才程度的喜闻乐见的偏科。大部分的情况是,孩子所有的学科都表现平平,但是有一门学科就是不开窍到死磕才爬上及格线的,这种糟心的偏科。

我有一个朋友,自己是律师,语言表达能力、思维逻辑和为人处事的情商都是一流的。她的先生是一个理科男,对所有和数字相关的问题都游刃有余,但极度缺乏"社会性"。朋友聚会,他经常觉得没有话题交流,就只能埋头看手机不参与。偶尔被太太"提示",被要求参与讨论,他一开口基本大家没法接,因为大家不知道如何回答那些接近爱因斯坦相对论难度的话题。两个人的孩子完全继承了爸爸的优秀基因,在数学领域是天才儿童,小学四年级就可以轻轻松松做大学二年级的数学了。但其他学科成绩平平,尤其是作文写得和数学公式一样,每一句都只有主谓宾,不带任何修辞。我朋友特别焦虑,自己的孩子怎么就"偏科"了呢,到处咨询有什么英语口语班、作文提高班。我们都安慰她,你的儿子已经是天才了还有什么可以焦虑的。朋友却觉得,他爹的遗传基因那么强大,数学好是应该的。可是为什么孩子没有遗传自己优秀的语言能力?这不科学啊!可是这才是真正的科学好嘛!真科学一般都很公平。在父母遗传基因这件事情上,孩子都是随机抽签的。爸爸23对染色体,妈妈23对染色体,就好比两副扑克牌扔到桌上让小孩抽,谁能够保证百分百抽到一副全是王炸的好牌。大家劝那个朋友,没有发生最糟糕的组合,你儿子同时遗传你的数学能力和你先生的语言能力,你就该知足常乐了!但是,朋友还在为孩子的偏科处在持续焦虑中。

很多人一直诟病中国的通才教育,认为给孩子压力太大。你看人家西方国家的教育多注重个性,多快乐。自从我看到美国上东区的一个妈妈写的《我是个妈妈,我需要铂金包》之后,才蓦然发现全世界的孩子学习压力都很大,全世界的妈妈都在焦虑。正如书里写:"这世界就像一个剧场,当前排观众站起来的时候,后排观众也不得不这样做。所以这个世界上很难找到一个不焦虑的妈妈。"其实,通才教育本身没毛病,学校给了所有孩子一视同仁的教育机会。所谓"因材施教"对学校的挑战也是有些大的。孩子到底擅长什么,真的是要给孩子很多选项并且耐心让孩子尝试过这么多选项才能了解的。现实点说,对大部分一个年级十几个班级,一个班级五十多个孩子的公立学校,要提供完全个性化的教育是不可能完成的任务。真正有问题的,是家长觉得有一百种正当理由希望孩子是全才。数学必须要好,如果要去海外念书,这是我们华裔的竞争优势啊。我们老祖宗的遗传基因里面自带理科因子,怎么能数学不好呢?不说国际上拿个大奖吧,起码在数学课上必须游刃有余。然后,语文也不能差吧,语文是基础啊,以后如果在国内发展,职场上写个总结报告和项目计划书,没有点文字功底肯定不行。那么,英文呢?英文更加不能不好。现在的孩子都生活在地球村,是世界公民,怎么可以不会世界的语言呢?尤其是国际学校的父母,对孩子语言的要求变成了英文可以看莎士比亚,中文可以看《资治通鉴》,双通双活无缝衔接。

问题是,一个不是全才的父母要求有一个全才的孩子,是不是有些勉为其难了?但是,家长们始终坚信,基因不够后天补。伟大发明家爱迪生不是说"天才,1%是灵感,99%是汗水"!于是各种鸡血课外补习班出现了,什么学而思、百花,皆让众多老母亲们放弃睡美容觉,早上四五点去排队报名,不知道的人还以为阿迪达斯的椰子鞋又出限量款了。最近据说还流行"创A""国素"。一开始我以为"国素"班是国学素质教育,就是练练毛笔字、背背唐诗宋词的班,后来才发现"国素"是英文提高班,全称是"国际素质班"。国素还要分国素A、国素B,更别说什么KET、PET、FCE[①]之类深奥难懂的单词。在家长微信群里看到其他老母亲热烈地讨论这些话

[①] KET、PET通俗点讲就是英语水平考试,大家普遍称为"小雅思"考试,同属于剑桥英语课程体系。KET、PET是剑桥英语五级证书考试(MSE)的第一级和第二级,从低到高分为5个级别:KET,PET,FCE,CAE和CPE,权威性强,含金量高。

题,默默百度这些名词的我真是焦虑指数爆表。总觉得,孩子不能够全面发展,全是老母亲的失职。

对于我来说,数学是我永远的痛。数学好的人可能永远不能理解缺乏理科思维的人有多痛。譬如,我从来搞不清楚立体几何,没有办法从平面的线条看出立体的图案。整个高中我都需要靠语文和英文来拯救我的总分成绩和年级排名。在我念书的年代,理科成绩是检验智商的唯一标准。记得,当年班主任在期终考试结束的时候,对班级同学说:"我们有些同学呢,虽然不聪明但是很勤奋,所以总体成绩不错。"然后边说边意味深长地看着我。当然他确实是在真诚地表扬我。在那之后,我经过很长一段时间的心理建设,才接受自己是一个文科生的事实。而现在,我经历了更长的时间接受了女儿和我一样是一个文科生的事实。

在女儿的国际学校里面,每一个学科都根据学生的水平进行细分,譬如数学分为H+、H、S+、S四个层级。学校的本意是尽可能地让学生能够在适合自己的水平上循序渐进。结果,这些细分层级成了家长们的"关卡",让家长们像是打通关一样敦促孩子不停地往上一层级走。当孩子无法逾越某一个层级的时候,就生出无数的焦虑,各种补课加码,每个学期末都有家长去学校和老师理论自己的孩子为什么不能升班。而我也曾经是其中的一个焦虑的家长,尽管女儿已经很优秀,但是还是会想为什么她数学只是平平呢,她什么时候才能对数学开窍呢?到底怎么才能让她的数学更好呢?或许我需要接受的只是一个简单事实,一个数学不好的妈生了一个数学不好的女儿,她就是一个偏科的孩子。

其实,让无数人鸡血半天的这一句爱迪生的名言,后面还有半句:"但那1%的灵感是最重要的,甚至比那99%的汗水都要重要。"好吧,读书的时候,我和很多单纯的小孩一样,曾经认真地把爱迪生名言抄写在笔记本上自我激励。现在我也终于明白,有些事情是努力了也未必可以完美实现的。我不是唯基因论,但是我们必须要承认一个现实,补课可以提高成绩,但是绝对补不出一个全能型天才孩子。所以,当我接受了孩子不是门门功课都优秀的事实后,焦虑症也就不治而愈了。

慢慢接受孩子真的没有特长

从女儿3岁开始,我就陆陆续续给她报了很多兴趣班。这是我第一个孩子,初为人母的我有着空前高涨的热情和执着。由于父母那个年代知识、眼界和金钱的局限,我总是觉得自己有一部分的艺术潜能由于没有得到及时的发掘和培养而流逝了。因此我把女儿当作一块可以精心耕种的试验田,希望她长成我心目中"琴棋书画"无一不精的才华横溢的女子。我先是给女儿报名了钢琴、画画、舞蹈班,然后陆续加了朗诵和戏剧表演课。转念一想,女孩子还是要动静相宜,有点防身技能,于是又报名了跆拳道和游泳班。到了第二个孩子自然不能厚此薄彼,那么全套兴趣班再来一遍。由于第二个是男孩子,就去掉了舞蹈,他的运动型老爸还专门为他加上了自己的爱好以及自己少年时代没有实现的"梦想"——足球、篮球、网球、乐高……朋友圈绝对是妈妈们的罂粟,每一次看朋友圈都会有新发现。这个朋友的孩子在学骑马,我们家女儿要不要去学,迪士尼公主会骑马的都很帅气。那个朋友的孩子在学击剑,我们家儿子要不要去学,会击剑的英国绅士也很酷。给孩子们报兴趣班的时候,刷信用卡简直像是不用还一样,毫不犹豫。每个周末,我们不是在等孩子上兴趣班,就在送孩子去兴趣班的路上。

两个孩子就读的国际学校,周围家长们对于如何培养孩子特长的热烈讨论更是加剧了我们的焦虑。国际学校的环境中有种心照不宣的共识,不管男女学生,标配是会一种乐器,基础款必须是钢琴,钢琴是所有乐器的基础,附加款是小提琴、大提琴或者萨克斯。男生需要擅长一种运动,游泳、跆拳道都不算,那只能算是防身技能。男生需要会足球、篮球、棒球或者橄榄球,不是我们念书那会儿,男生下课后在操场随便踢踢的那种,要到能参加校际比赛的程度才算特长。如果还会冰球、击剑或者马术,可以算是加分项。至于女生,会音乐剧、芭蕾、绘画都不算什么特别的,会的孩子比比皆是。每年到学校艺术节,学生们可以随意组成一个交响乐团,玩什么乐器的都有。还可以轻松排出一出音乐剧,唱的跳的绝对不比专业演员差多少。至于芭蕾舞演出,女生中可以随便拉出一排奥杰塔,四个人跳四小天鹅,随意就可以配成很多组。

相比之下,我家两个孩子似乎并没有朝着我们梦想的方向发展。先是女儿从幼儿园大班开始学钢琴,请了老师每个星期到家里教。和所有的学琴母女一样,我们彼此苦苦相逼,练琴的女儿和陪练的我一样痛苦。陆续学了三年,眼看着朋友纷纷在朋友圈晒自家娃弹琴的小视频,还有考级的证书,我女儿的钢琴还是弹得和敲玻璃一样,楼下邻居经常来投诉,最后忍无可忍,选择搬家。后来我才知道,女儿早就不想学了。但是她不敢对我说:"妈妈,我不喜欢钢琴,不想再练下去了。"因为她知道,我的第一个反应肯定是,你怎么可以半途而废呢?你知道什么是"坚持不懈"吗?她不想做一个半途而废的孩子。只是我也是要慢慢领悟才能明白：一个在KTV"边唱歌边谱曲"的妈，遗传基因强大，生下了五音不全的娃，又凭什么去逼迫孩子能够敏锐地辨别钢琴曲的音调，然后行云流水地弹出来呢？

再是绘画，女儿表示喜欢画画，但是不管铅笔画、水粉画还是油画，她最终都能够画成二次元的漫画风。还有运动，我希望女儿长成一个有一身小麦色皮肤的阳光少女，游泳、跑步、打球、骑马、击剑样样都擅长。回到现实之中，女儿却是什么运动都不喜欢，就喜欢宅在家里看书。小时候，请了教练教女儿学游泳。那时刚刚学会读文章的她看到一则新闻说，教练太严格，把学生直接扔到水里，结果学生被淹死了，于是她就产生了被害妄想症。在一次哭得把半个游泳池都惊动了之后，教练就果断放弃她了。

女儿没有运动细胞，那么只能寄希望于儿子了。我们希望儿子会很多运动，足球、篮球、棒球什么都会，将来在球场上是一个高大帅气的阳光男孩，吸引一票小女生的目光。但是，我们沮丧地发现，踢足球的时候，儿子说他只是喜欢当守门员，因为不用跑来跑去。打篮球的时候，他说地心引力太强所以跳不高。儿子喜欢安安静静地下国际象棋，喜欢看关于宇宙星空的书。我们简直焦虑到不行，一个男孩怎么能够不擅长运动呢？！后来想想，只能还是让遗传基因背这个锅。谁让我是一个完全没有运动细胞的妈呢。我念书的时候，每一年老师都为是不是要评选我当选三好学生而头痛。所谓"三好学生"，就是德智体全面发展。我成绩优秀，还是学生会主席，德和智都没问题。可惜，我的体育成绩永远在及格线上挣扎。有一年体育课，有一个考试项目"爬竿"。我看着同班小伙伴们，一个个"哧溜"一下从下面到杆顶，一气呵成。我却像是树袋熊一样抱着竹竿，怎么蹭都难以往上挪动一寸。后来体育老师实在看不下去了，只能说"算了算了，你蹭一下，给你10分"。于是我抱着竹竿，很努力地往上蹭了6下，得到了60分。现在看来，两个孩子都遗传了我的这部分基因。我们只能认怂，慢慢接受孩子真是没有什么运动特长的现实。

虽然我们不停说服自己，但是看朋友圈时仍然特别容易焦虑。看到这个朋友的女儿晒拉丁舞比赛中漂亮旋转的小视频，瞟到鞋柜里面女儿勉强穿了一个学期的拉丁舞鞋。看到那个朋友晒儿子在橄榄球比赛中一脸坚毅小表情的照片，想起儿子之前死活不肯再去学橄榄球的情形。我难免会想，我家孩子什么都不会，怎么办呢？

有一天和女儿聊天，聊到她的好朋友们都擅长什么。女儿说，精通和擅长是两回事情。精通可以是逼迫出来的，长大之后，大人不管了，随时都会扔掉。只是真正喜欢才会擅长。她的一个好朋友，每天不管作业多少都要练足一个小时钢琴，因为是家长规定的。她们都不记得她钢琴弹得好，因为在学校里面她从来不愿意弹钢琴。但是朋友们会记得她的吉他弹得很好听。弹吉他是她照着视频偷偷自学的，因为她真的很喜欢。女儿说，大人不用逼，只要她自己喜欢，自然就会学得好。不喜欢的东西，逼着学了也没用。女儿称自己是芭蕾、钢琴、画画一样不会的非典型国际学校学生，不完美，却极其可爱。"妈妈你要接受这个事实，没有特长并不影响我的人生。"于是，我可以释然地"认怂"，接受孩子真的没有特长，也不焦虑了。

六年级的时候,女儿写了一篇名字叫作《不完美火星小孩日记》的科幻小说。她在小说介绍中写:"请爸爸妈妈不要要求我们什么都会,什么都好。甚至不要要我们一定看英文版的哈利波特,只是为了提高我们的英文阅读能力。我们也喜欢看皮皮鲁和鲁西西,还有《非人哉》《如果历史是一群喵》。因为不管在火星还是地球,我们都不是完美的小孩,但我们希望会是你们极其可爱的独一无二。"是的,**我们要学会让孩子能选择喜欢的,也能选择不喜欢的,要去学会做一个"认怂"但是不焦虑的妈。**

附:

不完美火星小孩日记

火星年218年第95日　木星日　天气:太阳斜率45度

早上6点20分,讨厌的闹钟响了。我把手伸出被窝,按掉了它。虽然现在已经是这一年的第75天了,相当于地球日历的3月份了,但是太阳斜率也只有45度。要等到太阳斜率60度以上,天气才能真正暖和起来。火星上的政府部门号召说,大家不能像相邻星球地球一样不加节制地浪费,最后面临食物和能源的匮乏问题,只能想办法移民到其他星球。所以我们到火星年的第70天开始,就停止集中供暖了。好冷啊!我真不想从可以提供热能源的被窝里面爬出来。"诺拉!起床啦!上学要迟到了!"妈妈又在催了。我赌气地把头往被窝里面缩,假装没听到。可惜这床被子只能隔冷,不能隔音。妈妈每天早上"魔音"绕梁,只要我不起床,她就可以不厌其烦地一遍一遍在门口喊。

这时候,我真的好羡慕我的同学们,他们从来不为起床"这件小事"而烦恼。每天都是不早一分钟也不晚一分钟,准点起来。好朋友菲欧娜说,在他们出生的时候,身上的拖延症基因就已经被去掉了,所以他们从来不会赖床,也不会晚交作业,更加不可能上学迟到。像我这种因为拖延症要到考试前一天晚上才"发奋图强",揪着自己头发猛看书的人,在他们看来简直是不可思议的。

其实,我很不理解爸爸和妈妈。妈妈是一个非常优秀的生物基因科学家,确切地说,她和她的团队把生物科技发展到了一个前所未有的高度。生物科学家们能像搭积木一样随意组合基因,培育出不少新的动物和植物。后来,这项科技还被运用到医学上,在孩子出生的时候,父母可以选择双方最优秀的基因,生出理想的孩子。妈妈和她的团队还因此获得了火星最高成就奖。但是,妈妈似乎并不开心。她说,她研发的这一项生物技术,本意是为了去掉新生儿先天性疾病的基因,而不是为了随意改良孩子的基因。她和爸爸说到做到,我和弟弟什么基因改良都没有做过。我们可能是火星上极少数的不完美孩子了。他们难道喜欢不完美的小孩吗?

火星年 218 年第 100 日　水星日　天气:太阳斜率 55 度
今天好倒霉!

早上出门前,弟弟这个臭小子忘记带宇宙科学课的作业。他打电话跟妈妈撒娇,说什么他辛辛苦苦设计的小火箭今天一定要交,如果不交的话,期末考试就要不及格了。弟弟的卖萌,一直是妈妈的软肋。于是,妈妈让我给他送去学校!!

我今天早上难得没有早自习,可以晚点去学校。现在,却要扛着他的小火箭横跨校园,去弟弟的小学部送作业。今天天气不好,下着大雨,降水量200毫米。为了不让他的小火箭淋湿,我只能把自己的防水衣盖在上面,自己淋成了落汤鸡。

我的朋友菲欧娜知道后很惊讶。她问为什么不把弟弟的丢三落四基因去掉呢?她的弟弟每天早上都把自己的书包收拾得好好的,从来不会忘记任何一样东西。班里其他同学的弟弟妹妹也没有这种毛病。我真的不知道,爸爸妈妈为什么喜欢不完美的小孩。他们一定是有自虐倾向!

对了,还有我家的猫,小白!也是一只没有经过任何基因改良的不完美猫咪!小白特别傲娇,它从来是只给摸不给抱,一抱就伸爪子。还有,如果忘记给它清理厕所,它会恶作剧,在外面拉粑粑,表示不满。它还有错觉,以为自己是一只闹钟。每天早上,它会跳上弟弟的床,在他脑袋上肆无忌惮地踩来踩去,叫醒他。小白会抓沙发、会吐毛球、春天的时候掉毛,简直是一只行走的蒲公英。反正,猫由于各种落后基因而造成的坏毛病它都有。而朋友家的猫咪们都不是这样的,特别的乖巧,你想怎么样就怎么样,更像是一只巨大的毛绒玩具。我觉得,爸爸妈妈的"自虐症"已经病入膏肓了。

火星年218年第107日　金星日　天气:太阳斜率65度
今天好开心!

我的作文获得了火星少年作文比赛的大奖。老师还在课上念了我的作文。我的作文题目是《我和弟弟》。写作文的时候,我突然发现,弟弟虽然调皮得令人头痛,但也有非常可爱的一面。他会把他心爱的小火箭起名为"诺拉号"。在我生日的时候,他悄悄地自己做贺卡送给我,虽然他的画画水平糟糕到谁都不看出来他画的是我,甚至一段话里面会拼错好几个单词。上一次放学回家的路上,碰到一只从兽医院逃出来的患有狂犬症的大狗,他紧张得脸都发白了,但还是英雄主义泛滥地挡在我前面。那只大狗长得跟他差不多高了,但是他握起拳头乱挥一气的气势,居然把大狗吓退了。当时菲欧娜和她弟弟也在。她的弟弟已经是跆拳道的黑带了。但是他却充分发挥了运动员的优良基因,跑得比谁都快。菲欧娜说,那是因为爸爸妈妈给弟弟增强了一种"自我保护"的基因。

菲欧娜问我,为什么我和弟弟之间有那么多事情可以写呢?我说,因为每天我们两个都在上演"战争与和平",一会儿打架一会儿和好,当然跌宕起伏,好多事情可以写。菲欧娜说,她的爸爸妈妈在她的基础上对弟弟的基因进行了很多改良,还额外付费增加了新研发出来的"乖巧"基因,所以她和弟弟从来不吵架。每天放学,各自在自己的房间做作业。她真的不知道,她和弟弟之间有什么可以写的。

这时候,我发现,有一个不完美弟弟也挺好的。

火星年218年第135日　土星日　天气:太阳斜率70度

今天晚上,家里爆发银河系大战了。原因,还是如恒星般不变的那个,爸爸妈妈陪我们做功课!

妈妈教弟弟写作文。写作文对于弟弟来说,简直是一场灾难。不管妈妈怎么启发,他最后就挤出几行字,还歪歪扭扭得像几条泡面横在电脑屏幕上。妈妈气到扶墙而出。要知道,除了是生物科

人生哪有那么多赢家

技学家,妈妈还是一个作家,出版了好多小说呢。弟弟看着她,很无辜地说:"妈妈,你怎么没有把你的基因给我呀!"说得好像还是妈妈的错一样。

我正好相反,数学对我来说简直跟地球文字一样难懂。一向耐心的爸爸教到要崩溃,妈妈接着上场教,结果还是败下阵来。爸爸是一个火箭设计师,最厉害的就是数学了,因为那些火箭的参数错一丁点都不行。接下去发生的事情,就非常熟悉了。爸爸和妈妈开始互相"责怪",作为生物学家的妈妈,强词夺理地说,自己优秀的基因没有准确遗传到孩子身上的原因是爸爸的不优良基因着陆在生物链的错误位置,中和了自己的优良基因。爸爸则反驳说,妈妈的不优秀基因都是过于强大的显性基因,白白可惜了自己隐性的优秀基因。反正,每一次他们总要这么来来回回地辩论一番,最后的结论倒是出奇的一致,谁让自己生了我们这两个熊孩子,含泪也要养大他们!

我觉得,这么吵吵闹闹的爸爸妈妈很可爱。我大部分同学的父母从来都不用为"给熊孩子陪读"这一件事烦恼,因为他们学习都很自觉。菲欧娜说,每天晚饭后,他们家都静悄悄的,她和弟弟分头做功课,不懂自己查网络,从不去问,因为也没有什么不懂的。她爸爸在家工作,她妈妈看电视,彼此互不打搅。在我的感觉里,怎么觉得这样子不像一家人呢。

火星年218年第208日　土星日　天气:太阳斜率60度

今天,我看到菲欧娜躲在一边哭了。这个发现让我非常震惊!因为在我看来,她是非常完美的女生。她念书好,还是啦啦队队长,尤其她还拉得一手好小提琴。据说,她每天都会雷打不动地练习一个小时,哪怕圣诞节出去滑雪,她也会带着她的小提琴练习。

我问她为什么不开心。她说,她再也不能拉小提琴了!在她出生的时候,她的爸爸妈妈把双方基因里面的音乐基因都挑选出来给了菲欧娜,同时去掉了她"懒惰"的基因。但是现在,她的爸爸妈妈发现,菲欧娜的音乐才华受限于父母的基因。他们自己都不是音乐家,无论菲欧娜怎么练习都不可能成为小提琴大师,所以父母不让她学小提琴了,觉得这是浪费时间。但是这些年下来,菲欧娜却真的喜欢小提琴了。父母不管这些,要让她去学习水星语,因为他们将来准备开拓那里的市场。而且,生物科技又有了新的突破。一个庞大的基因商店开始营业了。只要愿意付出高昂的择优费用,父母可以在基因商店选择著名科学家、影视明星、运动员身上的优良基因加到自己孩子身上,让自己的孩子更完美。菲欧娜的父母是成功的企业家,他们需要一个完美的孩子来继承自己的商业王国。于是,他们决定到基因商店选择最优秀的基因打造一个十全十美的孩子。"你知道吗?昨天我听到爸爸妈妈说,我和弟弟是次品。"菲欧娜哭得好可怜!

父母怎么可以这么说自己的孩子呢!我真的很愤怒!

我回家问爸爸妈妈,为什么不改良我和弟弟的基因呢?尤其妈妈还是这么优秀的生物科技学家。妈妈回答我说:"如果每一个孩子都那么完美,那么和人工智能有什么区别呢?就是因为你们身上有我们的基因,才会让我们看到曾经的自己,也就是那些不完美的基因才让你们变得可爱。而且,所有的基因到最后都会变成不可拆解的两个基因点。譬如,你的拖延症基因的另一个基因点就是你的节奏感。你会按照自己的节奏生活,不会为了达到某一个目的而赶路,从而忽视了一路上的美好。譬如,上一次我们去沙滩,别的孩子都赶着下水游泳了,但是磨磨蹭蹭的你却在沙滩上发现了可爱的新物种。再譬如,去掉丢三落四基因的副作用是,会让你的注意力变成一个均匀的平面,所有的事情都会被关注并记得,反而没有了重点和细节。而你的弟弟有了这个基因,在需要决策的关键时候,他会非常果断,因为他知道可以舍弃什么。经过基因改良,几乎所有的人都成为了完美人类。但随之丧失的,是大自然最初赐予我们的情绪和情感,而那些是珍贵而美好的。"

我现在懂了,我和弟弟虽然是火星上不完美的小孩,但却是父母独一无二的宝贝。

牵着"蜗牛"去旅行

职场妈妈有两大痛:"阿姨不干"和"娃放暑假"。尤其是国际学校,暑假从六月初放到八月中,足足两个半月娃要游荡在社会上,成为"社会闲散人员"。我已经忘记从小学几年级开始,爸妈把我独自留在家过暑假。在那个没有网络、没有手机的时代,每天只有在家做功课、看书,下午睡一个无边无际的午觉,醒了就听外面知了鸣叫,这样的暑假在记忆里是漫长而寂寞的。但是现在,似乎是养娃的要求随着时代进步而提高了,家长不可能把小学阶段的孩子独自留在家里,即使家里有老人,家长也不能容忍孩子在家里"游手好闲"两个多月。世界那么大,暑假要带娃去看看。带娃旅行,就像是带着蜗牛去散步,完全是对家长体力、心力和脑力的考验。

四年前,我们全家去美国旅行,那是全家第一次长途国际旅行,当时姐姐 7 岁,弟弟 4 岁。为了准备这一次长途旅行,春节的时候,全家去了一次香港迪士尼,算是实战演习。在迪士尼的两天,比加班一个星期还要累。两只"小动物"真是精力旺盛。他们在迪士尼一天 8 个小时奔跑下来,晚上还能在房间里面打成一团。

谁说给娃放了电,倒头就能睡!经过香港迪士尼一役,爸爸妈妈对美国之行更是严阵以待,我们不停告诉自己:"亲生的,要耐心,亲生的,要和善。"但是,我们似乎还是低估了带娃旅行中的各种考验。

长途飞行是带娃旅行给父母的第一道考验

从上海到纽约14个小时的飞行,狭小的空间对于大人来说都不是太愉快的经验,何况对于10岁以下的小朋友。这是"小动物"们的第一次长途飞行,一路上他们除了看动画片和睡觉之外,剩下的时间就是像复读机一样:"什么时候到?什么时候到?"然后,爸爸妈妈要不厌其烦地告诉他们:"马上,马上,马上……"后来,爸爸找出飞行地图,教小朋友们看地图,我们会路过哪些国家和城市,才稍稍好了一些。长途飞行真的是非常考验父母的耐心和体力,还有和周围乘客和睦相处的能力了。还好爸爸的世界地理知识丰富,还能引经据典地说些历史故事,才缓解了机舱内一路的沉闷。所以,带娃长途旅行前,恶补一下高中知识,非常有必要。

倒时差是带娃旅行给父母的第二道考验

小孩子绝对是一个超自然现象的生物。我有时候甚至怀疑上帝忘记给10岁前的孩子添加感知疲劳的感官。到美国的第一晚,两个"小动物"半夜还兴奋地不肯睡。可怜的爸爸妈妈经过长途飞行,已经困得快睁不开眼睛了。好不容易哄骗加威胁,把两只"小动物"哄上床,在床上继续打闹了一下,终于睡着了。爸爸妈妈收拾完行李,准备好明天出门的东西,眯上眼好像才几分钟,小猪姐姐居然拿着一颗牙站在我床前说："妈妈,我掉了一颗牙。"妈妈只能挣扎着爬起来,清洗乳牙,然后小心翼翼用餐巾纸包好交给小朋友。根据美国牙仙女(Tooth Fairy)的传说,小朋友掉的乳牙都要用手帕包好,睡觉前放到枕头下,然后梦里牙仙女就会来取走牙齿,留下金币。睡眼蒙眬地伺候完牙仙女,我倒下继续睡。没有几分钟,肉圆弟弟又醒了。他倒是很乖,自己一个人坐在窗台上,数酒店楼下街上的汽车,一辆两辆三辆……爸爸妈妈的内心是崩溃的。

安排行程是带娃旅行对父母的第三道考验

其实,带孩子出去玩和亲子旅行并不是一个概念。如果带孩子去旅行的地方,父母恰好也是第一次去,自然会充满着好奇想要探索一番,那么在行程安排上,想兼顾大人和小孩的兴趣,基本是"不可能完成的任务"。即使是在行程安排上完全照顾孩子,也有一种好玩是"妈妈觉得好玩",还有一种活动是"妈妈觉得有意义"。到美国的第二天下午,我们带着两个孩子去纽约大都会博物馆。妈妈早早在网上为孩子预订好了"Art Track"(艺术之旅)的活动。就是美国老师带着一群小朋友,在大都会博物馆里面欣赏大师的画作,然后让孩子们发挥想象力,去临摹大师作品中自己最感兴趣的一些元素。妈妈觉得,这样的活动非常有意义,会给孩子很好的艺术熏陶。但是!两只"小动物"这个时候居然华丽丽地开始"倒时差",在艺术的殿堂睡着了!爸爸妈妈只能很尴尬地一人抱着一只,坐在长凳上等着他们醒过来,内心默默心疼着门票还有活动报名费。等到最后不得不一人扛一个,叫辆出租车回酒店,再默默心疼一下纽约以美金计算的出租车费。回到酒店之后,"小动物们"神奇地醒了,然后兴高采烈地说"晚饭时间到了"。爸爸妈妈只能败给你们"见机行事"的生物钟。

接下去几天,带两个孩子去看纽约的经典景点,也令人啼笑皆非。去看自由女神,他们对这个戴着绿草帽的阿姨完全没有感觉,只喜欢追着河边的鸽子。去华尔街逛逛,他们也不明白为什么那么多人要围着一只大铜牛拍照,只喜欢路边的墨西哥鸡肉串。在美国的这几天,他们最喜欢的是酒店附近一个社区里面的免费儿童游乐场,里面有秋千、滑梯还有攀爬绳索。他们每天一起来就要去游乐场玩,然后一玩就是大半天。坐在旁边的爸爸妈妈欲哭无泪,看着一天排得满满的行程,又不可能完成了。这根本就是漂洋过海来玩秋千和滑梯,明明自家小区也有啊。还有,两只"小动物"超级爱酒店里面的 Foosball(桌式足球),每天晚饭后就要去玩上好一阵。想一想机票、酒店钱,可以买好多桌式足球在家里一字排开了。带娃去旅行,即使爸爸妈妈在行程安排上尽量照顾孩子的年龄和爱好,但是归根结底还是只安排了景点,不会为孩子量身定做一些活动,这时候,一些专业的亲子活动机构就比较有优势了。譬如,我们也带孩子去过新加坡,去圣淘沙的环球影城,去水族馆、沙滩挖挖沙子,自己感觉已经很亲子了。但是后来孩子再跟夏令营再去圣淘沙,一帮孩子在沙滩挖沙子、自己扎皮筏艇,即使在水族馆,也有老师讲小丑鱼和水母的故事,晚上干脆在水族馆跟鱼儿一起入睡。孩子回来才说,新加坡太好玩了。与第一次我们带娃去,回来的评价是新加坡太好吃了,大不相同。这时候我想,等孩子大一些可以独立去参加夏令营了,让专业的人做专业的事或许也是极好的。譬如,有一年,两个孩子分别去了不同国家的夏令营,爸爸妈妈也在同一时间安排了一次两个人的度假。我们戏称这是当下流行的区块链概念中的"分布式"度假模式。由此,爸爸妈妈终于得到了一段暌违已久的安静旅程。

回答旅程中孩子各种各样的问题,可能是对父母的终极考验

在出发前,爸爸妈妈也曾暗暗下决心,在旅程中陪着孩子看世界长知识,耐心回答十万个为什么。但是!孩子关心的点,永远不是父母眼里的知识点。他们关心的不是自由钟的来历或者美国的三权分立,而是"为什么这种虫子的背上有斑点,那只没有,他们是一家吗"这种"度娘"也回答不了的问题。除非是对儿童教育特别有研究,很少有父母是百科全书型选手,也很少有父母知道怎么用孩子的思维和语言去启发他们,所以旅行中的循循善诱可能是一部分家长给自己的美丽谎言。我们只能诚实地面对自己,不过度美化亲子旅行。哪一个带孩子出去旅行的父母能够保证每一天都温柔慈祥不炸毛?能够保证不厌其烦地回答孩子提出的每一个问题?能够保证全程不自顾自看手机,不处理突发的公事?

带着孩子去旅行,本来就是牵着蜗牛去漫游,比起自己旅行要花多三倍的时间。但是走走停停之间,父母也会发现因为匆匆路过而忽略的风景。那一次我带娃去美国旅行,开车从华盛顿到纽约。这一段高速公路,我曾经不止一次地开过,一般自己开车只要3个多小时而已。但是,那一次开开停停地龟速前进,每隔几十英里就要到一个休息站停留。"小动物们"不是要上厕所,就是晕车要休息。一次,在某个休息站旁边有一片树林,"小动物们"蹲下来

人生哪有那么多赢家

看一只才出生不久的小松鼠,小松鼠因为腿太短而无法翻过一段圆木。肉圆用手轻轻推了小松鼠一把。小松鼠捧着松果,歪着头望着肉圆,仿佛在说"谢谢"。孩子们从来没有如此亲近过自然,而妈妈在这段高速公路来来回回那么多次,也从来没有在这一片树林驻足过。我们一家四口,坐在小树林旁边,任由高速公路上的车辆川流不息,只管抬头看天边的云起云落。

所谓"桃花源",其实不在跋山涉水之外的天涯,就在与你咫尺之间的心境中,只要你能够停下脚步。在养育孩子的过程中,有些事情可以"外包",譬如给孩子做饭或者辅导孩子功课。但是亲子时光是不能外包的。带着孩子去旅行,牵着蜗牛看世界,那些一起度过的旅行时光,无论如何闹哄哄,都是无可替代的记忆。

(每一年我们都会带着孩子去旅行。一年又一年,对于带娃旅行这一件事,我们也从最初的手忙脚乱到现在的驾轻就熟。带娃旅行重要的当然不是让孩子在每一个景点前拍照,完成打卡,而是教给孩子旅行相关的经验,学会如何找到登机口,如何填写入境卡,如何看地图找景点,如何在餐厅点餐,如何整理自己的行李,更重要的是一路上如何和遇到的不同文化背景的人们相处。去年,姐姐独自一个人去美国念夏校。第一次独自旅行,12岁的她一点都不胆怯,之前所有的旅行经验都是她独自旅行最好的铺垫。)

带上爸妈去旅行

旅行对孩子的影响和意义，一直被大家反复肯定，虽然带孩子旅行会辛苦一点，麻烦一点，但大部分家长还是坚持要做。我突然想到，旅行对父母的意义呢？是否被我们有意或者无意忽略。我们之间有多少人能够带着爸妈去旅行呢？我说的"带上爸妈旅行"是指为了父母安排的，一路亲自陪同的旅行。这不包括夫妻出行带上爸妈，真正目的是为了让爸妈帮助看娃的旅行。也不包括在携程上报个父母放心游，交钱直接把爸妈送上飞机的旅行。

带上爸妈去旅行，绝对是对智力、体力和情商的考验，比带上俩娃去旅行的辛苦等级翻倍。为什么？娃吵闹不乖，我们可以教育或者喝止。父母呢？或者公婆呢？我们只能和风细雨地劝解，老人比孩子固执敏感，不能伤心伤感情啊。过去几年，我和老公带着爸妈去了香港、台湾，还有美国、以色列、约旦。最让朋友惊讶的壮举是，我和老公带着双方父母和俩娃一行八人去了台湾，然后又浩浩荡荡地一起去了澳洲。没办法，一年才那么点假期，又想陪着父母孩子去度假，还想保留一次两个人的亲密假期，带上双方爸妈一起旅行变成最好的选择。而我们也从最初的不适应到现在的游刃有余。

经验一：说什么也不要说价格

第一次带着爸妈去旅行，是他们来美国看我的时候。在美国商学院毕业后刚工作的几年，我就发出过邀请。爸妈怎么都不肯来，有种种理由，外婆身体不好，爸爸返聘之类。后来发现无非是爸妈怕我花钱。我在越洋长途中反复强调"咱有钱，想什么花就怎么花"了两年之后，爸妈终于来了。在今后的一个月中，我带着他们陆续沿着美国东岸，从纽约途径费城、华盛顿走到迈阿密。带上爸妈旅行第一个让人抓狂的点就是，你火热的一颗愿意为他们花钱的心时刻被他们为你省钱的执着浇灭冷却。中国父母往往是用强烈的不喜欢甚至"憎恶"来体恤你。"美国的龙虾嘎难吃，勿吃勿吃。""牛排嘎老额，咬不动。""格有啥好白相额？勿去勿去。"爸妈的表演如此逼真，表现如此坚决，为了避免和他们在路上拉拉扯扯，我无数次败下阵，委屈地想是否自己的安排真的那么不尽人意，自己省吃俭用那么久，请了年假一路陪同，是否真的能让他们开心。

后来带爸妈旅行次数多了，"战斗"经验也逐渐丰富。这些时候，子女一定要比爸妈更坚持更强硬。至少这招对我父母和公婆这类朴实节俭的老人效果明显。我斩钉截铁地告诉他们钱已经付了，不去更加浪费。再后来，我采取的办法就是，说什么也不说价格，对于价格信息严防死守。反正父母问起来就说："不贵、不贵！""买××免费赠送的！""打折的打折的！"，或者干脆就是"我不记得了"。

后来在一些场合,不经意听到爸妈对亲戚朋友带着点小虚荣地提到:"美国牛排好啊,新鲜,质量好。"我更加明白,他们并非不喜欢,只不过他们在用他们特有的方式体贴子女。

经验二:快进式的行程安排

带着孩子去旅行,我们都知道要迎合孩子的兴趣和节奏,譬如所有的安排都要在时间上多算两倍甚至是三倍。然而带着爸妈去旅行,或许因为他们是成年人,**或许因为他们在我们过去的生命里扮演着照顾者的角色,我们往往忘记为了他们去调整行程和节奏**。父母喜欢的是安排得满满的、快进式的行程。

我和老公因为工作的缘故,一直满世界出差,可以说再没有什么城市会让我们觉得惊艳。我们想要的旅行,是在五星级酒店睡到自然醒,然后悠悠地吃个早饭,在陌生城市的街道漫无目的地逛逛,或许邂逅一些有趣的朋友,或许看到一道不同的风景。但是,带上爸妈去旅行,绝对绝对不能"漫无目的"。什么在街边小咖啡馆喝咖啡、看路人、思考人生的文艺范,会被爸妈质疑"干嘛浪费机票和酒店的钱,来这里发呆"。在爸妈的眼里,尤其是在身体尚好精力也充沛的"年轻老人"那里,旅行一定是紧凑的、马不停蹄的,一天不走七八个景点,绝对不算丰富的一天。我曾经带着爸爸去以色列旅行,亲眼看见几个 60 多岁的阿姨"围攻"导游说,为什么不能早上七点出发,而是要九点出发,多浪费宝贵时间,两个小时可以多去几个景点,那个年轻导游睡眼惺忪地一再求饶。好吧,如果我能够在俩娃旅行的时候,耐心地陪着他们在路边研究一只松鼠吃面包屑,就这么过了大半天,为什么我不能在带着爸妈旅行的时候起早贪黑,一路奔波。同样是至亲的人,我们有时候不知不觉地厚此薄彼了。

经验三:爸妈的行程让导游做主

带着爸妈去旅行,跟团是不错又省心的选择。时间安排紧凑,景点符合爸妈口味,当然你的爸妈是资深旅行家,或者品味特别文艺的除外。几点出发几点吃饭,甚至几点上厕所,全部由导游说了算。免得你自作主张,辛苦炮制出来一张文艺又小众的攻略,爸妈完全不领情,你还要黯然神伤。当然跟团旅行也有你不能忍受的种种弊端,走马观花啊(谁说父母要深度游)、团餐难吃啊(谁说父母要去米其林三星),还有强迫购物啊(尽量不要选择太便宜的购物团,即使有也一定拉住爸妈),但这也是对父母爱的代价。度假之后回来上班,一定是累的。但是爸妈开心,也就值得了。

经验四:带好相机,记得发朋友圈

带上爸妈旅行,一定要记得带上相机。记得是正儿八经的照相机,不是可以拍照的 iPhone。因为每天结束,看照片,是爸妈总结一天必然要做的事情。千万要记得,教会爸妈怎么发图文并茂的九宫格朋友圈,同时在下面显示当前位置。

我和老公已经过了爱自拍、爱美图的年龄。我们旅行的照片大部分是风景和路人。带着爸妈旅行,一定要记得拍照。每到一个景点,一定要拍照,以证明到此一游。拍照不用讲究光线构图,甚至不用讲究旁边是否人头攒动,关键是要把爸妈和标志性建筑放在一个画面里面。我曾经给爸爸和自由女神拍过一张照片,由于我的拍照技术太烂，自由女神在老爸的头顶高举着火炬，相当的滑稽。爸爸毫不在意，照样津津乐道，和老同事分享。还有一次在白宫门口，那天下着雨，老爸湿漉漉的头发有一缕耷拉着，却笑容灿烂。妈妈不是一个喜欢拍照的人，平日里要拉她拍照几乎都是："去，去，年纪大了有啥好看的。"唯有旅行途中，给妈妈拍照，她都欣然同意。华尔街的那头铜牛旁边，除了深夜，总是有无数游客排队拍照片。我在那条街上工作了几年，每天路过那头牛已经熟视无睹，同事还会玩笑地说，Crazy Tourists（疯狂的游客）。陪着爸妈，我耐心地当了一次排队的游客，只为给他们拍一张牛气冲天的照片，老爸甚至还童心大发地亲吻牛鼻子。那一刻我蓦然发现，我们可能忽略或者不屑的事物，在爸妈的旅行途中，却未必不是美好的瞬间。

当我们为人父母的时候，总爱记录孩子不经意的可爱。而为人子女，也要学习记录父母开心的一刻。带爸妈旅行回来，要记得教会他们如何整理好照片，也要教会他们如何发朋友圈，好让他们跟自己的老朋友分享，好让他们带着几分自豪、几分骄傲、几分虚荣地说："看，这是白宫，根本没有我们的紫禁城灵噢。"

最后的一点不是经验是感悟：陪伴是旅行最美的一部分

带父母去旅行，酒店是否豪华、晚餐是否丰盛都是其次，关键是一路的陪同。我们平时工作忙碌，休息的时间可能先给了孩子，然后才是给父母。旅行途中，却会有大段的时间陪父母谈天说地。都说给孩子最好的礼物是陪伴，给父母最好的礼物又何尝不是陪伴呢？爸爸是虔诚的基督教徒，去以色列是他一生的心愿。前年我终

人生哪有那么多赢家

于下定决心,休了一个长假,陪着爸爸去以色列。耶路撒冷、约旦河、伯利恒,《圣经》上反复出现的名字变成我们脚下真实的地点,我可以感受老爸一生的心愿被实现后那一种充满仪式感的幸福。同行的一对老夫妻对爸爸说,这次旅行是儿子出钱的。他们很开心,但是真的希望儿子能够陪着一起来,因为钱他们其实不缺,他们想要的是在一起的时间。可是,儿子真的忙啊,忙工作啊,忙孙子啊,总之很忙很忙。他们理解,真的理解。说着,老夫妻的声音低了。

  我们的父母在年轻的时候因经济或者护照的制约,往往没有去过太多尤其是国外的地方旅行。旅行对父母的影响是显著而深远的。每一次旅行,爸妈总是会回味很久,甚至我们早已忘记的一些小细节,都会被拿出来反复咀嚼。老两口絮絮叨叨的,也忘记为鸡毛蒜皮拌嘴了。旅行是会让人慢慢上瘾的。爸妈开始学习计划自己的旅行,你没有时间,但是我们有闲有钱啊,约上几个老朋友说走就走,老人也是可以任性的。先是国内,再是国外。虽然他们对于陌生国家、陌生语言还是会有点担心,但是至少是出国旅行过,开过眼界的。走出国门,爸妈也开始学会一些基本的礼仪,知道电梯是左行右立,知道排队要与前面的人留有一些空间,知道公众场合不能大声打电话,知道在餐厅吃饭嘴里有东西时讲话是不礼貌的。以前爸妈是不讲究这些的,因为没有人告诉他们。几次出国旅行之后,第一次尴尬了,第二次慢慢学会了,他们说挺好的,中国本来就是礼仪之邦嘛,我们怎么能够比洋人还不讲究呢?

  《圣经》上说"人要离开父母和妻子同住",但是中国的父母因为种种文化历史的原因,往往缺乏自己的生活,所以很多父母仍然会有些固执地参与儿女的生活。因为旅行,爸妈开始要求有自己的生活。如果我们在18岁那年学会了离开父母独立,那么中国爸妈在60岁那年或许会因着旅行学会了离开子女独立。"树欲静而风不止,子欲养而亲不待",我们和父母的缘分不是永远的。当他们还年轻,当他们还健康,带上爸妈去旅行。或许一路难免磕磕碰碰,最终却可渐入佳境。

(对于我们家来说,旅行是意义重大的事,也是我们每年家庭财务预算中很大的一笔开支。其实从某种意义上来说,带着父母去旅行,比带着孩子去旅行更有必要。孩子终有一天会自己去旅行,世界不过在他们刚推开门的那一刻。而父母,却以肉眼可见的速度苍老,他们和世界的距离越来越遥远,在旅行这件事情上也会一天比一天更依赖我们。几年前带着父母去旅行,跟着旅行团可能是比较容易的方式。不用我们费心考虑每天的行程安排以及景点之间的接驳问题。但是,随着这几年父母身体状况的变化,旅行团"行军"式的行程安排,以及为了节省时间和成本安排在清晨或半夜的航班,对父母不再那么友好。有时候,父母甚至会怕自己走得慢,拖累同一个旅行团其他客人的行程,而选择不参加某一些活动。最近带着父母去旅行,我们就会选择报名私家小团,一个家庭八个人一个团,行程可以按照自己的节奏慢慢来。即使如此,还是会发现,我们习以为常的一段路程,对于父母来说已经很有挑战。就像我们为了孩子调整行程一样,我们也需要为了父母调整节奏,有时候一家人在公园里面散散步、聊聊天已经足够好。世界上还有很多地方我们没有去过。真心希望父母可以慢点老去,我们一起继续去看看。世界很远,我们一起慢慢走。)

再懂事的你也只是一个孩子

今天是女儿12岁的生日。我和先生一南一北，都在出差。上个周末，我们在家里给她庆祝生日，买了一个铺满玫瑰花瓣的蛋糕，女儿欢呼："好少女心哦……"忘了具体是从哪一年开始，女儿自己选的生日蛋糕上面，不再有粉色的小猪，也不再有迪士尼公主，而是变成了铺满花朵的少女系列。小时候，女儿花三秒钟许愿，然后迫不及待地吹蜡烛，急着想吃蛋糕。今年，我突然注意到，女儿闭上双眼花了好长时间许愿。我有些好奇，她的生日愿望里面会有什么事、什么人。但是我知道，我们需要开始给她留一点空间，学会得体的不问。

生女儿的时候，我正处于所谓的事业上升期。当时的华尔街尚在盛世，虽然有崩塌之前的蛛丝马迹，但是大多投资银行还在扩张的虚假繁荣之中。不久之后，金融危机到来，华尔街风声鹤唳。我带着女儿辗转回国内发展，坐标上海陆家嘴。

自女儿有记忆的时候开始，我就一直满世界出差。女儿刚刚牙牙学语，便会指着天空掠过的飞机喊"妈妈"。在她最初的印象中，妈妈就是一个转身进入机场安检口的背影，还有视频通话里面的一句"宝贝,还好吗"。曾经,女儿也用糯软的声音问我,为什么妈妈要工作?妈妈的工作为什么要一直出差?我理直气壮地告诉她:"宝贝,我爱你,但是妈妈也有自己喜欢的工作。"女儿似懂非懂地点点头,却有些失望地"哦"了一声。

坦白而言,在做母亲的最初几年,我似乎还没有完全进入母亲这个角色。我有自己看重的工作,有愿意秉烛夜谈的朋友,有喜欢的阅读和写作,还喜欢全世界到处旅行,甚至周末的时候还喜欢睡懒觉。周末早上,女儿软软的小身子扑到床上来,我也能装聋作哑转身继续睡,任她在我的身上如小猫般爬来爬去。后来,女儿上幼儿园了。不知道是否是我们常年聚少离多的缘故,母女之间似乎并没有那么亲近。在幼儿园里面,老师说女儿特别乖巧懂事,但是在家里我看到的却是另外一个小女孩。她常常不讲道理地发些小脾气,还特别倔强。而当时的我,尚未学会循循善诱,也是一个急躁的母亲。记得有一次,女儿不认真做作业,题目做得错误百出,让她订正却不肯。我气得把作业本扔得很远,而她却只是一声不吭,不求饶也不反驳。现在回想起来,一个6岁的孩子忍着泪不哭出来,是多么让人心疼的事情,而我当时却不懂过去抱她一下。母女两个就这么对峙着,彼此都不肯让步。

再后来,有了弟弟。随着职场资历渐深,很多项目不用自己亲历亲为了,于是我不再频繁出差。我在母亲这个职位上也慢慢成熟起来,比之前耐心柔和许多。弟弟生性自由散漫,不如姐姐那么省心。于是,我也习惯在弟弟身上花更多的时间和精力。直到有一次,看到她写的一篇作文:"有的时候,我内心深处也会因为你把有限的时间更多地花在弟弟的学习上而不平衡。我明白,这是因为你觉得我很懂事不需要操心,但是再懂事的我也是一个孩子而已。还记得,电影《奇迹男孩》里面那个懂事的姐姐,虽然她也理解爸爸妈妈要在弟弟身上花更多的时间和精力,但是她还是会觉得有些失落。"我深深内疚。虽然我们现在会一起去看电影、逛街、旅行,但是如果有时间机器,我真的想回到那一段褪色的旧光阴,把小小的她抱进怀里,让她"哇"的一声哭出来。或许她会说"妈妈,我错了",或许她什么都不说,只是紧紧抱着我的脖子,怎样都好。我也用更多的耐心,陪着她慢慢做功课……

　　光阴,不会因为你没有准备好就停下来等你。时间流逝得如此安静而匆忙,让人措手不及。转眼,女儿到了青春飞扬的年纪。她不会再缠着我,我不再被追着央求"妈妈,给我讲故事"。很多时候,她安安静静地在自己的房间里面戴着耳机听音乐,而她听的那些歌曲,我连名字都没听说过。她说自己是2.5次元,我也搞不清楚这算是哪个维度和空间。我愿意尝试着去接受这些新事物,和她一起看动漫,陪她一起去漫展。因为我知道,在极短的时间之后,她甚至都不会再需要我的陪伴。到了那个时候,我也只能扮作一个很酷的妈妈,淡淡地问:"出门和同学聚会,零钱够吗?要不要金主给你打笔巨款?"然后在她出门的时候追着喊"记得带手机,要发微信给我"。当然我也知道,出门之后,她也会如当年的我一样,不会记得打电话回家。而我也会如当年我的母亲一样,只要女儿不回家,就会一直醒着,等。生命,就是如此一个轮回。

　　去年夏天,她独自去英国参加夏令营。出发前女儿在自己房间准备行李,将换洗衣服、洗漱用品一样一样放进她小小的行李箱,然后将手机、充电宝、日记本、护照一一放进她随身的背包。我靠在她的房门口,静静地看她整理。突然想到,当年小小的她是不是也是如此,站在门口看我收拾要远行的行李,心里充满着不舍得,却又带着理解的微笑。

女儿去机场的那天早上,我送她到浦东机场。进入登机口的时候,我们拥抱告别。她回过头来对我说:"妈妈,我会想你的。"突然之间,我有一种想哭的冲动,虽然这次分别只有短短两个星期,我却已经想象她将来去国外留学时,我们分离的情景。那一瞬间,我仿佛穿越回十八年前,父母在浦东机场送我去美国留学的那天早上。分别的时候,我对父母说:"爸妈,我去美国念个 MBA,两年而已。毕业马上回来。"毕业之后,我在电话里面对父母说:"爸妈,我想在美国工作几年,积累点经验就回来。"然后,就是结婚生子,一年又一年。再次回国,已是经年。

离开机场回公司上班的路上,我盯着手机屏幕,看微信群里面夏令营教官传来的照片,他们在排队办理登机牌了,他们在登机口了,我在一张一张照片里面寻找女儿的身影,直到看到她的笑容,才稍稍释然。女儿在英国的那两个星期,我变成了那些我曾经暗暗嘲笑过的、整天盯着微信群不肯放过一张照片的妈妈。我每天在一张一张的照片中寻找女儿的身影,哪怕她在一些照片中只露出一个背影,也忙不迭地保存在手机相册里面。其中有一张照片,是女儿刚刚到英国的营地,小小的一个背影,背着书包,拖着行李箱。当时,教官在微信群里面贴了龙应台在散文《目送》中的一段话:"我慢慢地、慢慢地了解到,所谓父女母子一场,只不过意味着,你和他的缘分就是今生今世不断地在目送他的背影渐行渐远。你站在小路的这一端,看着他逐渐消失在小路转弯的地方,而且,他用背影默默地告诉你,不必追。"这一段话一下子戳中我内心最柔软的不舍。

那天,当女儿从英国夏令营基地拨来电话的那一刻,我不管不顾地从开了一半的会议中冲出来接起电话。当电话那头传来一句:"妈妈,我都挺好的,在这里很开心。"我竟然忍不住落泪。

曾经那么多次,女儿看着我转身关门,离家出差。我知道,从现在开始,将会是我看着她,从机场的安检口进去,头也不回地去往世界各地。曾经那么多次我在电话那一头说:"宝贝,你好吗?"慢慢地,会是我在电话这一头,等着她从不同的时区传来一句:"妈妈,我都挺好的,不要担心。"**不知不觉中,女儿就在我们不间断的别离和重逢的过程中长大了。**

这一生,我是第一次做一个女孩子的妈妈,女儿也是第一次做一个不成熟的母亲的女儿。我们在磕磕碰碰中成长起来,然后成就彼此。

我的女儿,我愿你将来无比温柔也无比勇敢。能在酒会优雅地入场,也能在戈壁从容地徒步;能风花雪月,也能柴米油盐;真诚地爱人,也被人真诚地爱着。不能奢望你每一天都快乐,但是希望你一生幸福和平安。

亲爱的女儿,祝你生日快乐。

感谢你对我的耐心和包容。

妈妈,和你一起慢慢来。

附：

给妈妈的一封信

亲爱的妈妈：

因为现在有了微信，大家都已经不写信了。但是，有一些平时我不好意思说的话，我还是想很正式地写一封信给你。

在我很小的时候，有一大段时间你不在国内工作。我记得有一次，你从美国回来，送给我一个娃娃，然后第二天又匆匆地离开上海。那个娃娃陪伴了我很久，哪怕后来我不玩娃娃的时候，我也把它留着。我每年都会理东西，也会丢掉很多东西，但我从未想过要丢掉娃娃。我也不知道为什么我不想丢掉它，哪怕我后来再没有玩过那个娃娃。我只是把它拿出来又放回去。因为那个娃娃是妈妈你送的。前两年，我才真正下定决心把娃娃送人。

我小时候其实特别讨厌你的工作，因为你会满世界飞。我经常见不到你的身影或者你回来时我已经睡着了。久而久之，我就养成了自己做作业的习惯，哪怕遇到不懂的，也不会问别人。但是内心深处，我还是渴望得到关注。我记得在二年级，有一次，老师在评语单上写我有一点点不确定就要问老师，老师以为我不自信。你回来鼓励我，告诉我我很优秀。我知道你想要帮我建立自信，但是我真的不是不自信。其实我就是害怕有做错或不会的题目，因为我的同学们都可以回去问妈妈，但是我回去，妈妈又在出差，没人教我。但我不肯告诉你这些，因为我知道你是关心我的，我不想你为此内疚。我记得每次你出差回来都会给我带礼物。但我更情愿你坐下来，帮我复习功课或耐心地讲一道题目。说到这个，我跟你说一个小秘密，你千万不要和爸爸说，不然爸爸会被气死的。这个秘密就是,在五年级的时候,爸爸给我讲数学题。有的时候,我第一遍就听懂了。但我假装没听懂,让爸爸一遍又一遍给我讲解。我觉得这样就可以留下"这道题是爸爸和我一起做完的"的回忆了。

  小时候,我真的一直在和你的工作"争风吃醋"。长大之后,我也从你的文章里面学到了,你有自己喜欢的工作,也有自己的朋友和爱好。"妈妈",只是你其中的一个身份、一个标签。这样一个妈妈,也让我自豪。我其实也不喜欢一个24小时只围着我和弟弟转的妈妈。但有的时候,我内心深处也会因为你把有限的时间更多地花在弟弟的学习上而不平衡。我明白,这是因为你觉得我很懂事不需要操心,但是再懂事的我也是一个孩子而已。还记得,电影《奇迹男孩》里面那个懂事的姐姐,虽然她也理解爸爸妈妈要在弟弟身上花更多的时间和精力,但是她还是会觉得有些失落。

  我现在特别喜欢我们一起旅行,一起看书,甚至只在一张桌子上你工作我做功课——我们"在一起"的感觉特别好。

  最后祝你工作顺利!爱你哟!

你的女儿

爸爸给5岁儿子的第一封信：关于坚韧

亲爱的小源：

爸爸落笔的时候，隔壁房间还不停地传来你模仿各种汽车轰鸣的叫声，估计你又在演绎小汽车们的新故事了。

看着你玩耍的样子，我很难想象二十年之后你的模样。虽然当你读到这些文字的时候，已经是25岁的成年人了，你的个头极有可能超过了老爸的一米八三，一想到这个情景，我就不由欣喜于岁月的奇妙。

还记得，第一次叫你"小源"，你把小胸脯挺了一挺，肉嘟嘟的脸上露出郑重其事的表情。在这之前，你有很多的名字。爷爷奶奶坚持叫你"贝贝"，只不过因为大家叫姐姐"宝宝"。虽然，你那个文艺的妈妈觉得"贝贝"这个名字很草率很没特色，但是也只能作罢。你妈妈从小就擅长给人家起绰号，你们姐弟俩让她充分发挥了她的想象。她私底下给你起过很多小名，譬如你被叫过"嫩胖子""无尾熊"，其中最出名的莫过于"肉圆"了。所以，当你被很正式地叫作"小源"的时候，你说这是你最喜欢的名字了。

你的妈妈是世上最完美的女子。在爸爸的嘴上是，心里更是。

你呢,最好能在嘴上把对妈妈的"花言巧语"保留得尽量长久一些。虽然我知道在你心里面,你终将有你自己的女神。你知道吗,爸爸当年追求你妈妈花了好长的时间、好多的精力。可是你出生以后,我发现你妈妈居然也可以对一个"男人"如此迁就。还记得你小时候,妈妈的工作很辛苦,但是不论那天的工作有多累,在她打开家门那一刻,只要你笑呵呵地从任意一个角落蹦出来,直直地冲到她怀里,双手勾住她的脖子,她就整个"酥化",露出最陶醉的傻傻的笑。我猜你妈那一刻心里一定在说:要是我的小心肝宝贝永远都不会长大该有多好……

继你的姐姐以小学霸著称之后,你在幼儿园里也以可爱闻名。提起你的小名"贝贝"无人不晓,我很肯定每个幼儿园老师都捏过你胖嘟嘟的脸(为此,妈妈还很不高兴地撰文一篇《爱我,请不要捏我的胖脸》)。漂亮的眉眼,还算礼貌的举止,让你在幼龄儿童阶段很自然地得到了很多的宠爱。班里还有小女生给你写情书——那件事情发生在你 4 岁的时候,老爸是望尘莫及。

老爸要告诉你的是,男人立足不能靠长相。到你现在这个年龄应该已经看得出,男性如果没有真才实干,就无法指望真正获得他人的尊重。而要有真才实干,必须做到坚韧,学习也好,做事也罢,需要持之以恒,面对困难不退缩、不聒噪,步步积累向前,一直到把事情做成!摘一段爸爸很赞同的古文:"**夫夷以近,则游者众;险以远,则至者少。而世之奇伟、瑰怪、非常之观,常在于险远,而人之所罕至焉,故非有志者不能至也。**"

扪心自问,爸爸不算一个成功人士,但这么些年下来还是有一些经验与你分享。我很确定地告诉你,我的小源,"坚韧"是你作为

爸爸给5岁儿子的第一封信：关于坚韧

男人立足的第一块基石,有了它,无论这个世界发生什么,你都能很好地生存。

从你一出生起,这个世界就一刻不停地影响着你,让你经历各种事情,让你品尝、聆听、惊叹、难过,让你对它如星空般的丰富绚烂充满憧憬,也让你对它如丛林般的复杂残酷心存畏惧。

要真正了解这个世界,建立你自己的世界,不要害怕尝试。经历和尝试是有区别的,虽然,它们的共同之处是都会对人产生影响,但尝试是你的选择,由你主导,由你做决定,更体现你作为一个独立的生命的思考和行动,所以尝试通常会带来更好的学习收获。相信我,每个人的世界起初都是一团混沌的迷雾,你的每一次尝试都会拨开一片雾气,让你看清楚新的不同的事物。当你做了很多的尝试之后,你就开拓出了一个你认识的新世界,而这个世界的丰富程度,完全取决于你尝试的努力程度。所以,你想要一个色彩斑斓的世界吗?

我相信,如果我们的小源能够在25岁之前充分实践"坚韧"和"尝试",那你一定已经属于优秀行列了。(妈妈听到这里一定会补充:儿子的基因跟妈妈)在25岁之后,你必然将完全脱离校园生活和熟悉的家,开启你自己的人生旅程。当你开始拥有很多,就需要真正学会"选择"。你在35岁、45岁、55岁时的很多状况都来自你25岁时做的一些你可能没有太当回事或者考虑还不周全的选择。

你老爸人生做的最好的选择就是娶到了你的妈妈,和她在一起,我真正感受到了生活的色彩与香甜,而且我相信我们会一起慢慢浇灌我们的家庭,培养你们姐弟二人,之后一起去世界各地旅行,一起慢慢变老。我和你妈妈希望你也有属于你的,精彩的、幸福的人生。

亲爱的小源,爸爸是一个笔拙的人。这封信也是写写停停,花了好长的时间。现在已是深夜,你已经熟睡在我们的大床上,我能听到你轻微的鼾声。妈妈出去会朋友还没回来,爸爸给你写了第一封信。你妈妈如果知道我花了整个晚上就写出那么几行字,一定又会笑爸爸:"You are not fast.(你不是很快)"爸爸再啰嗦几句。快或不快都不重要,关键是知道自己想要什么,对自己重要的是什么。譬如,对于我来说,你、姐姐和妈妈是最重要的。

这是老爸在你5岁半时给你写的第一封信,我决定之后继续写。既然没有才能用其他的形式记录当下,那么留下文字就是必须的了。

爱你的爸爸
2015年5月24日

附:

爱我,请不要捏我的胖脸

带着宝贝回国定居、工作,在回国之前我做好了充分的心理建设,准备接受国内和国外不同的养娃理念和环境。自以为不是一个矫情的妈妈,也自以为已经很好地融入了国内环境,但是有一点我至今无法接受,就是那些热心的陌生人对我孩子表达喜欢的方式。

还记得,女儿11个月大时,我妈推着童车在路上散步,偶遇退休之前的同事好友,寒暄几句。旧日同事自然要表达对孩子的喜欢,然后就自然地伸出手去摸女儿粉嫩的小脸。要知道在国外,是不能轻易碰触别人的孩子的。即使你要抚摸别人的孩子表示喜欢,也是要得到父母同意的。撇开什么国情、文化不同不说,我怎么知道你有没有感冒,有没有携带不明传染病菌?我甚至不知道你是不是刚刚上厕所有没有洗手!你随手往我家女儿雪白粉嫩的脸上一把摸去,我的小心脏就那么一颤。刚回国不久的我一下子没忍住脱口而出:"请不要随便摸我家女儿好吗?"结果前同事又是尴尬又是恼怒,我妈只能一再赔不是,打圆场说:"我女儿在国外待太久,思想被外国人影响了。"同时一记"凶恶"的白眼抛过来。我母性大爆发,巍然不动,坚决捍卫女儿不能随便被人碰的原则。那次偶遇极其不愉快地结束,虽然我妈私底下也认同我的道理,但是在中国,人情来往终究是一道难以轻易逾越的鸿沟。我妈后来说,那人在她前同事之间说了不少难听的话,说什么"她外孙女算是生在外国精贵的来,都不能随便给人碰得。稀奇啥啦。不是喜欢,谁要去碰"之类的。好在老妈已经退休,不想来往也无需碰面。但是老妈听了那些传言,心里还是颇为介意的。

至于在小区里面带着孩子散步,那些邻居们看到孩子表示喜欢,也都要捏孩子的胖脸和小手。我是一再嘱咐我家老人和阿姨,不要随便给人碰触孩子,不管你开心或者不开心,你必须要尊重我们的习惯。但是老人总是碍于情面,觉得人家不过是表达喜爱,至于如此嘛。我也只能眼不见心不烦。每次我在网上看到什么诸如爷爷亲了孙子,结果年幼的孙子就得了病之类的新闻,就回去对他们进行坚持不懈的思想教育。其实,我心里也明白,要断然拒绝真心不那么容易。

即使躲得了小区,躲不了幼儿园啊。我发现国内幼儿园的老师看到喜欢的孩子,也会顺手往脸上摸一把,甚至直接嘴就凑上去了。平时我家孩子坐校车上放学,一日我下班早,去幼儿园接大班的姐姐和小班的弟弟放学。从教室到幼儿园门口这么短短一段路,儿子圆滚滚的小脸已经被起码五六个老师摸过了。可是对着幼儿园老师,"势利"的我不敢像对陌生人一样发飚,只能忍着,一路小跑。在幼儿园门口等出租车的那会儿,又有两个下班路过的老师,看到我家儿子,欢天喜地地过来:"啊唷,贝贝!"然后一人往他脸上摸了一把走了。我问女儿,平时弟弟在幼儿园也是这样吗?大班的女儿说:"对啊,弟弟很可爱,很多老师喜欢摸他的脸。"我当时真是抓狂。乖巧的女儿安慰我:"妈妈,我以后跟老师说,弟弟只能看不能摸。"欲哭无泪!

这次带一家老小去澳大利亚玩,为了省事直接跟着旅行社走。到某一个动物园的景点,导游关照团里成员说,这里会有很多父母带着小孩子来玩,大家如果看到洋娃娃们可爱,千万不要随便伸手去摸,如果要拍照也要征得孩子父母的同意,因为曾经发生过不愉快。我心里高呼"知音啊"。在导游郑重其事的"引导"(恐吓)之下,团里的游客倒是彬彬有礼。可是,我家女儿和儿子就没那么走运了。尤其是儿子,他是团里最小的孩子,胖嘟嘟的小脸真是惹人爱。于是下车的时候,排着队的大家路过他的座位时,就伸手过来摸一把!我后来不得不每到车停在某个景点,一个箭步抱着儿子逃下车。回国多年已经慢慢浸润人情世故的我,几次都是话到嘴边,忍啊忍啊忍,只能侧身挡住群众的魔爪。

自以为智商和情商都不低的我,至今想不出如何解决这个问题。这种无力感似乎是单薄的一个人在和整个社会的习惯做斗争。我真想在儿子衣服上绣一行小字:"爱我,请不要捏我的胖脸"。

爸爸给 12 岁女儿的一封手写信：关于取舍

亲爱的 Norah：

当你从信箱里收到这封信的时候，不要觉得意外。是的，这个年头大概已经没有什么人用手写信件这么"老土"的方式来交流了。我们家楼下的信箱，也经常是几个月都不开一次，一打开就是一大堆小广告涌出来。我怕我的信被淹没在这堆广告中，前几天早上还特地下楼把信箱清了清。

这是爸爸第一次给你写信，内心居然还有些紧张。看着你从扶着椅子学会站立到像一只小企鹅一样摇摇摆摆走路，再到今天的亭亭少女，真就是弹指之间。念大学的时候，爸爸给妈妈写过不少信。一封信从爸爸的学校到妈妈那里要花上好几天时间。虽然现在科技进步，人与人之间用电话、用微信联系，迅捷无比，但我却很怀念过去在台灯下写信的时候，将信仔细叠好投入邮筒，想象着信件如何被邮递员从邮筒收进绿色邮包，然后分拣，送到妈妈那里的学校邮箱。想象妈妈收到之后读信的样子，弯起的嘴角和眼里的微笑，还有偶尔收到爸爸因为忙着踢球，偷懒只写了半页信时候微微的皱眉。这一切回想起来也是很有意思的，这样慢的通讯方式,薄薄的纸张里承载的思念竟然是现在的任何APP都无法比拟的。也许这与精酿的酒是一个道理——好的东西需要时间的沉淀,赶是赶不出来的。这么多年过去了,有些电子邮箱早就不用了,之前流行的MSN空间还有个人博客也荒废了,倒是那一大盒子手写的信件留了下来,藏在家里的某个角落。

因为这段时间妈妈老是出差,所以我们相处的时间比你和妈妈之间还多一些,但印象里,似乎我们每天的沟通都是在解决这个数学题目或者那个英文单词,少有机会坐下来安静地聊一下。我知道你和妈妈还是有这样的交流的,爸爸表示有些妒忌。你学业紧张,我工作繁忙,所以写信的好处是我们不需要在一个时间点坐在一起,并且保证有合适的心情对话。生活和工作的快节奏,有时候会让我们都有些烦躁的情绪。另外,你上周在中学生辩论比赛中获奖。我想,如果发生"激烈"讨论,口拙的爸爸没有信心一定说得过你。所以爸爸就选择写信给你,至少这样可以把想说的话整理好,慢慢地说给你听。

做你的父母是很骄傲的事情。每次学期结束的时候,你妈妈都要在朋友圈里面晒你的全A成绩单,然后收获一大堆点赞。一年两次,她对于炫耀你成绩单这件事依然乐此不疲。在我们的印象中,你写作业很少需要我们监督。你三年级的时候,就可以独立进行考试前的复习。你在学习上非常自觉和有条理,根本不需要操心。你一直很努力,所以取得这样的成绩是实至名归。这也让你成为老师同学眼里的"学霸",朋友亲戚眼里的"别人家的孩子",想必你自己对这样的标签也是很骄傲的吧。

获得这样的肯定是一件好事。但是,爸爸妈妈更在意的是在这个阶段你建立的认知基础：你个人的行为习惯，如何与他人关联互动以及对于这个世界的认知。你的未来属于你自己，没有人可以替你去经历和实践，我们作为父母可以做的，就是在你出发去探索这个世界的时候，保证你是心智开明、身体健康的，有能力寻找属于你的幸福生活和人生意义。

有些话爸爸之前已经反复说过，这么唠叨的原因是它们如此重要，远比今天的某次考试重要得多。你当然可以反驳，说那些事那么遥远那么虚无。但是，一切总要从眼前的一件件事情开始做吧。是的，当我们明白了什么是真正重要的事，我们就可以很有信心地去做取舍了，因为在这个世上，没有人可以把所有事情都做到100%；反而，如果有人试图这么做的话，就会掉入事事都仅做个中庸的窘境，埋没了自己真正的天赋。以我们家女儿的才智（和妈妈优秀的遗传基因——我已经听到你妈妈迫不及待的补充了），绝对可以达到"优秀"。我们不想眼睁睁看着你的才能和精力没有放在值得关注的地方，而被一些不重要的事情消耗掉。

那么，如何能够利用有限的时间和精力实现更大的可能呢？很简单，就三点：（1）做自己喜欢的；（2）用更好的方式去实现；（3）懂得取舍。

做自己喜欢的事情。这个道理已经被不同时期的精英、名人反复提过，只有做真正喜欢的事，才能发掘出一个人的最大潜能，超越大部分人，达到优秀水平；只有做自己喜欢的工作，这工作才不仅仅是工作，而成为一生的事业。前阵子，我们去看电影《终结者》。看完你很担心地问我，在人工智能技术发展迅猛的未来，现在人做的很多事情都会被人工智能取代，那么人类是不是真的没有存在的意义了。其实,人的很多特质,譬如创造力和想象力,是人工智能永远无法取代的。只有做自己喜欢且擅长的事情,才能创造出不一样价值。人和人工智能最大的区别在于,人能够选择做自己喜欢的事情,并且做得很好。

用更好的方式去实现。这件事是爸爸需要多说几句的,因为这个对于你特别重要。举个例子:A和B两个人被安排做同一件事,如果不规定需要完成的时间和投入的资源,A和B可能得到差不多的结果。但是如果把这个事需要做的次数从一次变为十次,由于做事的方式不同,A和B取得结果的差异通常就会显现出来。为什么呢?因为B掌握了更好的方法,能够更加高效地去完成这件事情。在短期之内,A可以依靠加大投入来达到B取得的结果。假如A需要比B多花一个小时来达到同样的效果,那么如果一些任务是长期且持续的,一周、一个月、一年后,时间的差别会是多少呢?A需要付出的代价就是更多的时间、更多的精力。而当A在埋头花时间做这些事情的时候,B正在把这些时间花在自己真正喜欢的事上,让自己在喜欢的事上学到更多,做得更优秀。多年之后,B在自己感兴趣的方向上能发展得更深入,走得更远。从七年级开始到十二年级中学毕业的时候,A、B之间也许看起来考试成绩接近,但是实际上的差别是怎么样的呢?B有自己喜欢做的事情,因此觉得中学时代很有意思。而A对中学时代的所有记忆就是学习。这也就是爸爸反复强调的观点,掌握有效率的做事方法是极其重要的。所以敲黑板啦!掌握方法、掌握方法、掌握方法是核心!掌握好的方法靠的是借鉴和实践,别人已经总结好的,就学习过来,没有可借鉴的,就自己摸索总结出来。但是必须要有意识地通过尝试积累适合自己的方法。当这个功夫练成了之后，那真是一辈子的财富。不然的话，就会整天忙着追逐一个个 Deadline（最后期限），却并没有从忙碌中获得沉淀和积累，那样才是最大的浪费。掌握正确的学习方法，会帮助你敢于暂时放下不太重要的知识，但是在需要的时候又能够很快地捡起，迅速做到 85 分。快速学习、快速理解、快速记忆获得的知识，在不需要成为专家的领域，已经足够。譬如，在念书的时候，大家都说你妈妈很会"猜题"，是一个"考试型"选手。其实，这是因为她掌握了迅速找到重点然后快速理解的技能。

还有最重要的一点，就是**懂得取舍，接受不是满分的结果**。事实上，不论是在学校还是在职场，总是需要完成很多自己未必喜欢但是必须要完成的学习和工作。所以，我们要愿意取舍，也懂得如何取舍，接受这一次没有满分。这里有两个提醒：

首先，我们需要考虑一个投入产出比。就是说，如果我花 5 个小时可以把一门课考到 85 分，但是需要再花 5 个小时才能从 85 分提高到 95 分，那么需要考虑是否真正需要这个 95 分的目标。

其次，一些基础学科将受用终身。因为它们是你认识这个世界的起点，并且随着时间推移，存在复利效应。英语、语文、数学这些基础学科，真正锻炼的是你的归纳、逻辑、分析、推理能力，还有你思考问题的方法、看问题的角度和解决问题的能力。这些是未来生存的硬核技能，必须要好好学习掌握。从以上的角度来说，爸爸更希望你对每次辩论赛的辩题进行充分的回顾和总结，从每次练习或比赛中观察自己，作出改进；扩大你阅读的广度，对读到的课文或者文章能够提出自己不同的见解，有成文的深度思考和洞察。这些远比你花很多时间记住几个历史事件发生的时间点或者一些生僻的生物名称要有价值得多。爸爸相信所有通过查询可以轻易获得的信息都不具备太大价值,绝大部分知识必须在运用的场景下才会发挥作用,产生价值。

  好了,一下子说了很多,不知道我亲爱的女儿是怎么想的?如果你有什么不同意见或者需要爸爸解释的地方,我会很乐意放下手上的工作和你聊聊(可以附赠奶茶)。不知道写信这样古老的方式你是否接受,不过我觉得如果可以的话,让我和你的交流不只有片段的微信,而能够留下文字吧,记录我们生活在一起的点点滴滴,总是有意义的事。因为,我们是有爱的一家人。

爱你的爸爸
2019 年 11 月 12 日

朋友圈的花好月圆,生活中的柴米油盐

晚饭后，两个孩子在家里写功课，我和先生忙中偷闲，在小区里面散步。秋意渐起，满园桂花香。微凉的空气中飘浮着花香和饭香，远处有一两声狗吠夹杂在略显生涩的钢琴练习曲里面。

我问先生，如果没有两个孩子，我们会不会不沾烟火气，不问世俗事，过着神仙眷侣般的生活。在那样的岁月静好里面，我们不需要经历幼升小、小升初的艰难，也不用去了解名目繁多的课外辅导、海外游学。

先生说，如果是那样，我们就不会有如此鲜活热闹的生活，也不会有关于生活本质的感悟，而你笔下也不会有如此多妙趣横生的片段。

如今，我们觉得的浪漫，不过就是两个人一起养娃买房，一起慢慢品尝着生活中的柴米油盐。琐碎的点点滴滴，皆能成为朋友圈的花好月圆。

让爱情在婚姻里翩翩起舞

不知道从什么时候开始,我用嬉笑怒骂的态度来写字。写的时候酣畅淋漓,写完会有些落寞。你认识我的时候,我不是这么写字的。彼时我用很温柔的态度写字,写着写着会停下来,抬起头看天边的云朵。

不知道从什么时候开始,我不再用笔写字,甚至不用坐在桌子前面写字。我用 iPad 在飞机上写字,用手机在车上写字,甚至在厕所里写字。你认识我的时候,我用一本很漂亮的笔记本写字,在结尾处用钢笔画一个笑脸。我把笔记本悄悄放进你的抽屉,然后紧张地左右张望,怕其他男生会发现我们的秘密。

那个时候,我念席慕容的诗歌,喜欢《七里香》里面的句子:"溪水急着要流向海洋/浪潮却渴望重回土地/在绿树白花的篱前/曾那样轻易地挥手道别/而沧桑的二十年后/我们的魂魄却夜夜归来/微风拂过时/便化作满园的郁香……"

年少的时候,我家住在一楼,有一个小小的院子。那时候的院子还没用水泥砌起来,是用绿树作篱笆,不过我家春天盛开的是粉色的蔷薇,有若有若无的香气。少年的你,常常站在篱笆外面,向我招手。你的视力一直很好,整夜躲在被子里看金庸小说都没有变差。所以你可以透过开满鲜花的篱笆,看到阳台上看书的我,以及我用来束发的手帕上的茉莉花图案。那个时候,居民楼还是不装铁门的,楼道里面也没有声控的灯。我们喜欢在楼道的阴影里面拥抱。你说,狭小的空间里面分不清是花香还是我发间的香味。人用嗅觉刻下的印象由于充满着想象的不确定,而变得更加长久而浓烈,以至于很多年以后,你还会因着空气中淡淡的栀子花香而想起年少时的爱情。而我,也总是记得,你在门外的月光里站着,看着我打开家门回去。当年的月光如此清亮,一直照进我的记忆深处。而我们最终那样轻易地挥手道别。二十年之后回来,曾经的小院已经易主,开花的篱笆也已经被水泥围墙替代。

那个时候,我念张晓风的散文,喜欢她写的《春之怀古》《玉想》,喜欢她形容月光"如水般,把人淋得湿透"。我想,张晓风对我影响最大的一篇散文莫过于她的《一个女人的爱情观》,其中描绘的爱情观,18岁的我念着以为明白了。如今却蓦然发现,要那么多年以后,过尽千帆,繁华落尽,才能真正领悟。

在这之前,我的爱情观是来自琼瑶小说的。不作就不是浪漫,不闹就不是爱情,一定要轰轰烈烈,生死相许,才叫淋漓尽致地爱过。只是,18岁的我们,人生如此单薄,又何来那么多的百转千回。所以,那个时候,我以为你没有那么爱我。

那个时候,你骑着一辆很旧的自行车,喜欢载着我跑东跑西。你的车真的很旧,好像连横杠都没有。所以我想浪漫地坐在你身前都不行。于是,我只能坐在你身后,抓着你衣服的一角,看你并不宽广的背影。记得有一次,我们骑车去很远的地方,只为了看一片有芦苇荡的江景。以前,我们住在郊区,一条笔直的柏油马路横贯其间,春天的时候,两边都是肆无忌惮灿烂着的油菜花。后来下起大雨,你脱下外套盖在我的头上,使劲地踩着自行车往回赶。大雨迎面而来,你昂首挺胸,为我遮挡了大半的风雨。现在再回去,油菜花已经被新楼盘代替。要看油菜花只能去婺源,和很多游客摩肩接踵。你现在出入都是开车了,而我还记得那个骑着车迎着风的少年。

还记得,高考放榜的那个炎热的下午。你等在那个车站好几个小时。你只知道我会从那个车站回家,却不知道我什么时候来。我问你,为什么要如此傻乎乎地等。你说,你只想第一个告诉我,你考上了你承诺我会考上的大学。还有那一次,我学琼瑶小说里的女主角闹情绪发脾气,在下着大雨的傍晚,把所有写着散文诗词的稿纸,一股脑扔进了学校后面的那条小河。你穿着雨衣,一张一张捡回来,烘干还给我。我赌气转头不看你,你傻傻笑着,硬塞进我手里。

只是,无论你做什么,那时候,我还是觉得,你不够爱我。

后来,我们分手。我曾经问过你,为什么不努力留我下来。一贯不浪漫的你却用我爱的诗句回应我:"不愿成为一种阻挡/不愿让泪水/沾濡上最亲爱的那张脸庞/于是在这黑暗的时刻/我悄然隐退。"

我出国那天晚上,你来看我,送我一副黄色的滑雪手套。你说,我去的地方,冬天很冷,记得戴手套。那副手套,其实我没有戴过几次,因为美国的暖气开得像不要钱一样,而且我始终没有学会滑雪。但是经过那么多次搬家,我都没有舍得把它捐掉。

人生哪有那么多赢家

此去经年,杳无音讯,我在大洋的西边,你在大洋的东边,中间隔着很多很多的日子。回来,重逢。

重逢的那天,夜雨刚停,你站在路灯下,当年你等我的地方。我们之间隔着几千个无语的日夜,并着一个重洋。"你没有变。"我们几乎同时说出口,相视一笑之间,光阴厚重的墙,轰然倒塌。多年后,这样的相遇,是上帝的恩赐。

如今,我们在一起。而我也终于读懂这一句:"爱一个人就是喜欢和他拥有现在,却又追忆着和他在一起的过去。喜欢听他说,那一年他怎样偷偷喜欢你,远远地凝望着你。爱一个人便是小别时带走他的吻痕,如同一幅画,带着鉴赏者的朱印。"

现在,我深信不疑,你是很爱我的了。

现在,很多人说,不再相信爱情了。也不是,他们或许还是相信的,只不过是不相信爱情可以长久永远。恒久永流传的,只是留在电视广告里的一颗钻石。他们说,爱情被生活的琐碎扼杀了,躺在婚姻的坟墓里。

而我们一直相信,**我们的爱情在婚姻里鲜活着,生长着。 我们的爱情在婚姻里,翩然起舞。**你的生日在三月的最后一天。四月,即将来临。

于是,我很温柔地写下这一句:你是我的人间四月天。

(每年你的生日,我都订一个超级大的蛋糕送到你公司,上面写着"你是人间四月天"。你会在同一个地方捧着蛋糕拍照留念。一年又一年,把照片摆成一排,除了你略往后退的发际线,一切依然。而"一切依然",大概就是婚姻最好的样子了。)

回收个前任男友做老公

老公是我的中学同学,大学时代的前男友。我有毒舌的朋友开我玩笑,说别人环保回收酒瓶报纸,我最环保,因为我回收前男友。

在最丑的时候看上了你

第一次见到老公是初一新生报到。那时候,他还没有发育,是一个瘦小的黑皮肤男孩,还没有我高没有我重。我是一个戴着深度近视眼镜的小胖妹。后来老公老是说,你看我在你最丑的时候看上了你,那绝对是真爱。我反驳说,那我还在你没发育的时候看上了你呢。

我当然没有第一眼就看上他,谁会看上一个戴着抹布一样的红领巾的小屁孩呢。不过,真的非常奇怪。不知道为什么,我还真在众多小屁孩中,对他有些奇怪的感觉,说不上为什么,就是觉得似乎会和这个人有些牵扯。后来还真是和他牵扯了。他成了我们小组的小组长,他经常利用职务之便,把我的作业本收上去后抄我的作业。自己抄完了不算,还借给别人抄。有一次居然忘记最后借给谁了,把我的作业本弄丢了。我和他的恩怨贯穿整个中学时代,其中包括无数互相谩骂攻击的小纸条。多年之后,他隆重地端出一只纸盒子,里面居然还留着那些小纸条,这个和松鼠一样爱藏东西的男人。

中学六年,他好像只是竖向发展,没有横向发展过。高三的时候,他已经长到1.83米了,因为高,就愈发显出他的瘦。他的发型是从初中就没有变过的板寸头,使他整个人看起来像是一把长柄牙刷。高中时代的我,是那种所谓的优秀学生。除了成绩从来都在前几名徘徊之外,更是常在学生会上蹿下跳地组织一些大型活动,在文艺演出中表演个舞蹈什么的。但是老公一直是一个普普通通的学生,成绩不好不坏,在众人面前安静内向,只有在熟悉的朋友面前才变得有趣一点点。每一个我们认识的朋友,甚至包括我自己,都奇怪怎么我们在高中毕业后就变成了一对。还记得,他那张没有写一个字的卡片,上面只有一朵盛开的荷花。他当时的解释是,这张卡他藏了很久,是用来送给他喜欢的女生的。只是,到现在我还是没有闹明白,荷花和他喜欢的女生之间的关联。他自己也解释不清楚了。

慢慢才相信我们已经分手

在当时我的感受中,他真的不是一个好的男朋友。我读了太多的爱情小说,期望自己的爱情充满一种细腻委婉甚至带点忧伤的氛围。可是,他是一个头脑简单、感情直线的理工科男生。我们恋爱谈了不到两年,中间也闹过好几次分手。但是每次都被他用无比真挚的眼神给击退。其实,他倒还真是为了配合我的文艺气息,很是努力了一把。他一度和一些美术系的学生打成一片,那一段时间他给我的信里面凭空多出一些正方体、圆锥体的素描,让我不知道他想表达什么主题。还有一个学期,他和一帮音乐系的学生组织摇滚乐队,整天扯着嗓子喊着"蚂蚁,蚂蚁,蚂蚁……"。可是,那些表面的东西,都触动不到我心底的那个角落。于是,我对他说:"拜托,你还是做回你干净清爽的理工科男生吧。"他也就如得大赦般恢复了他没心没肝的样子。如此不痛不痒的恋爱,持续了两年不到,因为另外一个男生的出现和他来势汹汹的浪漫而告终。

只是,就如我并不明白当初为什么会轻易爱上他一样,回想起来,我也不太明白为什么和他分手是那么难。我们的分手折折返返地拖了几乎有半年。在那伤筋动骨的半年中,他几乎使尽了浑身解数,玩所有他那颗理工科男生头脑中可以想到的浪漫。只是无论是用烛光勾勒出大大的心形,或者是信纸上咬破手指而画的红玫瑰,或者是深夜楼下的歌声,都是迟到了的无济于事。最后分手是在一个很落俗套的大雨如注的夜晚,他也不可免俗地喝醉和落泪。还记得,他转身大踏步地往回去的路上走,他倒映在水洼里的背影充满了浓重的悲哀。直到很久以后,他说他才开始慢慢相信我们已经分手,因为在年轻的灵魂里,爱情是没有背叛和伤害的。

人生兜兜转转又有了交集

接下去,我们中间有十年的空白。自从我去了美国留学,我们就彻底没有了联系,没有电话没有 Email,或许是他刻意回避,一切都是空白状态。我在美国求学、工作、搬家。和当时的恋人相爱相怨、彼此伤害,直到有一天命运将我们分开。

此去经年,重逢的时候,我们已经各自历练世事和人生。他已经不再是长柄牙刷了,随着年龄的增长,他慢慢长开了。又因常年运动变得结实,像一棵在阳光下完全舒展的树木。再见面的那天晚上,我们在曾经的校园里走了整晚,聊了很久很久,没有激情,没有约定,只是单纯的感觉舒服。生命枝干横亘纵横,人生兜兜转转,却总是在适当的时候,突然间有了些许的交集。或许,那便是所谓缘分。他是我在最深的绝望里,遇见的最美丽的惊喜,如同暗夜中盛开的花朵。

单细胞动物的爱情

不过等到生米煮成熟饭之后,我悲催地发现,如果说老公曾经如单细胞动物般不谙风情,那么现在顶多缓慢进化到大型爬行动物。他最大的特点就是一贯性的不解风情、不懂浪漫。他供职于零售行业,绝对是恐龙级别的员工,而且是大体型的食草龙。不过这样的男人是让人安心的。在阅尽千帆之后,他就是我需要的安心。

据说,现在相亲网站都用大数据分析和配对了。根据你个人的兴趣爱好、职业特征甚至宗教信仰帮你推荐几个从数据分析层面上看来较合适的人。如果用大数据分析,我和老公是绝对不可能被分到一组的,因为我们是如此不搭调的两个人。我是海龟,国外生活多年,工作和思维方式都相对西化。他是土鳖,在国内大学毕业后,从底层做起,累积管理经验。我是金融女,阳春白雪、偶尔矫情,早上不喝咖啡绝对不能开始工作。他是零售男,生活理念和消费观念都极其朴素,第一次约会带我去大富贵点心店吃生煎包和菜肉馄饨。但是,相同未必等于合适,不同也未必意味着不合。或许就是那么神奇的一点缘分,让两个人走到一起,琴瑟和鸣,养娃买房。

匆匆那年,似水流年。悠悠今日,细水长流。

(比起《男生贾里》《淘气包马小跳》这些故事书,儿子最喜欢的睡前故事是爸爸妈妈当年学校里的那些事。爸爸会趁机把自己的"教育理念"融入故事里面去。譬如妈妈上课认真听讲,所以一直是班里的第一名,还有爸爸用足球踢碎教室玻璃窗之后,怎么勇于向老师承认错误等。有一次,儿子听完故事后非常认真地说:"爸爸,我一定会好好学习的。因为这样子将来才可以和班里成绩最好的女生结婚,然后过着幸福的生活。"老父亲突然之间无言以对。这个推导结果的差别,是因为代沟吗?)

嫁给零售业男人

前两天看到一篇文章,讲述一个还算优秀的女人对男人的期望,看似简单朴实的要求,但很多男人却做不到。所以,女人们常常抱怨说好男人都被外星人娶走了。其实,好男人和稀缺资源一样,虽然稀缺,但挖掘一下总归还是有的,关键是到哪里开采或者如何开采。今天写一篇也是关于男人的文章,好男人说不定就如同荒芜沙漠里面可以开采的油井。好女人们往零售行业看过来!

零售业的男人是一种悲催的、边缘化了的人群。那么多女人爱逛街、爱购物,但是零售业男人估计从来没有排在她们理想老公的排行榜上。倒也不是说女人们瞧不起零售业男人,是他们压根没有被想起过。①

每次当我大肆批评那些热门网络爱情小说写得不怎么样的时候,老公总是鼓励我:"那才思敏捷的老婆亲自写一篇?"我苦着脸说,现在能被热捧的男主职业要不是投资并购专家,要不是律师,

---

① 此文说的零售业男人不是淘宝的马云或者京东的强哥,人家有一个新潮的名词叫作"电商",这里说的是实体零售店里的男人,20世纪八九十年代的时候,他们被称作"售货员"或者"营业员"。

再不行也是个教授。除了高富帅之外,男主必须要冷漠、冷静、冷酷,这样才能把女主虐得死去活来。可是文学来自生活啊,我周围熙熙攘攘的都是我老公和他们一帮零售业男人,我缺乏生活素材积累啊。零售业的关键是让人如沐春风,这样怎么虐女主?顶多是个备胎的男二。不对,现在男二要和男主伯仲之间,女主才好纠结得痛不欲生啊。要以零售业男人为原型,顶多是个炮灰的男N号。再说,万一不小心咱小说火了被拍成电视连续剧,你能想象钟汉良扮演的男主在商店门口笑容可掬地说"欢迎光临"吗?老公深深地看了我一眼表示,你想多了。

其实,自从嫁给了这样一个零售业男人,我就深刻体会到,零售业男人真的和暖宝宝一样,是极其好用的"品种"。那么我就来写一写关于嫁给零售业男人的种种好处(包括副作用)。

生活自理能力超强的男人

从马斯洛需求理论说开去,零售业男人最基本的好处是有较强的生活自理能力。你别说,当下社会,很多男人被老妈或者老婆惯得失去了基本的生活自理能力,常用"工作忙"的借口堂而皇之地随手乱扔衣服袜子,随手乱放用完的物品。女人们总是抱怨跟在他们后面整理都来不及。但是零售业男人多因着常年整理货架或者衣物陈列,养成了爱整齐的习惯。我曾经见过一个零售业男人家的衣橱,漂亮整齐到可以随时搬到商场做陈列。袜子、内裤按照颜色整齐划一地叠成一摞。领带专业地卷成一卷,放在领带格子里面。我更是亲眼看到老公叠衣服可以不用放在任何平面上(比如床沿或者沙发,他们行业术语叫作"衣托"),行云流水一般,在空中转眼成形,就如同世外高手在竹林里挽了一个漂亮的剑花。当然,副作用是,他会挑剔你衣服叠得跟狗啃的一样难看。

耐心陪你逛街的男人

其次,零售业男人会陪你逛街,绝对不厌其烦,并且尽心尽力。因为对于他们来说,这是他们工作的一部分。这就和画家需要写生、作家需要采风一样,零售业男人们需要观察竞争对手的陈列、折扣、客流和运营。而陪女人逛街是最好的掩护,可以堂而皇之地"深入敌后",不引起对方注意。每次去纽约,老公总在第五大道流连忘返,优衣库的旗舰店,洛克菲勒中心的橱窗陈列,梅西总店的运营,对于一个从事零售业的男人来说,在纽约逛街简直是如同教徒到了耶路撒冷。往往我才是逛街逛到走不动要求撤退的人。这种复杂的感觉就如男人希望女人和他一起在网游世界厮杀,最终发现自己是被 KO 的那个一样,狂喜又心酸呀。当然副作用是,绝对不要希望他对你身上试穿的衣服提出任何有效意见,因为他脑海里面飞速运转的全是"竞争对手运营策略"。

令人心动的员工折扣价

嫁给零售业男人物质上的好处还有很多,诸如有员工折扣啊,年底有福袋啊,可以用顾客体验的理由来免费试穿新一季的款式啊,偶尔还能要个代言明星的签名照之类。当然,我们也是有精神追求的。马斯洛需求层次再上一个台阶是爱和尊重。零售业男人这个行业中的绝大部分是当下流行的"暖男"啊。了解客户需求、体贴入微、不随便对顾客发脾气,这些职业素养和习惯,最终让他们身边的女人们在不自觉中成了受益人。

一群静心而长情的男人

从事零售业的男人,是一群相对静得下心来的人。零售业从来都不是风光无限的职业。国际贸易、国际金融、计算机甚至酒店管理和旅游业,都成为过热门专业,让学生们趋之若鹜。只有零售业的从业者从来只是一个观望者,他们一直存在于我们的生活中,被人们依赖却同时被忽略。零售业的男人几乎都做过收银、盘点仓库、整理货架等各种杂活,他们会为一个暖冬之后积压的冬季商品而惆怅,感叹零售真是一个靠天吃饭的行业。如果耐不住寂寞,就做不了零售。不管外面世界的并购重组如何的热火朝天,房地产业如何的轰轰烈烈,他们兀自巍然不动,只管每天晚上营业结束,看完门店的营业额,然后呼呼入睡。这样的零售业男人是让女人安心的。

从事零售业的男人,是一群相对长情的人。因为静心,所以长情。相比咨询或者投行,零售业的男人往往在一家公司工作很久。老公周围的同事在同一家公司工作十几年的并不稀有。零售业不是一个崇尚个人英雄主义的行业,它更加需要的是团队的合作,一个门店就是一个家,要共同面对外面纷乱的世界。零售业男人往往会和同事间生出一些兄弟般的感情,在年终盘点之后一起去K歌喝酒,在碰到蛮不讲理的顾客之后陪你到外面的墙角抽一支烟。人对公司的黏性,其实来自和什么样的人一起工作。从事零售业的男人还是专情的。他们对自己品牌的忠诚度远远超乎你的想象。当然副作用就是,嫁给零售业男人的女人也要忍受他们对自己品牌变态的忠诚度,嫁给卖 Adidas 的就不要再指望穿 Nike,哪怕你再中意 Nike 某一款式的运动鞋。

　　写了那么多关于零售业男人的好处,具有相当的广告嫌疑。只是当女人们惆怅为什么好男人都不见了的时候,我不由地想,有啊,很多啊。只是你们没有看见罢了。别再看穿越剧或者所谓的男神剧了,那里面的好男人永远只会是电视剧里的男主而不是你家的男主人。

　　谨以此文献给那些可爱的零售业男人们。

　　(随着零售实体店的没落,线上零售的崛起,先生终于与时俱进地变成了"电商"。虽然从线下到了线上,终究还是零售业男人,每天看"店铺"陈列、销售业绩,不过多了一些新名词,什么点击率、转化率、用户粘度,还有直播。当年的这一群零售业男人,有些去了互联网公司,有些开始创业,还有些依然固守在传统零售业,彼此之间可能是盟友,也可能是竞争对手。偶尔相聚,把酒撸串,谈笑之间,一如当年。)

两个人，一生的旅行

我和先生的缘分缘起于一场高中毕业旅行。毕业的那年夏天，一群放飞自我的高中生相约去毕业旅行。二十年前的中学生没有多少零花钱，跑不远，七嘴八舌了半天，最后选了上海近郊的海边。凌晨两点多，游泳、烧烤、打牌，闹腾了一整天的少年们依然精力旺盛，于是从下榻的小旅馆偷偷拉出几张凉席，去海边坐着，继续聊天等日出。白天喧闹之后的海滩空旷而安静，少年们面对着黑魆魆的大海，多多少少生出一些离别的怅然。大家渐渐不说话了，听潮汐起伏的声音一下又一下撞击过来。夜晚海边风大，我迷迷糊糊要睡着的时候，只觉有一件带着体温的外套披了上来。旁边那个高高瘦瘦的男生目不斜视地正襟危坐，好像那件衣服是施了魔法自己从他身上跑过来的。于是，我假寐，装作什么也没发生。等到东倒西歪，在海边一觉睡醒，早就错过了日出。一只小螃蟹爬过来，利索地翻过我的脚踝，继续往水边爬去。湿湿的、轻轻痒痒的、不落痕迹的，大概就是年少心动的感觉了。后来在很长的一段时间里面，我都很喜欢黄品源的一首歌，早就忘记了歌名是什么，只是因为歌曲里面有很长一段浪潮的声音，提醒我们最初海边如星光一点的少年情愫。

　　大学的时候,高中同学天各一方。现在的朋友圈,发一条动态只需要一分钟。那时候,一封信笺从南到北要走两个星期。写信的时候,北京还在飘红叶。读信的那一刻,北京可能已经飘起了初雪。白衣飘飘的年代,车和信都很慢,却把思念拉得很长。终于到了大学第一个暑假,高中好友们积攒了几个月生活费,再加上一点勤工俭学的收入,相约去雁荡山旅行。已经忘记了为什么会选择雁荡山,只记得当年先要坐轮船到温州,再辗转坐进山的大巴。没有多少钱的穷学生,买了轮船甲板之下的大通铺船票。半途,海上起了风浪。甲板之下更是"风起云涌",一大群人都晕船,到最后连呕吐的垃圾桶都要靠抢。我摇摇晃晃地扶着舷梯栏杆上到甲板,找到角落的一个大垃圾桶,那里已经有一个瘦高个子趴在那边吐了。他看到我,默默把唯一的垃圾桶让给我,转身扶墙走了。再回来的时候,递给我一杯温水,说"喝了会舒服一点"。一杯在风浪中被依然握得稳稳的温水,一口下去熨熨帖帖。上岸之后,我们找到进山的大巴,一路颠簸,终于到了。

　　现在有了各种旅行APP,有携程、飞猪还有马蜂窝,所有的旅行都可以事先安排妥当。在网络不发达的20世纪90年代,才是真正的"说走就走"的旅行,无法计划,缺乏资讯,一个背包、一张地图就可以出发。我们辗转到了山里,寻找下榻的小旅店。那时候,没有那么多民宿。暑期旅行高峰,仅有的几家旅舍都住满了人,确切说我们反复强调的"最便宜"的房间都已经客满了。后来有一个颇有经济头脑的店家告诉我们,有一个闲置不用的会议室,里面可以放几张床,床位费十块钱一晚。于是,我们欢天喜地地说好。只

两个人，一生的旅行

见偌大一个会议室，整整齐齐摆了十来张行军床，上面简单地铺了一张凉席，还有一张白床单当作被子。会议室外面有一个大大的露台，放着一些藤椅、一张茶几，正面对着翠绿的群山，风光无限。入夜，我们在露台上喝着啤酒聊着天。山里蚊子多，点了蚊香也不管用。于是，我们把被单拉出来裹在身上。一群人都裹着白被单，坐在月光下，远远看着倒像是一群疯疯癫癫的木乃伊。夜色渐凉，大家聊着聊着就困了，陆续有人歪头睡着了。终于，似乎只剩下我一个人还醒着。眼前，一轮山月，清清亮亮地悬挂着。张晓风的《山月》中有一句："山月如雨，隔着长窗，隔着纱帘，一样淋得人兜头兜脸，眉发滴水。"最初读时，总是无法理解山月如何为雨，而在山间的一晚，我竟然有了被淋透的感觉。旁边嬉笑的同伴们，还能有多少个仲夏之夜可以如此肆意无忧地一起度过。而那个情愫懵懂的少年，是否又真的可以如他承诺"守护一生"。年少的时候，"一生一世"是一条看不到头的光阴隧道。很多年之后，我独自在美国家中的露台上，喝着红酒，望着夏夜的一轮明月，听着草间若有若无的虫鸣，总会想起许多年前山间的月色，还有那些四海飘零音讯寥寥的高中同伴和当时的少年。瞬间也懂了张晓风在同一篇文章里面写的："山月总是触动人最深处的忧伤，山月让人不能遗忘。"

时光总是神奇。兜兜转转中，我们命运的枝丫居然又再次交叉。重逢的时候，我们都有些谨慎，有些戒备。熟悉的城市总是带着过去的气息提醒我们曾经的困顿和伤痕。于是，我们如少年般逃走了。多年之后，第一次两个人的旅行在青岛。疯狂的啤酒节，我们可以假装离别的十年不存在，也可以假装感情一如当初，只是

人生哪有那么多赢家

人生的沧桑从来不是无缘无故的。我们都在迟疑,都在试探,或许十八岁的那些感情,到了三十岁时真的只能放手,不能因着一些执念去勉强按下重启键。夜晚,我们带着一些微醺,去海边散步。虽然已经是初夏,青岛的海边还是很凉,他将带着温度的外套披在我身上,真的只是那么一瞬间,暗夜的海上似乎被撕开一丝光亮。我们依然是坐在海边等待日出的少年,赤子般的纯真,相信只要愿意就可以一生。

后来的我们,就这么在一起了。一生一世的承诺,终于变成了每一寸光阴里的烟火气。只是,我们约定每一年都要有一次只属于两个人的旅行。不同的风景,不同的人文,不同的美食,说不上来更喜欢哪个地方,只是每一段旅程总有那么一个瞬间,突然感动起来。

那一年在法国旅行,开车穿行在法国南部的田间小路上。抬头看见满天的繁星。从来没有感觉星空如此灿烂,星星和我们如此之近。这样的星空,让我们觉得渺小,感动也感慨。感动于上帝造物的神奇伟大,感慨我们在上海的孩子们真的是不知道星空灿烂的意义。先生说,这样的星空,相机拍不出来,唯有你的文字可以记录。可惜我的文字也过于粗糙,描绘不出这样的星空,或许梵高的画笔可以。我也终于明白为什么欧洲会有如此多的艺术家。这样的风景如画,他们不过忠实记录而已。这样的星空,只能让我们用眼睛和脑海记录。于是,我们停车靠在路边,就这么静静地看着星空。直到我们老去,都还会记得某个初夏的夜晚,我们在法国南部某个不知名的小村庄,相拥着抬头看星空。

还有那一次意大利之行,我们路过佛罗伦萨,恰逢意大利某一个宗教庆典。夜晚的市政广场,因为人群都往河边去看烟花,而显得有些空旷。有些小贩在卖一些很无聊的玩具,就是把一个闪光的东西抛到半空,掉下来再接住。我们坐在广场佣兵凉廊的台阶上,分一个三明治和一瓶啤酒,背后是几百年的罗马雕塑述说似水流年里的故事,我的眼睛不由自主地随那些无聊的发光玩具望向夜空,却惊艳地看到一轮明月和几盏明亮的星星。这夜空虽不若南法星空的璀璨和透彻,却因着这充满历史的广场,让人有种在空旷的历史里面游荡的恍惚。翡冷翠的一夜,我们不语,遭遇历史,瞬间和永恒只是相对意义的存在。

还有在西班牙格拉纳达的山顶,我们看完阿尔罕布拉宫的落日,信步走回酒店。沿途看到不少年轻情侣坐在山边看城市的夜景。想起我们当初,也喜欢登高看夜景,说说未来,只是很多年轻的情人未来就不再有彼此,而我们是幸运的,在未来里面再遇见彼此。

(近年,我和先生陆续离开外资公司加入了本土企业。其中最明显的一个变化可能是,带薪假期大幅度缩水。我们还是坚持每年的旅行,不管长或者短,远或者近,重要的是我们离开日常的生活,去看看世界的风景。最近的一次旅行是年初去斯里兰卡。我们搭乘茶园小火车从康提到努瓦拉埃利亚。斯里兰卡的小火车很慢,按照中国高铁的速度最多一个小时的车程,在斯里兰卡居然摇摇晃晃、走走停停了一整个下午。蓝色小火车穿越树林,穿越湖泊,穿越如波浪一样的茶园,穿越灿烂明亮的野花丛。先生问我,互联网时代,一切都那么快,花那么长时间坐小火车的意义是什么,是因为风景好看吗?我想,坐小火车的意义在于,终于可以慢下来。一列火车,一片风景,一首循环播放的单曲,就这么过了温暖的一个下午,不去关心火车会去哪里,或者什么时候靠站。一列开往春天的火车,穿越心境的晴雨和起落。久违的放下,不是努力忘却,而是不再纠结得与失、多与少。这大概也是旅行的意义吧。)

那些被坦然忘记的纪念日

在 35 岁之前，我是一个"反婚礼"派。在我看来，婚礼烦琐又世俗，讨好了所有的人，独独累坏了自己。在有点小叛逆的文艺女青年眼里，婚礼简直就是多此一举。记得有一次我在国际航班上看了一部安妮·海瑟薇和凯特·哈德森主演的小妞电影①《婚礼大作战》(*Bride's War*)，讲述的是两个居住在曼哈顿的好朋友。她们都准备结婚，婚礼选中了第五大道的假日大酒店作为典礼举办地点，又选中同一个司仪，结果互不相让，斗智斗勇到几乎友情破裂。虽然安妮·海瑟薇和凯特·哈德森都是我喜欢的女演员，但是即使在无所事事的国际航班上，我还是觉得这部电影浪费了我 100 分钟时间。我实在无法理解一个女人为了办一场所谓完美的婚礼，可以从请柬、花束、蛋糕、礼服，直到排座位、选音乐都事无巨细地过问，反复比较反复斟酌，直到筋疲力尽、人仰马翻。

我们的婚礼，是一场极其简单却极其认真的婚礼。在海边，一

---

① 小妞电影，英文里面称为 Chick flick movie，是"爱情电影"下的一个分支，叙事线大多数围绕着感情纠葛展开，是一种关注女性自身情感律动的片子，它想取悦的更多是女性观众，譬如《律政俏佳人》(*Legally Blonde*)。

个牧师,两个人,蓝天为证,大海为鉴。仅此而已,什么宴席、蛋糕、请柬、捧花、乐队都不需要。婚礼策划师在沙滩上把贝壳摆成心形。我们站在里面,回答牧师问过无数人的问题:"不管是贫穷还是富有,不管是疾病还是健康,不管是年轻还是衰老,你是否愿意永远爱护他,安慰他,陪伴他,一生一世,不离不弃?"当我们执手回答"我愿意"的时候,觉得这就是我们想要的婚礼的样子,不需要人观礼,也不需要迎合潮流,一切关乎我们自己而已。唯一觉得遗憾的可能是我的父母。每一次参加亲戚朋友孩子的婚礼,到了感恩父母,请新郎新娘父母上台去发言的环节,我爸爸就会说:"你看我稿子都写好了,结果没机会发言。"

我们慢慢把生活过得充满柴米油盐酱醋茶的烟火气。偶尔抽离日常,参加朋友婚礼,也会为一对新人执手相看承诺一生而莫名感动。那一年,我们飞去美国参加好朋友的婚礼。好友是基督徒,婚礼在北卡罗来纳州的杜克大学教堂举行。哥特式的杜克大教堂由彩色的石头砌成,据说这些石头有七种基本色彩和十七种不同的颜色,在阳光下折射出梦幻光影。音乐响起,好友穿着洁白的婚纱,缓缓而入。教堂古老的木制地板随着她的脚步发出的轻微"咯吱"声,和着裙摆的婆娑声,交汇成奇妙的和谐。这一刻我突然有一丝后悔自己没有一个教堂里面的婚礼。我对先生说,结婚十周年的时候,我想要在杜克大教堂重新宣誓。杜克大教堂是不对外开放的,只有在校学生、教师还有校友才能使用大教堂。先生为了满足我的心愿,郑重其事地去杜克大学商学院念了一个MBA。他在申请文书上写:"我申请杜克大学有一个重要的原因,我希望在结婚十周年的时候,我和妻子可以在杜克大教堂重新宣誓,这是她的心愿。"

十年婚姻,弹指一瞬间。我们渐渐堕入柴米油盐酱醋茶的日常。每年年初都要认真地做一年的家庭财政预算,医疗保险、孩子教育、养老理财、房屋按揭,还有一家人的旅行开支,都要一笔一笔安排得井井有条。平常却安稳的日子,极其容易过,每年都仿佛才过新年,又到了秋意渐起,满城桂花香的季节。一年又一年,转眼到了结婚十周年纪念日,而我们居然都华丽丽地忘了当年的约定!

结婚纪念日的前一天,我送女儿去美国念夏校。飞机降落在洛杉矶机场,我和先生简单报了一声平安,便连轴转地陪女儿去学校报到,一连串的新生注册,整理宿舍,买长途电话卡,熟悉新的环境。三天后转身搭上十几个小时的飞机回到国内上班。从头到尾,我完全没有想起来结婚纪念日这回事。而先生和我在浦东国际机场擦肩而过,在我到达上海的同一天,他飞去欧洲出差了。十年之前,彼此觉得无比隆重的结婚纪念日,居然就这么无声无息地过去了。有朋友问我怎么可以忍受先生忘了我们的结婚纪念日,我很诚实地说:"我真的不介意,因为我也没有想起来。"

不知道从什么时候开始,我和先生之间已经可以坦然对方接受忘记各种纪念日和节日。自然而然地,我们之间也开始不再互相送礼物了。真的不是感情淡了,也不是不想要仪式感。简单的真相是,我们真的想不出送什么了!从恋爱到结婚,十几年的光阴,每年情人节、圣诞节、新年、结婚纪念日、彼此生日,真的耗尽了我们所有对选择礼物和安排惊喜的想象力。

首先从纪念日清单上画掉的是情人节、圣诞节和新年等一系列公众节日。尤其是情人节,街头的红玫瑰疯狂涨价,两人烛光晚宴贵到离谱。我们都觉得没有必要去凑这个热闹。其实情人节的夜晚和别的晚上也没有什么不同，我们在情人节晚上逛没有顾客的宜家，给一双儿女挑选儿童家具，然后悠然地吃2块钱的热狗和1块钱的冰激凌。回家等娃睡觉后，再开一瓶红酒，坐在窗台聊聊天，觉得这样也挺好。

后来我们约定，要不只在生日送礼物，其他节日都不再互相送礼物了，否则家里那些"中看不中用"的东西越来越多，实在放不了。即使如此，先生每年绞尽脑汁想给我的生日惊喜还是会变成啼笑皆非的惊吓。有一年的生日礼盒里面是一只刚刚挣出黑暗、张牙舞爪、毛发竖直的猫。先生说，看你每一次都对小区的流浪猫们恋恋不舍，我以为你想要一只自己的猫。但是，夸人家的娃聪明可爱，和自己养一个熊孩子能一样嘛！可爱的永远是可以袖手旁观的别人家的娃、狗、猫！还有那些昂贵的、却充满直男审美恶趣味的衣服和包包。直男还偏偏要一个劲地问："好看吗？好看吗？"为了不打击他的诚意，我只能说"好看好看"，却真心没有勇气往朋友圈贴照片。终于知道为什么朋友圈里女朋友们晒老公送的生日礼物，一般只放一张带有Logo的袋子了。有一年，先生送了我一款LV的包包，经典的格子花纹，倒是一点没出错，我也是真心喜欢。但是到了某个年龄的女人，已经不再虚荣，或者说不能虚荣，一边是几万块的名牌包包，一边是娃几万块的海外游学夏令营，我毫不犹豫地会选择后者。最后我说，要不生日就送送花吧……送花总没有错吧。但是就好比男人无法理解女人的心思一样，女人同样无法理解直男的行动路径。我的生日曾发生过这样的事故。我曾经很喜欢一种弗朗花，别名非洲菊或者太阳花。直男先生百度一查,只看到了"非洲菊",于是,在生日那天,同事很纳闷地问:"今天不是你生日吗?为什么有人送菊花给你?"然后,我看到一大束小雏菊静静地绽放在我办公桌上,就是一般悲情文艺片里面,在片尾女主去某些地方怀念男主时手里会捧的那种白色小雏菊。为了不打击直男的积极性,那一年我忍了没说。结果,第二年生日,还是同样的一大束小雏菊。直男居然用了按时重复订购模式,为了避免以后每年生日我都收到菊花,我只能制止他。

再后来,不知道从什么时候开始,我们约定生日也不要送礼物了,鲜花也不要了。买一个蛋糕,点上蜡烛,听孩子们稚嫩的童音唱生日快乐歌,然后看他们郑重其事地拿出自己手绘的生日卡,这就是我想要的生日祝福了。有未婚的或者奉行丁克的朋友说:"不要把生活过得那么平庸,生活还是需要一些仪式感的。生日礼物还是要的。"其实,人到中年不是不想要仪式感。不是不怀念学生时代,打开花花绿绿的包装纸,里面一只八音盒发出叮叮咚咚的声音,对面的男生还羞涩地问,你仔细听听是什么音乐,其实我早就听出那是一首《每天爱你多一些》,只是我装作不知道,看他脸红地欲言又止。只是,不同的人生阶段,会有不同的仪式感。如今的仪式感在于,他说:"今天是你的生日,把孩子送到父母家,我们一起出去安静吃个饭吧?"我们去一家有烛光、有音乐、有红酒的餐厅,安安静静地吃一顿饭,即使饭桌上聊的大部分还是孩子。但这也是一种仪式感,一种浸润在生活烟火气中的仪式感。

如今,我想要的浪漫,不过就是两个人一起养娃买房。我们都会有工作忙起来忘记彼此生日还有结婚纪念日的时候,但是坦然一笑毫不介意。对于我们来说,已经不再需要用一个纪念日来表明彼此相爱的立场。如今,我想要的浪漫,不过就是两个人一起去听赵传的演唱会,在歌声里面回想,当年的那个少年在我家楼下大声唱:"一个平凡的男孩想要告诉他的爱人,我还有一点点温柔。"还有,一起在李宗盛的演唱会上缅怀"青春留不住",感谢身边的那个人还是他。

不过,我也相信,总有一天我们会去杜克大教堂,在那里再次许下婚姻的承诺。年轻的时候,在婚礼上说"一生一世",轻飘飘的,没有质感。二十年或许是三十年后,终于明白"一生一世"的意义。转身之间,我们就这样相依老去,不离不弃。

(不知道我们家两个孩子是不是受了我们的影响,还是因为现在的孩子什么都不缺。对于生日礼物、圣诞节礼物和新年礼物,两个孩子似乎并没有那么渴望,不若我们小时候要等到生日,才小心翼翼地提出想要一个可以炫酷全班的变形金刚或者一只上面有旋转芭蕾舞者的精致八音盒。一个多月前,肉圆10岁生日。因为"新冠"疫情,不能办生日派对,甚至哪里都不能去。我们问肉圆想要什么礼物。他回答说一家人在一起唱生日歌、切蛋糕,然后生日当天在iPad上面玩国际象棋不受时间限制——平时我们规定他每天只能玩30分钟的iPad,就这么简简单单的愿望。肉圆睡前说:"生日很开心!"我和老公互望一眼,老母亲倒是开始担心起来,肉圆这么不重视节日、生日,将来长大万一忘记给女朋友送礼物,会不会惹女朋友生气?老公安慰我,没关系,找对人就好。)

防婚姻出轨指南

根据新闻里的数据,"小三"已经成为当今婚姻的第一杀手。不管是十五年前有关婚外恋题材的电影《一声叹息》里的遮遮掩掩,还是《北京遇上西雅图》里超"正能量"的怀孕小三遇到真爱的"传奇"。出轨、小三、二奶,这些名词已经无声地侵入我们的生活,颠覆我们的三观。同学聚会、微信群聊,最热门的八卦就是谁谁离婚了,小三成功上位,或者谁谁做了小三,至今无望坚守。身边作为"正室"的女性朋友们,也有不少正在经历男人出轨,和小三狭路相逢、高手过招。男人出轨的话题,是闺蜜聚会永恒的主题之一,不论是嬉笑怒骂、痛哭流涕,还是坚忍沉默,总归是生活里划过的一道疤。看了那么多,听了那么多,也陪着喝醉好几次,不由想聊聊婚姻里的智慧,如何看待男人出轨。

郑重声明的几点注解

作为有点强迫症,对文字特别注重精准的码字工,我想特别注解两点。

首先,会出轨的不仅仅是男人,女人也是会出轨的,而且还不在少数。为什么此文只讨论男人出轨呢？很简单,因为我是女人,曾经被邀请参与讨论的,基本都是男人出轨的案例。周围也有女人出轨的案例,但是蓝颜知己们自尊心都强得很,一般虽苦笑,却只字不提。

其次,此文讨论的是小三,而不是二奶。所谓小三,是婚姻里面的第三个人。从道德制高点上看,正室们是可以对其轻蔑的;但是仅仅从情感角度,正室们未必就一定略胜一筹。大部分小三图的不是名利,玩的是真感情,只不过玩着玩着,身不由己地着了心魔,要求起名分来。所以说,从这个定义上来讲,陆小曼是徐志摩的小三,而不是二奶。二奶,可能是达官贵人专属的高大上概念,讲究的是挥金如土的从属关系。据一个曾经的二奶分享,大学刚毕业被包养,年薪30万,一年"工作日"加起来不到3个月,所以合下来月薪10万(允许我内心默默哭泣一下,这若是换作在职场厮杀,得多少年的血流成河,才能赚得这等收入啊)。三年之后,二奶期限满,姑娘和不差钱的金主谈了"离职福利",去澳洲念个商学院MBA,学费由金主承担。这个福利可比绝大多数公司裁员福利强多了,大公司裁员补偿基本就是N+1[①]。然后,姑娘就华丽丽地蜕变转身了,绝对励志。所以,二奶讲的不是感情,而是酬劳和契约。

男人出轨源于动物性

言归正传,关于男人出轨的根源,其实是来源于他们的动物性。不管从男人的生理构造还是社会赋予他们的期望来看,男人

---

① N+1:根据工作年限进行补偿,如果5年,就是5+1,补偿6个月的工资。

都是一种具有掠夺性和侵略性的动物。看过动物世界没？看到过非洲草原上追逐猎物的雄性狮子没？他们享受追逐猎物的过程，这期间的兴奋和渴望会让他们的雄性荷尔蒙加速分泌，然后激发出他们的潜能，包括种种浪漫的桥段，心甘情愿地迎来送往，表里不一地逆来顺受等。在恋爱中的姑娘们，如果你们认为这是男人的常态、爱情的真面目，我只能说你们还过于年轻，过于简单。你有看到过非洲草原上的公狮子，长年累月地追逐猎物吗？你真以为你男朋友是一直奔跑的阿甘？一旦追逐到猎物之后，公狮子们最喜欢的就是懒散地躺在阳光里，打嗝剔牙（如果狮子也会剔牙的话）。

　　姑娘不要说男朋友变成老公之后就像是变了一个人，不浪漫了不勤快了，喜欢打电脑多过陪你逛街看电影，因为他们本来就是那个样子的呀。你在恋爱的时候，有点疯狂有点变态地"作"的时候，你难道没有想过，人家从小也是爸妈的独养儿子、心肝宝贝，凭什么对你一再忍让一再呵护啊，真以为他是你老爸？所以，聪明的姑娘在婚后会做一些相应的改变，你不再是他的猎物，你必须是他的同伴，一头母狮子，和他一起懒散地晒太阳看风景，偶尔还帮公狮子挠个背啥的。这样的同伴关系才能稳定和巩固下来。但是，很多姑娘不肯啊，谈恋爱的时候作威作福惯了，让她一下子温良恭俭让，那绝对不能啊。好吧，让猎物和狮子慢慢较量吧。很多时候，公狮子先是烦了，站起身来重新换地方躺下。猎物不依不饶，继续过去百般骚扰挑逗。公狮子忍无可忍终于要发威了，突然视线中出现一只新的、看起来颇为可口的猎物，激发了他沉寂已久的雄性荷尔蒙，那么他自然乐颠颠跑去追逐了。

曾经听过一个很极端的案例。一个家境优渥的大城市姑娘和优秀勤奋的凤凰男结婚了。一开始凤凰男是真心把姑娘当作公主一样宠着供着,爱情也好,自卑也好,反正就是百般的好。姑娘呢,被宠爱得不知天高地厚,觉得一切理所当然,好几次在朋友面前无意间让男人颜面尽失。怀孕之后更是变本加厉,半夜突发奇想要吃奥灶面,不管天寒地冻,让男人开车出去满城地找。买回来之后,又说突然不想吃了。最终男人因为才华和坚忍,飞黄腾达,位居高位,后面自然是俗套的男人出轨、女人寻死觅活的故事。

婚姻是一场持续变化的过程

说了那么多,似乎都是在为男人出轨找理由。作为一个女人,似乎实在是站错阵营。男人出轨之后,常常听到女人哭着痛诉:"当初我也是你爱得死去活来追到手的好吗?你也曾经说过什么今生今世好吗?现在一句'当初选择错误'就以为是时光隧道,可以把人生重新写一遍吗?""可怜之人必有可恨之处"这一句话,在男人出轨这件事情上可能有失偏颇,可能过于冷酷,但是实话说,真的不是当初选择错误,只是现在不再合适。

婚姻的经营不是一天两天的事情,是需要很多耐心和智慧的。婚姻本身其实也是一个鲜活的生命体,是一个持续变化的过程,会成长会演变。曾经合适的,也会因为两个人的成长速度不同或者视野理念不同而变得不再合适。虽然极其悲哀,但是千真万确。如何解?正统的婚姻指导书籍和各类心灵鸡汤文里面有大量描述,敬请参阅。我想说的就那么一句,要记得偶尔满足公狮子的雄性需求。要有自己的想法、自己的朋友,做点自己的事情,不搭理他,这样他们就会在阳光里面站起来,踱步过来张望一下。譬如,这会儿我正一边码字一边偷着乐,"公狮子"也放下手里的工作踱步过来。但是你想先睹为快?没门儿,请和普通读者一起看!因为贝尔摩得说过:"A secret makes a woman woman.(秘密让女人更有魅力)"

永远不要用孩子、工作或家务事为借口,放弃精神和身体的美丽。还有,像我某个网红朋友说的,自从搞了自己的微信公众号之后,没功夫和老公"作"了,大家一起往一个方向看,往一个方向走,一切都和谐了。再不和谐,还有冲突?那只能一睡泯恩仇了。俗话说,夫妻床头吵床尾和。小时候我百思不得其解,为什么床的一头是用来吵架的,另一头是用来和好的?现在才知道高手在民间啊,多么真知灼见。

出轨,女人"怂恿"出来的?

除了男人的动物性之外,我不得不说,有时候男人出轨,是被女人"怂恿"出来的。在我的女性朋友中,有很多高学历、高智商、高收入,美貌和智慧并存型的人。这些白富美本着"No zuo no die"[①]的精神,觉得自己洒脱无比,经常会和老公一起像哥们儿一样对路上走过的美女品头论足,评论苍井老师的演技和身材,或者说些"男人身体出轨我根本不会在乎"的神经论调。等到事情发生,她们才意识到,周围的男人真正段数高到能游戏人生,在花丛中打滚不带走一片花瓣的毕竟是稀有品种,大部分的男人还是一

---

① No zuo no die:不作死就不会死,网络流行语,意为没事找事,结果倒霉。

出轨就跟你谈"我找到了真爱"。痛定思痛之后,一个白富美分享失败的人生教训,她说一开始标准就要高,绝对不能出轨,一出轨就"杀无赦",这就跟下属谈工作要求一样,一定要把期望值毫不含糊地说清楚。千万不能作出满不在乎的样子。如果你以为你可以洒脱到任你的男人和别人滚床单而你不在乎,那你就是真"傻"了。男人和喜欢上班摸鱼的员工一样,如果你的标准定在 100 分,男人可以做个 80 分,如果你一开始的标准就是 60 分,男人就直接奔着不及格去了,他会天真地以为他和别人如何如何你是不在乎的,你是会原谅的,因为你说过的呀。所以,要求要明确,标准要清晰。具体实施方案请参考各类商学院的管理教科书,可以从《组织行为学》和《管理心理学》入手。

最后的一点,学会放手

最后,如果一旦不幸发生了,除非你拥有正室大房的胸襟,否则就不要纠结了,能够早点全身而退也是好的。虽然对女人来说,纠结是一种必经的过程,但是纠结越久,越是对灵魂的凌迟。亦舒说:"当一个男人不再爱一个女人,她哭闹是错,静默也是错,活着呼吸是错,死了还是错。"趁早止损,在才情尚存、青春依旧的时候,或者独行天下,或者另起炉灶,这才是真洒脱。

李一诺也谈到,"出轨"会成为一个社会现象,我觉得是因为"出轨"在当代的社会现实下,集中体现了人在面对爱情、孤独和自由这些终极问题与婚姻这种强社会契约关系时展示的复杂、矛盾又真实的一面。闺密吐槽也好,饭后谈资也罢,这些看似世俗的谈话,触及的其实是我们为人所面对的各种终极的矛盾和冲突:是热恋的短暂和婚姻的绵长之间的张力,是忠贞和背叛的冲突,是欲望和控制的矛盾,是理想和现实、自由和节制、当下和未来、刺激和稳定、得到和失去的对抗。出轨的男人和女人,如果 Ta 认真思考过这些终极问题,就算是有"真爱"带来的无尽甜蜜,他们在社会的契约里,在这种种矛盾和冲突里,又何尝不痛苦?

现代婚姻到底在保护什么?是爱情吗?显然不是。是财产吗?也许吧,如果这是你结婚的目的。那它究竟保护什么?

"从这天开始,拥有并持有,不论是好是坏,富有或贫贱,健康或疾病,直到死亡把我们分开。"这是基督教的婚礼誓词。美国有83%的人说自己是基督徒,但美国超过一半的婚姻不会超过十年。说明即使你有信仰,照样有很大概率会违背自己在上帝面前许下的誓言,把当年俩人描绘的美好未来图景摔个稀巴烂。

为什么?我想是因为我们往婚姻的契约里放了太多东西,而婚姻根本保护不了这么多。忘了哪篇文章说过,现代婚姻要保护的核心就是"继承"——基因的传承。这说得有些冷血,但如果婚姻作为社会契约出现,那说到底,也就是这个功用吧。但数据说明即使这个功用,也只是个愿望而已。

所以**我们要经营的,不是社会契约下的婚姻,而是长久的爱和亲密关系**。我们以为爱的是一个人,但其实爱的是当下的这个人的这个状态。你会变,Ta 也会变。所以要不断认识当下的自己,当下的 Ta,认识自己真实的复杂和矛盾,理解对方的复杂和矛盾。要独立,又要交流,**让灵魂在柴米油盐的生活里有存在和交流的空间,空间越大越好,最好能驰骋其中**。这中间其实不是一定不能有别的男人或者女人,如果处理得好,也许会增进你们俩的亲密关系。当然这是一个很"大"的"如果",没能力把握,最好别尝试。

最后,轻松一点结束。有一个美国的 TED Talk①,讲长久幸福婚姻的秘诀,和大家分享几个:(1)妻子比丈夫更加苗条好看(注意,不是比别的女人瘦,只要比丈夫瘦就行);(2)总看事情的好的一面,即使在火灾中失去了一切,也会说"在满天星光下熟睡多美好,特别是在你有很厚的脂肪为我们保暖的时候";(3)丈夫多做家务,男人越做家务在女人眼里越性感;(4)不要看爱情片,因为看了会觉得那种浪漫故事是不可能发生在自己身上的,这一点会让人感到生活没法承受。

---

① Ted Talk:TED 演讲。TED(指 technology, entertainment, design 在英语中的缩写,即技术、娱乐、设计)是美国的一家私有非营利机构,该机构以它组织的 TED 大会著称,这个会议的宗旨是"值得传播的创意"。每年举行一次大会,大会演讲做成视频放在互联网上,供全球观众免费分享。

做自己，因为别人都有人做了

生活是世上最罕见的事,大多数人只是存在,仅此而已。

生活和存在是有很大区别的。70后的我们,身上有太多的标签,母亲、妻子、女儿、儿媳、职员,而其中最最琐碎和世俗的就是"母亲"两个字。最终,我们把日子过成了忙忙碌碌的"存在"。

只是在某些时候,要懂得放下完美,放下美图,还有朋友圈里面的光鲜。哪怕一地鸡毛,也是生活本来的样子。

做自己,因为别人都有人做了……

职场女性的第 25 个小时

刚刚去互联网公司的那段时间,会有朋友问我:"你是不是把我屏蔽了?"当一个曾经在雨后看到一只红背黑点的瓢虫都会发朋友圈的文艺女青年,突然之间在朋友圈销声匿迹,那么有几种可能:生二胎了、孩子幼升小或者小升初、换工作去了互联网/创业公司。作为去了互联网公司、有两个孩子且都在上学的三重身份选手,说实话连逐个看微信头像屏蔽朋友圈这件事都不会有时间做。**职场妈妈的痛都大同小异:时间永远不够,时间永远不属于自己**。有时候,职场中年妇女甚至觉得拥有自己的时间是一件矫情而奢侈的事情。那么我是怎么找到第 25 个小时的,或许有以下途径。

爱好是一件美好的事情,不要轻易放手

对于现在的女性而言,职场和家庭往往互相矛盾,亲子和爱情又常常互相对立,在几重身份之下,还有无处安放的自我。职场厮杀,不会因为你是女性就多半点柔情,也不会因为你是母亲就多一点体恤。如果是女性还位居高位,被问的最多的问题就是"职业和

生活如何平衡"。当年我毅然决定离开外资银行,投入互联网金融的热潮。很多朋友得知之后,第一个问题往往不是"现在工作忙不忙"或者"互联网的工作有没有意思",他们问的是"那你老公怎么办"或者"孩子谁来管"。一开始我还耐心解释几句,到后来被问多了我也懒得回答了。有一次,有个朋友不依不饶地问,我差点忍不住说:"要不你来替我照顾我的老公和孩子?"我们做过一个有趣的实验。让我先生去告诉他的朋友们,他马上要离开现在的外资企业加入一家知名的互联网公司。不出意外,他得到的是羡慕和肯定。朋友们问的是要去担任什么职务,具体要做些什么,工作是否有发展空间,还有公司如果上市之后"苟富贵勿相忘"。没有一个人问他"你老婆怎么办?""你孩子谁来管?"因为大家默认是老婆管呗!哪怕这个老婆也是出色的职业经理人。其实,这也代表着很多职业女性所面临的问题,在世人眼里,已婚的职场女性,首先是母亲,其次是妻子,工作是为了增加家庭收入。然后就没有了。

工作、家庭和孩子都已经如此难以平衡了,个人的爱好更是无处安放。很多女性在没有做母亲之前,有很多爱好,旅行、摄影、画展、话剧,甚至连夜追偶像剧。做了母亲之后,所有的爱好似乎一夜消失。只是放手自己的爱好,就好比放手了半个自我。借用电影《肖克恩的救赎》中的一句台词:"Hope is a good thing, maybe the best of things, and no good thing ever dies. (希望是一件好事,或许是最好的事情,好的事情永不磨灭)"爱好是一件美好的事情,恐怕是琐碎生活中最美好的一件事,美好的事情就不该轻易放手。

我曾经不止一次地写过:"文字与我,如同今生永恒的恋人。"

从小我就觉得自己和文字有一种特殊的缘分。小时候,妈妈的公司旁边就是一个图书馆。放学之后,我就会去图书馆等妈妈下班一起回家。整个小学时代,我放学之后就是在图书馆里面看书,无差别地看各种书籍。五年级的时候,我读完了《牛虻》《红与黑》《简爱》还有《悲惨世界》。现在回想起来,十岁的我压根不能理解那些文学作品,就是这么囫囵吞枣地一股脑看了下去。但是那些文字却好像沉睡在我大脑皮层里面,等待某一刻苏醒。很多时候,文字就好像跳舞的小人,在我脑海里面翻腾,催促着我要把它们写出来。于是我就尝试着自己写一些散文、诗歌和小说。但是写下来之后,我却将它们束之高阁。在那个年代,投稿是一件过于神圣而庄严的事情。无数次,我拿着投稿信件站在绿色邮筒边上,迟疑再三还是没有寄出。我怕石沉大海,更怕收到一封拒绝信。慢慢地,我一点一点比绿色邮筒高了,勇气却一点一点没了。

后来去美国留学、工作。在做审计师做得昏天黑地的工作之外,还坚持着每天写一点文字。在全英文的无聊会议里,用中文在笔记本上写:"此去经年,应是良辰好景虚设。便纵有千种风情,更与谁人说。"在互联网 BBS 盛行的时代,我混在北美著名的留学生论坛未名空间的原创文学版,每天码字写网络连载小说。不管工作是否累成狗,不管客户是否又摆了臭脸,每天按点更新 3 000 字,否则晚一分钟就有读者催更。真的是全凭着一口真气,一路写写写,多少次想干脆"烂尾"放弃算了,但终究是舍不得。

此去经年,海归,后又加入互联网企业,工作强度陡然加大。再有了两个孩子,有时候想写点什么,才开了一个头,要陪孩子做作业了,然后要给孩子读睡前故事了。再回来的时候,工作邮件又来了，电话会议开始了。等到一切结束，没有思绪了，累到只想睡觉。那段时间，电脑里面有一堆文字的残垣，多的几千字，少的才寥寥几百字。关于文字的梦想，渐行渐远，但是我还是不甘心放手。

自媒体的诞生，对于一个天生喜欢写字的人来说，是一个最好的机会。互联网的速度，让微信公众号从萌芽到万物生长只用了极短的时间。2014年的时候，公众号虽还远没有像现在这样泛滥成红海，却也已经有了不少选择。自从一气呵成写了一篇《带着父母去旅行》，我就在一些意气相投的公众号写文章，职场、婚姻、亲子，一发不可收拾。生活感悟点滴，嬉笑怒骂皆成文章。我会在夜深人静的时候，迟迟不肯睡，自虐似地写作。其实，工作了一个白天，陪读了一个晚上，我也很想躺在床上刷刷朋友圈，看看脑残的偶像剧。但是，我还是会选择写写写，因为真的喜欢。

四年期间，我在公众号上陆陆续续地发表了十几篇文章，其中好几篇获得了"10万+"阅读量。接下去，又在周末痛并快乐着连载小说《遇见》，最终实现了"把文字变成铅字"的梦想。2016年，我的小说出版前，编辑给了一堆修改意见。互联网企业的工作强度真是让我不光没有了时间，更加是没有了写作的灵感。那年8月，我在美国休假一周。那周正好工作上发生一些紧急事情需要处理。于是每天晚上，我和国内的同事连线处理工作，白天窝在新泽西的公寓房间里面足不出户地写写写。写累了就睡一会，醒了就继续写。一周时间，居然码出了创纪录的6万字，终于顶着两个大黑眼圈在最后一刻交稿。我在回国的航班上昏天黑地地睡了十几个小时。先生问我，何必如此辛苦，又不靠文字赚钱，也不靠文字出名。我说,可能这才是对于文字最纯粹的喜欢吧。

不是时间去哪里了,而是时间从哪里来

当有两个孩子的职场女性还要开启斜杠人生模式,不停地写写写、发表文章、出版小说,每一个人都在问我,时间哪里来?在公司里面,我尤其怕老板问,你哪里有时间写小说,因为我怕老板觉得我工作量不饱和。在学校里面,我怕孩子的老师问,你哪里还有时间写文章,因为我怕老师觉得我没有好好陪读检查功课。我更怕父母问,因为只有父母知道,我一旦写起文章就会熬夜,我怕他们担心。每一个人一天只有 24 个小时。职场女性的 24 个小时大部分都不属于自己。那第 25 个小时从何而来?其实我是因着对于文字的热爱,总会找到那属于自己的 25 个小时。这不是"时间都去哪里了"的问题,而是"时间从哪里来"的问题。很多时间被我们无意之间浪费了,时间挤挤总是有的。

我的工作经常要出差,在各种国内和国际旅途中有着大量的碎片时间。在航班延误、被羁留在登机口的时候,在长长的安检或者入关的队伍里面,在飞机上或者火车上,我都会拿着 iPad 或者手机用印象笔记写作。我的第一篇"10 万 +"文章《中国当妈之奇葩现状》,就是在上海飞往澳洲的国际航班上码出来的。那一年春节,我带着一家老小去澳洲旅行。十几个小时的飞行,所有人都在睡觉或者看电影。我就开着头顶的一盏阅读灯,写了一路。还有一篇也是"10 万 +"的《跨国公司,是职场也是江湖》,是在去韩国出差的飞机上开始写的,然后每天加班回来继续写,终于在回上海的航班上完稿。在孩子课外辅导班门口的等待时间也是最好的写作时间。开卷的代序《40岁女人的一地鸡毛》,曾经是我生日的时候写给自己的,也是一篇"10万+",都是在女儿的英文辅导班门口写的。而周末连载小说《遇见》,有很多章节也是在各种各样的辅导班门口完成的。当别的家长在刷朋友圈的时候,我在手机上写文章。用手机写文章绝对不是一件令人身心愉悦的事情。一个愿意用手机写小说的人,也真的是因为喜欢。

今年春节,我和先生带着一家老小去厦门旅游。这篇文章也是一路陆续写下来的。火车飞奔在华南平原,旅游大巴堵在去土家楼的高速公路上,去鼓浪屿的渡船前排着长长的队伍,还有一家人睡后的宁静午夜,这些时间都是我第25个小时的来处,有与没有关键在于我内心的向往有多强烈。

找到一群人,听到她们说 Me Too(我也是)

写字这种爱好,像是一场孤独的长跑,若不是意志坚定,根本无法坚持下来。如果不是因着四年前的一念之差,我和一个名叫"奴隶社会"的微信公众号结缘,我可能无法坚持下来。我因着这个公号,遇到了很多和我一样写字的人。每个人都在生活中忙忙碌碌,却在文字里面怡然自得,由此这一程长跑不再孤独。

"奴隶社会"公众号的主人一诺和华章,一个是职场女性,一个是IT创业人员,两个人三个娃,漂在北美。据说生完第三个孩子,两个人百无聊赖,躺在床上聊天,脑子一热开了一个公号。由于是玩票的性质,所以特别地松弛。一开始,大部分的作者是一诺麦肯锡圈内的好友,大家本着不端不装有趣有梦的心态写写文章。后来,最初的读者群里衍生出来被反复提及的"超妈群"中的"陌上花开写作群"。这里聚集着一群志同道合,喜欢写写写的、想要斜杠人生的妈妈们。那个时候,"奴隶社会"公众号的粉丝还远不是现在几十万的数量级,一诺又一直坚持着原创和每日更新。公众号那么多,原创写手终究有限,"陌上花开写作群"成为最初奴隶社会的主要文章来源,好几篇"10万+"都出自这个超妈群。她们中,有四个孩子却一直坚持着写长篇小说的母亲。还有两个孩子的母亲,一边念着法学院,一边开着公号,然后继续写文章,出版小说集。我们都是在工作和家庭之外,因着业余爱好写作,其中的苦和累,只有经历过的人才明白。很多夜深人静快要坚持不下去的时候,我都会在微信群里倒苦水,听到她们中有人回应说一句Me Too,我就会满血复活。因为我知道,那边有一群和我一样的人,因着纯粹的喜爱,还在坚持写写写……对于她们,我无需问,你是如何管理时间的,你是如何平衡生活与工作的,或者你是不是觉得辛苦。

因为喜欢,所以愿意。

("人生在世,扮演着各式各样的角色:为人父母、妻子、丈夫、主管、职员、亲友,同时也担负不同的责任。因此,在追求圆满人生的过程中,如何兼顾全局,就成了最大的考验。顾此失彼,在所难免;因小失大,更是司空见惯。"《高效人士的七个习惯》中这样写道。工作、生活忙忙碌碌,大家热切寻求着"时间管理""优先级""职场和生活如何平衡"这些问题的解法。《高效人士的七个习惯》这本书中同时提到"心灵地图"的概念。所谓心灵地图,就是存在于内心,驱使我们不停向前的动力。"地图"不对,就会感觉很累且

人生哪有那么多赢家

总是到达不了目的地,努力变成"浪费"和"枷锁"。有了一张心灵地图,就会自然而然找到做事正确的着力点和顺理成章的优先级。写作,不是为了谋生,更不是为了出名,只是单纯地喜欢。这就是我的心灵地图。)

说说我为什么坚决不开微信公众号

自从我开始为一些公众号写文章,就不停有人问我,要不要转换职业,开个公众号,当个"自媒体人"。其实,最初的BBS、微博,到目前全民刷屏的微信公众号,应该都属于自媒体范畴。只不过如今刷新我观念的是,微信公众号不仅可以做着玩,居然也可以盈利,可以成为职业!不管是小打小闹式地在平台上做营销,团购尿布、玩具或者介绍亲子酒店,还是大手笔的整个被风投收购,这是可以作为创业项目的。而我的观念还停留在当年BBS上一帮吃饱喝足没事干的键盘侠倾诉、吐槽、打口水仗上,或者在微博上随时随地分享那些小情怀、小感想上。我认识的朋友中掌管公众号的怎么说也有几十个,有吃喝玩乐的,有母婴幼教的,有科普辟谣的,还有特文艺特浪漫的,也有天马行空类爱发啥就发啥的,最后连开茶馆的姑娘也有微信公众号了。跟这群工作、养娃、写文、群聊之余还掌管着起码一个公众号的"自媒体"职场妈妈混久了,被问的最多的问题是:"诺澄,看你挺能写,你干吗不自己开一个公众号呢?"那感觉就是你干嘛老在别人的怡红院弹琴唱词,何不自己开个绣春楼,爱唱什么曲就唱什么曲,爱什么时候唱就什么时候唱,要的就是这份爽快。有时候在公众号发文,编辑也会问,你有自己的公众号吗,顺便帮你推一下。我老老实实地说,我没有号。编辑一声:"哦……"似乎看到了一个傻白甜。要知道给微信公众号写文章,和传统媒体不同,基本都是没稿酬地自娱自乐。超800万数量的公众号,原创写手就那些,我这一个自己没号的无组织原创写手,不就是一个傻白甜嘛。

前不久我去美容院,得知一直帮我做美容的姑娘要辞职了,说是与其帮美容院老板打工,不如自己开一个小小的美容院,做多做少都是自己的。我躺在那里心潮澎湃,连20岁出头的美容师小姑娘都要自立门户了,我却连微信公众号都不愿意开一个,到底是为什么?在两个半小时轻柔的音乐与迷人的熏香里,我一缕一缕地把自己的想法理了一番。

首先,我为什么要写作

就像有人喜欢用画画或者音乐的方式宣泄情绪,有人觉得练习书法或者看书是一种减压方式,写作是一种让我身心愉悦的减压方式。有时候工作压力很大,晚上的电话会议让人心情烦躁,在电脑前码字让我很开心。在电话会议的时候昏昏欲睡,一开始写作就倦意全无,哪怕写到深更半夜。当然前提是有感而发,写自己想写的东西。最近写了几篇阅读量不错的文章后,便有朋友来"约稿",要不要写写这个话题或者那个话题呢,都是热点呢。大部分时候,我会"受宠若惊"地答应,对于一个喜欢写作的人来说,有人欣赏自己的文章,就如一个不成名的画家被人重金买走了一幅画那样,是会有点欣喜若狂的。在职场多年养成的好习惯就是,一旦

说说我为什么坚决不开微信公众号

答应某件事情，这件事情就郑重上了我的"待办事项"。当一件随性而为的事情变成了报事贴上的"待办事项"，味道就变了。自从我答应给个什么稿之后，觉得自己写文章越来越累，有次抱着 iPad 靠着枕头就睡着了，写出的东西自然也磕磕碰碰，不若以前的一气呵成。有人说晋江或者天涯上的写手可以赚很多钱，但是要知道，为了确保那些粉丝紧紧追随，每天都必须更新章节。粉丝才不管你今天大姨妈来了或者工作的时候被扣了屎盆子，他们会敲出一行"求更新……"来折磨你。早些年我还混迹在 BBS 做网络小说写手的时候，就受过这种折磨，这要多大的意志力，才能不让自己的小说"太监"了。终于某一天晚上，我纠结着到底码完某篇文章呢，还是四仰八叉地躺倒看美剧，最后我妥协了，乖乖爬上床。我终于认清自己，写作对于我的意义就是自娱自乐，而非谋生手段，更非成名成家的通道。某次在地铁上，很偶然听到两个妈妈在讨论我那篇论在"中国当妈之奇葩现状"，说如何如何搞笑又如何有同感。我有种神秘的狂喜，好想举手说，作者是我是我是我呀。还有一次，老公公司有个女同事对他说："我是你老婆的粉丝呀。"我就特美滋滋。这就是我想要的来自写作的幸福，微小而简单。我从小有那么个范特西（幻想），希望有一天可以出版一本自己的书，但是仅此而已（最后也是美梦成真，真的出了一本书）。我只是想愉快地写作，晒点小才华，抒发一点小情怀，喜欢有人说"我爱看你文章"，哪怕只有很少的人。我不想为了写作而剑拔弩张、伤筋动骨。大白话就是，我懒……

其次,我要开微信公众号的意义在哪里

开公号这件事情,的确听起来很美。有一个可以自由发挥并且坚守的阵地,就是在现实生活之外建造一个心灵家园的意思。可是,我剖析自己,不得不承认那个曾经文艺得一塌糊涂,现在还披着文艺外皮的我,其实内心已经被多年的资本主义职场理念和行为方式全盘腐蚀了。要我开公号,我第一个想到的居然是,这个公号的主题定位是什么,目标人群是什么,我的同类竞争公号有哪些,他们目前运行状况如何。短期的市场进入 SWOT① 分析之后,我会考虑中期的运营模式和团队的管理。最终,我会不可免俗地思考该还未诞生的公号的盈利模式。母婴号最为直接,团购、代言、商家引流等。讲女性话题、两性关系的,可以出版鸡汤类书籍或者进行线下女性活动。但是文艺范十足的散文小说类公号呢?除了出版书籍,我那颗缺乏商业敏感的头脑还真没想出能干嘛。在浩瀚如同银河系的公号群体里,这些号就如同一颗孤独的星球。即使出版书籍也没那么容易,据说一本书的版税 8%,那么一本定价 30 块的书,作者拿的版税是 2 块 4。不红的作者第一版能够印个 3 万本,这说明出版社已经很器重你,把你定位为新锐作者了。这还不算当当网上常年 6 折的价格,和家门口菜场边黄鱼车上 5 块、10 块一本的盗版书。虽然我标榜自己不愿意把残余的文字才华浪费在邮件和报告上,在飞快心算了 3 万本书可以有的经济收

---

① SWOT:S(strengths)是优势,W(weaknesses)是劣势,O(opportunities)是机会,T(threats)是威胁。SWOT 分析,也叫态势分析法。

说说我为什么坚决不开微信公众号

入后,我还是乖乖回去字斟句酌地写报告了。

你可以说不要那么功利嘛,纯粹为了兴趣开个公号吧,不要在乎有多少粉丝,也不要在乎有多少阅读量,高兴写就写,有文章就发。是的,我看到过朋友开个公号当作当年的博客写,一开始还常常更新,后来由于稿源的缺乏和工作的忙碌,更新越来越少,慢慢就荒芜了。那些定期更新,文章质量一直保持某个水准的,一定是非常努力勤奋在维护的公号。日积月累地维护一个公号,往往已经超过单纯的兴趣可以坚持的额度。那些坚持原创的公号,尤其是一个人在坚持原创的,莫说这份才华已是人中龙凤,那份毅力更是很多人望尘莫及的。所以有人说,每一个开公号的姑娘都是折翼的天使。排除小概率事件的可能,普遍来说,长期认真地坚持维护一个公号,深更半夜写文章答粉丝问,不为盈利只为了好玩,是违反人性的。曾经听过"灵魂有香气的女子"公号号主李筱懿的一段"真心话",描述开立公号初期,如何周末去没有空调的公司加班,然后又如何早上5点多起床写作。的确,优雅恬静的女人如果要成功,也是有着"女汉子"的坚韧。回看我自己的工作节奏,连续几个星期出差到不同城市不算偶然事件,晚上8点离开公司是家常便饭,回家还要继续和全世界人民开电话会议。周末的时间除了陪两个孩子消除积累了一个星期的愧疚,就想着好好睡一个懒觉。我扪心自问,这样的工作生活节奏真的适合开一个属于自己的公号吗?开了这个公号,我能够忍心三天打鱼两天晒网地任意为之吗?如果牺牲了睡眠和陪伴孩子的时间来精心呵护公号,我能够坦然地告诉自己,我只是图个乐子吗?我知道,我太纠结,但是我真的无法找到自己开微信公号的意义。

最后,从微信公众号衍生开去谈谈创业这件事

开一个公号,往大了说其实就如同创业一样。对于创业这件事情,我是极不具热情的。2008年第一次回国任职,身边所有的小伙伴都在谈买房子,周围的同学们俨然都是有好几套房子的百万甚至千万富翁。2012年最后决定举家迁回,发现周围的小伙伴们都开始创业了,还有些甚至卖掉了房子做本金去创业,什么互联网金融,大数据网站,还有各种APP,看得我眼花缭乱的。然后自然有人撺掇着问,要不要和我们一起创业啊。对于我们这些长年在外资职场工作的人,外面的世界很精彩也很神秘。终于有小伙伴按捺不住内心的澎湃,辞职加入了初创公司或者民营企业。聚会时候我问及他加入初创公司的感受,小伙伴说他终于隆重告别了高大上的"装逼"生涯。再没有拐角处有落地大窗可以看得到东方明珠的大办公室,也没有秘书全程细心打理日程安排。他说甚至连接送他上下班的司机都闹着要辞职了,因为以前司机往公司大楼下一停,保安都认得这是××总家的司机,可是如今在初创公司,没有论资排辈这一套,更何况办公室也不可能气派的租下整栋大楼。楼下保安哪里认得你是谁,看到你停在门前老是不走,自然是赶苍蝇一样驱赶。告别"装逼"生涯还算小事一件,其他的文化差异比比皆是。譬如,在外资公司每年20天年假,你可以心安理得地和老板请假,只要工作安排得当,老板基本不能说不可以,否则就被安上一条不支持员工"Work Life Balance"(工作生活平衡)的罪名。创业公司一般给的都是5天年假,符合中国劳动法的规定,仅此而已。在外资公司工作,无论上班多忙,离开办公室之后,

说说我为什么坚决不开微信公众号

如果我愿意,基本可以把工作抛在脑后。创业公司的小伙伴说,公司的事情24个小时如影随形,而且不能不想——那都是自己的事业啊。还有让创业公司小伙伴郁闷的是下级员工的能力。在高大上的外资公司尤其是投资银行或者管理咨询做惯了,每年招聘进来的都是千里挑一的名校毕业生,综合能力基本没问题。可是创业公司,名气不大预算有限,招进来的毕业生能不能用真是和撞大运一样。小伙伴一次让新进毕业生报一个销售数据。人家90后回来的邮件上大刺刺地写"数据目前不详",让人啼笑皆非。告别了公务舱五星级酒店,还有衣冠楚楚的社交场合,灰头土脸的一天工作12~14个小时,大家问,×总你怎么看?小伙伴苦笑一声说,必然是得大于失,才会义无反顾。只是,对于我而言,我从来没有自己做老板的梦想,我满足于目前小富即安的"职业经理人"生活。虽然,我也动心过,如果我怎么样,那或许会是不同的人生,不同的风景,最终我还是没有跨出那一步。或许创业并不适合每一个人,至少不适合我。我喜欢把工作和生活分得很清楚,而创业这件事会让我陷入一种浑沌不明的境界。

其实啰里啰唆的一大堆,无非是告诉大家,我不想开公众号。曾经做过一个或许不太恰当的比喻。我说,给不同的公号写文章,就如和不同的男人约会,只要我兴致所至,便可浓妆淡抹、风情万种的赴约。这文章写起来真是随手拈来、妙笔生花的轻巧。事毕,大家依依惜别,却不带走一片云彩,只记得彼此交会时候互放的光亮。而开一个公号,如同走进一段婚姻,从此以后,哪怕有文思踊跃也好,趣味索然也好,都必须憋出一篇稿子来,如同婚姻里面哪怕没有兴致也必须履行的夫妻义务,真是大煞风景。所以,不要再追问我"为什么不开一个公众号",就让我继续我那"人约黄昏后"的随性(其实是懒惰)吧。

(这篇文章写于四年前,当时正是自媒体风起云涌的时候。很多朋友后来都开了"公众号",有些经营的不错,已经积累了几十万甚至上百万的粉丝。还有些从公众号发展到电商再到线上知识平台。而我,依然没有公众号。在新书出版之际,编辑问我,有没有自己的公众号,至少已经积累了一些粉丝基础,也有一个自己的阵地可以推广新书。朋友也再次撺掇我,是时候开一个自己的公众号了。而我,依然犹豫不决。对于我来说,开一个公众号,等于有了一片田。我会想要好好耕种,种桃、种李、种春风,等着满眼绿意盎然。而现在,可能不是最好的时间。但是,什么时间又是最好的时间呢?容我再蹉跎一下。)

聊一个严肃话题,关于女权

如果在二十年前让我写这篇文章,年轻无谓又无知的我一定会写成对整个"男权世界"的檄文,告诉女性要如何抹杀其女性特征,和男人一样厮杀在人生的战场。如果在十年前让我写,还未参悟两性之间角逐和制衡关系的我会告诉你,"妇女能顶半边天"不是对妇女的解放而恰恰是对妇女的进一步压榨。它让女性担任和男性同样的养家糊口的职责,却从未把女性从家务主要承担者的角色中转换出来,那还不如旧式家庭的主妇,只要做好后者就可以了,没有那么多对自身角色的纠结和劳心。

其实,讨论"女权"这个问题,本身就是这个社会缺乏女权的表现。每一次参加职场女性的活动,总有人问我"职场女性如何平衡工作和家庭"。我反问,为什么这个问题只问职场女性,这不该是所有职场父母都面临的问题吗?现在,女儿学校的老师布置了一道议论文来讨论"女权"问题。其实这个题目本身也是伪命题。等到有一天大家不用再写议论文来讨论这个问题,甚至字典里面没有"女权"这个词条了,才是女权的最终胜利。就像上一次,学校老师给女儿出了一个辩论题目:"女生该不该参加男生的运动,譬如足球、摔跤?"这个辩论题目本身也是有问题的,为什么要以性别来决定应该或者不应该呢?不该以才能或者兴趣来决定吗?

我们小时候受到的教育就是"妇女能顶半边天"。那时候电影里面流行的女性形象也是浓眉大眼、英气逼人的样子。女人要和男人一样,可以做同样的事情,承担同样的重任。我初中的时候,据说是那种"虎虎生威"的小班长。后来中学同学聚会,同学们对我的描述是"当时你看起来非常凶悍"。有一次晨读课,我作为"老师的好帮手"督导同学学习、维持纪律。有男生在教室里面调皮捣蛋,我在讲台上一边大声训斥,一边彪悍地用教鞭敲讲台,以此"震慑"大家,一使劲把教鞭都敲断了。后来在初中毕业留言本上,很多同学都提到了这"令人难忘的一幕",纷纷给我留言说:"你将来一定是能成大事的女强人。"而慢慢地,我才明白,把女生变得和男生一样,这才是对于女权的最大误解。这不光不是女权,反而是对男权的膜拜。

中国从来不缺乏女权教育,缺乏的是女性教育。学校里面除了生理卫生课半遮半掩的匆匆过场,有谁来教过女孩该如何做一个女孩。至少我的母亲没有,她教会我的只是你和男孩没什么不同。可是怎么可能不同,男孩和女孩从身体构造到思维方式,到以后的社会角色都不同。留学的时候,班里的台湾女同学说,你们大陆女生说话都好大声好凶悍哦。我想,我这还是以嗲和糯出名的上海姑娘呢,你去东北看看?后来仔细观察,很多上海女人虽然话音不高,但是对老公们说话绝对居高临下,不时带着点挖苦刻薄,只把老公们训得唯唯诺诺,于是"上海男人"这个特有名词似乎是女权得以肆无忌惮发扬的佐证。但是真的如此吗?被骂惯的男人对于阳奉阴违很是拿手,偷腥劈腿起来毫不胆怯。直到男人自己逃出生天,曾经彪悍独裁的女人们才不知所措起来,早就忘记什么女权不女权的,低声下气、温柔地祈求男人回心转意。我以为,这不是女权,只是不懂得两性相处之道。

现在我所理解的女权,不是一时起一时落的风光,而是一种内心的自由。在自己想要的时间、想要的空间做自己想做的事情,就这么随性。

工作和生活之间自由切换

公司亚太区有一个身居高位的女老大,在40岁之前,潜心工作,就是不结婚,管世人如何评价,姑娘就是不嫁。到了40岁,突然觉得想要结婚生子了,果断辞了如日中天的工作,嫁给一个养袋鼠的老实澳农,她不管别人又一轮大部分为负面的评论,诸如"女人到了35岁以上就嫁得不好"之类,她就一句,关你屁事。接下去她三年两娃,尿布奶粉中依然自得其乐、长袖善舞,管你眼里是怎样的惋惜表情:"看哪,女人不管职位多高最后还是不得不为家庭孩子放弃。"直到某一天,据她自己所说,是在南半球晒太阳的时候,接到曾经供职公司某部门全球老大的电话,隆重邀请她重入江湖,她转念一想,养娃、养袋鼠、提前退休都需要钱啊,于是华丽丽的杀回职场来继续"涂炭生灵"。在工作和生活之间,如此自由的切换,需要足够的自信,更需要足够的能力,这才是傲娇的女权主义。

相爱和分手都可以很真诚

某公司有一对令人瞩目的姐弟恋,两者年龄相差19岁之多。关于他们的八卦传说可谓活脱脱一部中国版的《魔女的条件》。男生本来是公司的管理培训生,一米八零的小帅哥一枚。现在很多公司里面女多男少,小帅哥除了相貌堂堂、出自名校还幽默风趣,自然博得众多女生青睐。可惜小帅哥已经有了一个正牌女友,大家只能叹息"相逢太晚"。让人大跌眼镜的是,半年之后,小帅哥高调宣布和女友分手。当众姑娘摩拳擦掌、跃跃而试之际,有人目击到小帅哥经常和公司一女高管去星巴克喝咖啡。一开始没有人怀疑,因为女高管已经40多岁,离异带着一个上小学的孩子。尽管岁月对她格外宽容,几乎没有在她身上留下什么痕迹,但是毕竟他们之间年龄和经历的差异如同鸿沟。慢慢的,有人看到他们午饭也经常在一起吃,甚至有人看到他们上班也一起。终于有好事者去旁敲侧击,小帅哥果然新新人类,坦荡荡地承认毫不避讳,于是恋情曝光。姑娘们各种嫉妒羡慕恨,伴随着各种风言风语,当事人却依然我行我素,如同活在偶像剧里面。因为两个人隶属两个部门,没有上下级关系,甚至在工作上都几乎没瓜葛,公司政策并不阻止这样的恋情。据说有好事者当面去"采访"女高管,人家只是悠悠地说一句:"男未婚女未嫁的,So What(那又如何)?"的确,如果这个故事里面,男的比女的大19岁,大家估计祝福比流言多吧。不管世人如何评论,去爱自己所爱的人。在一起的时候认真付出,如果有一天不得不分开,也能含笑祝福,这才是真诚的女权主义。

拥有按下重启键的勇气

闺蜜桔子最近离婚。不熟悉的人都很意外。因为桔子的老公为人稳重、事业有成。他们经济宽裕,没有金钱上的争端。双方父母都不在这个城市,也没有婆媳大战的问题。当然他们两个谁都没有外遇,每次家庭聚会,都是夫妻一同出场,看起来毫无芥蒂。但是桔子曾经私下跟我抱怨过几次他们两人性格上的差异。老公不解风情,结婚几年来都不记得送她一枝玫瑰花。老公技术宅男一枚,桔子想要出门旅行的计划每次都是无疾而终。老公不懂体恤,桔子生病的时候,也不会炖一锅清粥,只会责怪她不注意。还有就是,床笫之间也无欢娱可言。我劝她,十几年的婚姻早把激情和浪漫吞噬干净。中年夫妻没有外遇、没有品行问题,多少人不就是差不多这么过吗?桔子笑我劝她的口气和她妈妈如出一辙。只是,她不要今后每一天都这么没有滋味地过。于是,她毅然结束了自己在很多人看来还不至于散伙的婚姻。她说,这算是给彼此一个机会。你之毒药说不定是她人之蜜糖。离婚后的桔子,怡然自得地独居一室。房间里面有久违的音乐,袅袅的清香,还有我永远搞不清楚的那些复杂的茶具。她可以奢侈地花一整天时间,只用来喝茶看书。那些她想去而没有去过的地方,她都去了,因为她不再需要和人商量,或者不再需要征得别人同意了。在海拔 4 000 米的雪山上,她觉得自己鲜活了。能够聆听自己内心的声音,有勇气按下人生的重启键,这才是勇敢的女权主义。

不按照世俗约定去生活

好友安妮,温婉美貌,在公司身居高位,却因为错过缘分,至今待字闺中。到了40岁还未婚的女人,在小区大妈心目中真的比双11大甩卖还要打折得厉害。好事大妈乐此不疲地做媒,其中一位有一次要给安妮介绍一个离异男子。大妈反复强调:"人品真的好得没话说啊,唯一就是经济条件比你差一点点。不过你也这把年纪了,不要老挑剔的,人好最重要是伐?"安妮客气礼貌地问:"阿姨,那么差一点是多少呢?"老阿姨报出一个数字。安妮笑眯眯地说:"阿姨,我想找一个起码年薪比我月薪高的。"这件事情,安妮是一边喝着红酒,一边听着爵士乐,轻描淡写地讲给我们听的。我们都笑她太刻薄,何必呢?说不定真是一个本分男子。安妮正色说,收入的悬殊差距会带来消费观念的不同。试想我每天一杯星巴克,一个月下来喝掉他半个月工资,他能够接受吗?到时候还不是吵架。婚姻如果反而让我的生活变得不好,我又何必非要一个婚姻。婚姻又不是"扶贫"的公益项目。不屈服于世俗的约定俗成,不因为"女生应当如此"而改变自己的人生轨迹,这才是独立。

有一天,我和女儿一起去看音乐剧《灰姑娘》。最后一幕,王子看到灰姑娘穿着布衣,完全认不出来,说"姑娘,你看着好面熟啊"。然后,灰姑娘从包里拿出一只水晶鞋。王子瞬间恢复记忆,开始唱咏叹调:"啊,辛德瑞拉,这是世界上最美的名字!"然后上去亲吻公主。散场后,女儿对我说:"如果是我,给他一个大巴掌,让他滚。"哈哈,妈妈终于放心了,女儿不是傻白甜。是的,我们不是公主,不需要王子来拯救,尤其是那种靠着一只水晶鞋才能认出我们的王子,让他能滚多远就滚多远。在所有迪士尼公主的电影里面,女儿说她最喜欢的是《勇敢传说》里面一头红发的梅里达(Merida)和《海洋奇缘》中古铜色皮肤的摩阿娜(Moana)。她们不是最美丽的公主,却都是独立的女孩。

真正意义上的女权主义,无关于和男性的比较,无关于和社会的争辩,而在于一个女性真正的自信、快乐和独立。就如那个我们曾经听过的童话那样,一个女巫,每天一半时间是巫婆,一半时间是美女,她问娶她的骑士,他想要她白天是美女还是夜晚是美女,骑士说由你决定。于是,女巫决定选择一天24个小时都是美女。我的人生我做主!

(前阵子,女儿从我的书架上拿走了几本关于职场女性的书,说是老师布置了一篇议论文"关于女权",需要找些参考资料。这些都是多年前我在美国工作时候看的书。当时,我"厮杀"在以白人男性为主导的金融业职场,希望从这些书里得到一些启示。还书的时候,女儿说:"希望有一天这些书不再有存在的价值,我们也不需要再写这个议题。"我惊叹于十二岁的女孩子居然已经能够如此透彻地看待一个博大的社会命题。我希望、也相信这一天会在属于她的时代来临。)

地地道道的上海小囡

女儿出生在美国的弗吉尼亚州,生长在上海,就读于国际学校。她的周围是来自不同国家的孩子。她说着一口流利的中文,喜欢看中文小说,但是每一次出去旅行回到上海,走的却是"外国人"入境的通道。生在美国,长在中国的孩子,有时会有一种身份的困惑。不知道自己是中国人还是美国人。小时候,女儿经常会问我:"妈妈,我到底是哪里人?"那时候,我回答她,妈妈和你一直都是地道的上海小囡啊。

我们祖孙四代都是生活在这个城市的上海人家。外公外婆家是上海虹口区老式弄堂的石库门房子。小小的弄堂入口进去,里面弯弯曲曲的,有几十个门牌号码。每一个门牌号码后面都住着三代同堂的十几口人,但是家家户户都认识。17号的女儿一直坚持着要嫁到外国,结果等着等着变成了老姑娘,19号里面的媳妇好吃懒做,每天睡到日上三竿。弄堂里用上海话道各种家长里短,讨论着菜价、股价和房价。那个年代,上海没有样式繁多的课后补习班或者暑期夏令营,父母上班的时候,都是大孩子带着小孩子,在弄堂里面疯玩,玩着玩着就玩到外面的马路上去了。但是,路上没有汽车,连自行车都很稀有。女孩子们在地上用粉笔画出格子,玩跳格子。男孩子们趴在地上玩一种"拍香烟牌子"的游戏。

当时外婆家的弄堂有一户人家,家里有一台14寸的黑白电视机。夏天晚上吃完饭等到天色微黑时,那家人就会把电视机搬到弄堂里,放在高高的凳子上。弄堂里的大人小孩子们纷纷拿着小板凳排排坐看电视。那家人家的小孩子总是可以坐在第一排,不知道有多神气。我那当工程师的爸爸手特别巧,买零件自己动手拼装电视机。他问我,要多大的电视机。我说,当然要最大的。当时在市场上能够买到的最大的电视机显像管是17寸的,于是几个月之后,我就拥有了一台17寸的超大黑白电视。每到星期天晚上6:30,家里就挤满看了动画片《尼尔斯骑鹅旅行记》的同学们,我也总是能够很神气地坐在最前面。还有,那个时候不要说手机了,上海人家里面连电话也是很少见的。每个弄堂门口都有一个公用电话亭,按照打电话的通话分钟数来收钱。如果有人电话打过来,公用电话亭的阿姨就跑去弄堂里面大声地喊:"××号,××的电话。"然后,大家就能够猜出哪家姐姐在谈男朋友了。

20世纪90年代的上海,留学美国成为一种潮流。那时候美国驻上海领事馆还在乌鲁木齐路,一扇小小的铁门,签证的人群沿着围墙在外面排队。我被拒签了好几次才拿到学生签证。在去浦东国际机场之前,我从来没有离开上海独自生活过。当时在机场和父母执手相看泪眼,承诺两年商学院毕业之后,马上回到世界上最好的城市——上海。但是,子女给父母的承诺往往是守不住的。此去经年,我毕业后留在美国工作、结婚,然后在美国生了一个拿美国护照的"上海小囡"。父母心疼女儿,飞往美国帮忙照顾。语言不通、不会开车,爸爸说在美国像是"坐牢"。我出月子之后,他终于"刑满释放",先行一步回国。妈妈则留下来帮我照顾女儿。

　　出生在美国的女儿,对于声音最初的印象,就是我的母亲——她的外婆抱着她用上海话唱儿歌。那绵软温柔的调子,伴随着她在无数个夜晚进入梦乡。女儿出生后的那一年,美国发生了金融危机。华尔街处在风雨飘摇之中,满街都是拿着纸盒子刚刚被解雇的银行职员,面无表情。当时,我决定带着女儿回到上海工作。刚回国的那段时间,不知道什么原因,女儿整夜不好好睡觉,一放到婴儿床上就哭,一抱起来就好了。是我母亲抱着女儿,整夜哼着儿歌哄她入睡。

　　我的父母都不怎么会说普通话。后来我嫁给了我的中学同学,公公婆婆也都是上海人。家里帮忙的阿姨是曾经插队落户的回沪知青。女儿整天都被吴侬软语围绕着。有一段时间,我外公身体不好。为了方便照顾,妈妈带着我女儿回去外婆家的弄堂住了一阵子。女儿在弄堂里面自由地奔进奔出,也变成了一个地地道道的"上海小囡"。幼儿园的时候,她爸爸开始教她学拼音。上海话里面平翘舌音是不分的,前后鼻音也是不分的。这可为难了爸爸。他很努力地学习说普通话,每天晚上准点看新闻联播,听北京的播音员怎么说话。可他还是经常闹出一些笑话。譬如,有一次他语重心长地对女儿说:"宝宝,以后你长大要做一个游泳的人。"女儿很纳闷的问:"为什么一定要游泳呢?"后来才明白,他要说的是"一个有用的人"。那真是一段美好的时光。

　　在中国的两年任期满后,我带着5岁的女儿回到纽约工作。在新泽西的家附近给女儿找了一家幼儿园,方便接送。那时候,女儿一口上海话,完全不会说英文。新的环境、新的同学,成年人都会觉得不容易,而女儿每天都兴高采烈地去幼儿园,从来没有表现出一丝的犹豫和害怕。现在回想起来,才体会到女儿懂事得令人心疼。孩子的勇敢出乎我们的想象。有一次,我带着女儿去家附近的街心小花园散步,碰到一对中国老夫妻。女儿老远就用上海话跟他们打招呼,老夫妻也开心地回应她:"囡囡,今朝来白相①啦。"原来,幼儿园老师经常带着小朋友们来这个小花园散步做游戏。有一次其他小朋友玩得很开心,而女儿因为语言不通,独自坐在旁边的长椅上看着别人玩。旁边坐着一对中国老夫妻在晒太阳。突然之间,女儿听到了熟悉的上海话。于是,她用上海话怯生生地问他们是不是上海人。老爷爷老奶奶惊喜地说:"这里有一个上海小囡!"老夫妻告诉我,他们的孙子都只说英文,不肯跟他们说上海话了。看到说一口地道上海话的女儿,他们特别开心。那天下午,他们跟女儿一直聊到老师喊集合,才恋恋不舍地离开。女儿说,那是她到美国来之后,最开心的时刻了。因为,她好像回到了上海,在跟外公外婆聊天。

一年之后,我最终决定海归。带着女儿又回到了上海。女儿也小学一年级了,考进了一所国际学校。在学校里,老师和同学来自不同的地方,只说英文和普通话,几乎没有人说上海话。女儿也慢慢不说了,而我们也不自觉中更多的用英文和她交流。到后来,跟外公外婆说话时,女儿也开始越来越多说夹杂着英文的普通话,外公外婆于是也会很吃力地用洋泾浜的普通话来回答她。我很敏

---

① 白相:吴语词汇,玩耍的意思。

感地捕捉到父母眼里的失落。

有一天,我们全家祖孙三代人一起去重新开张的大世界玩。大世界对于小时候的我们,和迪士尼对于现在的孩子一样,就是欢乐的象征。爸爸妈妈对于多年之后再次"白相大世界"也是兴奋不已。当我们走进大世界,顿时被浓浓的上海文化气息包围。虽然没有迪士尼的高科技,但是在有100岁的哈哈镜面前,大家都笑得前仰后合,连平时有点严肃的爸爸都变成了小孩子。大世界中间的露天舞台,轮番上演着经典的沪剧曲目,我惊讶地发现,不管上面演出什么剧目,妈妈都可以马上哼唱出来,而且歌词一字不差。我从来没有见过妈妈那么陶醉过,好像一下子年轻了20岁。那时候,女儿在我耳边悄悄地说:"我以后会多跟外婆说上海话的。"我问她,怎么了。她说,今天我和外婆赌气的时候,故意不说上海话,还故意用她听不懂的英文来回答。但是,她知道自己错了。方言也是一种宝贵的财富,我们任何一个人都没有权利将它随意丢弃。我发现,每一次女儿用上海话和我父母交流的时候,他们都笑得很开心。其实,爱就是如此简单,就是用心说一种他们熟悉的语言。

人有很多种身份。护照,代表着国籍,是一个法律意义上的身份。习惯和传统,代表着文化,是一种传承意义上的身份。而语言,则是一种内心深处的身份。就如,在遇到危险的时候,呼喊出的是一句"Help",还是"救命"。在生病最难受的时候,想念的是妈妈的一句"Baby",还是"囡囡"。所以,不管我的两个孩子将来会说多少种语言,走到世界的多少个城市,他们始终是地地道道的上海小囡,是永远不会忘记怎么说上海话的,因为那是永远无法忘记的故乡的声音。

地地道道的上海小囡

（我念书的那个年代,学校里面很多本地老师是不会说普通话的。有些老师全程用上海话教学,不管哪门学科。早春时节,窗外飘雨,老先生用沪语教:"清明时节雨纷纷,路上行人欲断魂。"下面一帮稚子摇头晃脑地用沪语念着:"借问酒家何处有？牧童遥指杏花村。"别有一番江南学堂的味道。后来中小学规定老师上课不能讲上海话,于是老师们努力用带着浓浓沪语口音的普通话教学,闹出了类似"请大家把小肚皮①拿出来"的笑话。即使是上海话,也因为区镇的不同,带着细微的口音差别,浦东的、川沙的、青浦的、闵行的。我曾经有一个来自闵行的老师,说"闵行"的音调听起来像是"米行",有种江南富饶的感觉。外人分辨不出来,上海人一听就知道了。其实,在纽约,英文也一样会有细微口音差别。纽约本地人一听就知道新来的同事是 Queens Girl,即生活在皇后区的人,还是 Jersey Girl,即生活在纽约对面新泽西的人,而我是完完全全听不出来的。当我每每惊叹于人类语言的神奇,也每每希望这些语言都能安然无恙,一直流传下去……前不久,上海电视台举办了"宝宝沪语大赛",是一档十岁以下孩子用沪语表演脱口秀的节目。肉圆小朋友参加,还进了决赛。当日我在朋友圈发了一条比赛视频,好多人在下面留言说:"真好,现在的孩子还有会说上海话的。"）

---

① 画片在上海话里发音近于"肚皮"。

射手座女子林艾伦

其实,我一直怂恿着我的朋友林艾伦写写自己的故事,可射手座的她完全符合星座给予她的定义——一如既往的是一个懒人。虽然几次她声称:老娘我依然有颗跳跃的"文艺心",总是要写些什么的。可是至今我一行字都没有见着。好吧,还是由我来写写林艾伦。

认识林艾伦的时候,她还是一个 24 岁的羞涩妹子,完全不若现在的豪放。她留着童花短发,齐眉的刘海,眼睛和嘴巴笑起来微微成月牙状,活脱脱是动画片里面走出的一个樱桃小丸子。林艾伦属兔,在当年我们一起厮混的女生里面是年纪最小的。大家喜欢逗逗她,叫她兔丸子。那时候,天空很蓝,日子很慢,不用加班,没有男朋友,更没有嗷嗷待哺的娃。我们下了班就一起逛街吃饭,大把挥霍绚烂的青春年华。直到后来我出国留学。

第一次回国探亲,我整天呼朋唤友花天酒地,其中自然少不了和林艾伦见面。聚会的时候,她带了男朋友来,印象里面那是一个脸圆圆的、眼睛也圆圆的男生，和林艾伦一样带着几分"卡瓦依"①。艾伦介绍他是小熊。一只小兔和一只小熊，我感觉就是两个小孩子在办家家。后来我回美国大农村继续"改造"，传来了艾伦和小熊的婚讯，她在电邮里面发了一些结婚照片给我看，拍得自然是美轮美奂的，却不那么真实。

年轻的女生大多数都是重色轻友的主。沉浸在浪漫甜蜜里面，基本想不到还有闺蜜的存在，唯有受了委屈挫折，才想到找一个朋友来哭天抢地或者絮絮叨叨。在这之后很长的时间里面，我和林艾伦几乎断了联系，成为了彼此微信里面的一个头像。直到有一天，"叮咚"一声，她在那头说了一声"嗨"。然后，她说"我准备离婚了"。故事很老套，无非是小熊婚后出轨，第一次艾伦原谅了他。结果，出轨对于某些男人来说是治愈之后还会复发的毛病，小熊又一次出轨。射手座的林艾伦决定来一个了断。没想到，小熊反倒不肯了，说什么真爱不真爱，一个习惯性出轨的男人无非是喜欢新鲜刺激。真的放他自由，他反而无所适从了。两个人没有孩子，小熊于是在财产分割上大做文章，和艾伦纠缠，大到两个人的房子，小到一瓶红酒，都可以喋喋不休。艾伦说，彻底烦了这个男人，开始反省当年自己的品位。她雇用了一名私家侦探，拍了小熊和其他女人幽会的照片，逼迫小熊离婚，若不肯离婚，照片直接寄给小熊公司。然后，就这么结束了，从此萧郎是路人。艾伦说的时候轻描淡写。我却可以感受到这背后的惊心动魄。射手座的女子，一旦决绝起来，真的如一枚射出的箭。

---

① 卡瓦依，日语"可爱"的意思。

之后，又是很多年没有联系，直到我海归。约了艾伦在以前经常去的上海小厨房，看到身怀六甲的她以球体滚动的方式出现，我是九分惊喜一分惊吓。艾伦说，两年前别人介绍了一个40岁的男人给她。我捧着一颗火热的八卦心问她，大叔一直单身吗？艾伦用"一眼看穿你，你还是那么没格调"的表情嘲笑我。我全然不在乎，继续追问。原来大叔是来自偏远农村的凤凰男，40岁之前都在学习学习学习、工作工作工作。终于到了他自己定义的"功成名就"的时候，蓦然发现原来还没娶媳妇。凤凰大叔虽然不解风情，倒是诚实可靠，完全符合林艾伦当时人生阶段的情感诉求，于是两相看对眼，就嫁了。我暧昧地看着艾伦的肚子，戏谑地说"凤凰大叔果然传奇"。林艾伦豪放射手座，一句"他是老房子着火"直接拍熄了我。

回国之后，大家都忙，忙工作忙孩子，我和艾伦只是偶尔见面，不再如少女时代那样天天腻歪在一起。见面的时候，聊老公聊孩子聊黑暗职场，反而很少说说自己的内心。艾伦绘声绘色地说起农村婆婆，她来了后，各种习惯不同也就罢了，最神奇的是能把小区里面的保安大哥、清洁阿姨全部得罪了。还有凤凰大叔继续秉持着极其严谨节俭的生活习惯，偶尔吃一次自助餐后就必须不停吃消化药片。这些家长里短，林艾伦说起来举重若轻，和说单口相声一样，全然没有网上看到的孔雀女控诉凤凰男那样声泪俱下。我不禁佩服艾伦的情商和豁达，若是把自己放在她那个位置，估计我已经要磨刀霍霍了。再后来，我们的女儿大了，出来聚会就是带着孩子，看她们如当年的我们一样，脑袋凑在一起嘀嘀咕咕，我们就坐在一边有一搭没一搭地继续聊天。

射手座女子林艾伦

直到去年圣诞。女儿说好久没见到她的好朋友,艾伦家的小金牛了。于是,我微信艾伦约她出来。她说,这个周末估计不行。我说那么下个周末呢?艾伦说,还是不行。我笑问她,怎么那么忙?不会二胎了吧,你家老房子又着火啦?微信那头的艾伦似乎犹豫了一下说:"我生病了,乳腺癌。"我顿时懵了,竟然无言以对。过了一小会儿,艾伦又传来讯息:"我改变主意了。我还是出来吧。小金牛想见她的好朋友。趁我还能带她出来,好好带她出来玩玩。"我念着,眼泪一下子流了下来。

周末,我们带着女儿一起去了星期八小镇。看着两个女孩子毫无心事地结伴玩耍,我们默默无语地坐在一边。我不知道说什么,只是傻傻地问:"不一定是乳腺癌吧,确诊了吗?"艾伦却笑我:"大姐,凤凰大叔是医生好不好!如果是好东西,就不叫癌啦,那叫小叶增生。没文化真可怕。""那接下去呢?怎么治疗?"我又问。"接下去就开刀把癌细胞拿掉然后化疗。再糟糕一点就切除乳房,再糟糕一点就挂了呀。"艾伦说得轻描淡写,我却一点笑不出来。看了那么多关于癌症病人的故事,从来没有想过居然和她一步之遥。

林艾伦很少更新朋友圈,偶尔更新,也只是短短一句,Fighting(战斗)!继续 Fighting,配图是一只张牙舞爪的兔子。我不知道是否该约艾伦见面,也不知道该说什么,一切语言都显得如此苍白虚假。

半年之后,艾伦主动联系我,说小金牛想念她的好朋友了,不如出来聚会。我选了一家离艾伦家比较近的咖啡馆,带着女儿穿越整个城市去见艾伦。在那里等她的时候,居然有些忐忑。艾伦来了,憔悴了一些,气色倒是不错,笑起来仍然是弯弯的眼睛、弯弯的嘴巴,像月牙儿,一如少女时代的灿烂。她说,做化疗头发都掉光了,不过倒是可以借机尝试各种假发,紫色、蓝色都可以。她说,现在出门行头太多,经常会忘记一些东西。一次出门去杭州散心,才发现忘记戴晚上睡觉的帽子了。她说:"你知道吗?光头很冷的,晚上不戴帽子睡觉要着凉的。我就想不通,为什么有人要把自己剃成光头呢?不怕冷吗?"艾伦半开玩笑地抱怨说她生了病之后开始有点后悔嫁给医生。我奇怪,嫁给医生不是在生病的时候更加有用吗?她说,医生一天下来看了那么多病人,多半已经麻木,回到家中她于他而言不过是另外一个病人而已。她已经习惯了每隔一天自己开车去医院做化疗,打针拿药,跑上跑下,全部自己来。我心疼问,凤凰大叔不能陪着你吗?艾伦摇头,他可以陪一天两天,但是他要上班啊,房贷、学费都还是要付的,我打的是持久战。久病床前尚无孝子,更何况夫妻本是同林鸟,大难来时各自飞。我无语以对。

两个小女儿在那一边叽叽喳喳,如同小鸟一般。艾伦看着女儿,眼光温柔起来,她说有一次带小金牛去看《灰姑娘》,看到灰姑娘的妈妈一下子病倒的情节,女儿居然在电影院大哭。那个时候她就决定,要好好的活着,为了女儿,哪怕距离世界尽头,只有一步之遥。

写这篇文章的时候,艾伦已经基本康复了,她重出江湖继续工作。我们还是在朋友圈里面彼此关注,经常点赞,偶尔跨过上海糟糕的交通来小聚一下。一年两年三年,有时候想起上一次小聚,居然不是几个星期不是几个月而是去年甚至前年,不由感慨时间过得飞快。每天在忙碌的工作与生活之间,努力保持年轻貌美、笑靥如花。但是看着身边逐渐和我们差不多高的女儿,我们都明白青春正一点一点从指尖滑走。慢慢的,女儿也到了我们当年友谊萌发的年龄,而我们在重重的岁月之间,沉淀出荣辱不惊、生死不惧的美丽。

魔都拼车记

我两年半前海归，兜里是一张纽约州签发的驾驶执照。不要以为拿着纽约州签发驾驶执照的司机就一定是在纽约市开过车的资深司机。纽约州地广人稀，有数不清的小镇，有那种一条道开个20分钟看不到一辆车的高速公路。考驾照那会儿，我还在念MBA，功课繁重，所以练车的时间都是挤出来的。在美国大农村也不流行什么驾校，基本上就是同学之间互相教一下，就直接去考试了。当年教我开车的同学曾经刻薄地评论说，我如果把脚搁在方向盘上，估计也比手搁方向盘上开得稳当。

在美国考驾照也没有什么小路考、大路考的概念，更没有什么"侧方移位"之类的高深动作，因为在美国大农村，需要在狭小空间内移动车子的可能性几乎为零。考驾照的地方是一个没有什么车的街区，考官坐在你旁边让你开一小段路，拐几个弯就差不多了。即使如此，第一次我还是没过，因为差点闯了一个红灯而急刹车，考官被刚咬了一口的苹果噎住，愤然而去。第二次我龟速蛇形，没闯红灯。只是最后在考平行停车的时候，离马路沿还有半部车那么宽。即使如此，考官也让过了。因为这不算危害交通，在美国，

魔都拼车记

除了纽约等大城市,大农村里面爱怎么停车就怎么停,不太需要"平行停车"之类的技巧。我就靠着这张几乎算是"混"来的驾照,在美洲大陆横行数十年。

回国之后,这张混来的美国驾照还发挥了一次余热,我居然拿着国外驾照,考一个笔试就可以直接领取"神圣"的中国驾照了。考试我一贯拿手啊,我三下五除二,临时抱个佛脚,居然还考了一个97分,然后就妥妥地换驾照了。我在朋友圈晒新出炉驾照的时候,都没有意识到这是多么招人恨的一件事情。因为此时,我的好多小伙伴们还挣扎在小路考上,熄火在爬坡的途中。

在收获了满屏的烂番茄之后,我开始反思,我真的敢在魔都开车吗?其实,我在纽约市也算是开过车的。但是纽约和魔都最大的不同在于,没有助动车这种神一样存在的外星车辆。魔都大街上的助动车们,绝对会悄没声息地从任何一个角度杀将出来。它们不光会横行,还会逆行,是无视于红绿灯的存在,也无视行人和车辆,搞不清楚它们到底把自己归为机动车还是非机动车,反正总而言之就是,珍爱生命,远离助动车。

在对道路状况进行了详尽观察和对自己开车技术进行了深刻反思之后,我觉得在魔都开车,尤其是上下班高峰期间开车,是一件对自己和他人生命都极其不负责任的行为。在对打车、乘地铁、坐公交、骑车、跑步等各种可行性方案进行了分析排除之后,我最后决定——拼车!

在魔都拼车的近两年时间,先后认识好几位拼车车主,还有不少同行的拼车伙伴。小小车厢,尽显社会百态。

第一位：80后金融女

第一位拼车姑娘是我在58同城上面一顿狂搜索后找到的。她家小区离我家小区一街之隔，又正好在陆家嘴银行上班，我们可谓是"天作之合"。一路同行的另外两位女生也都是银行业人士，一路聊聊银监会新出台的什么规定或存贷比等技术流问题，或者探讨一下理财产品、股票投资，感觉像一个小型金融论坛，收益倒是匪浅。

不过80后姑娘什么都好，就是有一个致命伤，她经常会睡过头。我在小区门口等半天，突然一个短信过来说："啊呀，不好意思，睡过头了，你们先走吧。"好吧，就地靠着人品打车吧，绝对是要迟到的节奏啊。有一次这样的情况发生在暴风雨的天气，真是电闪雷鸣，人神共愤啊。那时候滴滴打车还有什么曹操专车都没有流行起来，我和其他几个姑娘，在路边淋成了落汤鸡才人品爆棚地叫到一部空车。如果前一个晚上知道，我起码会有三种备选方案，提前订好出租车，让老公送去公司，找一个同事临时搭车。只是在恶劣天气临时被放了鸽子，只能和概率论博弈了。

这样的放鸽子现象，在姑娘准备跳槽的那个阶段更是频繁出现。我几次在被放鸽子的时候，咬牙切齿地暗自决定，一定要换一个拼车的主了。但是想想，找到一个合适的拼车对象也着实不容易，熬着吧。直到最后，姑娘跳槽搬家，把全体拼车人员遣散。

第二位：90后小鲜肉

第二位拼车的车主也是在网上迂回找到的。与车主电话初次

魔都拼车记

联系的时候,他的声音语调听着都蛮成熟的,我完全没有想到原来是一个90后。

90后啊,绝对青春逼人的小鲜肉啊,他的女朋友更像是高中清纯小女生。坐在他车上,我瞬间有一种苍老感。另外一个拼车的是和我年龄相仿的一位妈妈,我们两个人在后座,唧唧呱呱地讨论学龄前儿童教育,幼升小择校的纠结,继而发展到身边各种婆婆妈妈的伦理剧。前面两个90后孩子肯定觉得我们俗透了。

90后孩子话很少,不光是和后座的两位"阿姨"不怎么说话,即使他们两人之间也很少交流。只是一路很大声地开着Hiphop(嘻哈)的音乐。我偶尔八卦地想,难道这就是90后恋爱的方式?我们那个年代的恋爱,倒是也会有"盈盈一水间,脉脉不得语"的羞涩,但是同居的两位90后,开着嘈杂的音乐,如何也品不出这"脉脉不得语"的韵味啊。

90后孩子开车绝对是很有创意、很激进的,不知道是不是速度与激情看多了。反正那孩子说,他非常崇拜速度和激情里面飚车的老大。每次他在魔都拥挤的车辆间隙穿行,或者在对面车道上逆行,或者用一种匪夷所思的方式超车时,下车后我都有种大难不死必有后福的庆幸。

90后的孩子说,这部车是他的最爱,省吃俭用又贷款才接回家。每次看到他的车,黑色的车子外面都擦得锃亮,光可鉴人。但是车厢里面却是另外一番光景。他和女朋友基本都是在车里解决早饭,肉包、菜包、煎饼果子的味道弥漫车厢,他饭后的一支烟也是必须在车里解决的。

如果说80后姑娘放鸽子,还会发一个短信。90后孩子放鸽子是无声无息的。好几次过了约定时间好久,他还没到。电话没人接,短信也不回。搞得我们不知所措,这到底是来还是不来啊。走吧,怕我们前脚走,他后脚就来了。不走吧,实在是傻等得没谱了。每次 90 后孩子都会诚恳地解释,是女朋友又在家里为某件事情作天作地地哭闹,他必须全神贯注地安慰她,所以绝对不能分心接电话,当然也不能去上班了。好吧,这个理由很另类,很 90 后。

最后,90 后孩子跳槽了,拼车的时间持续了不过 2 个月。我和另外一位拼车的妈妈还偶尔吃了几次午饭,也没有再联系了。拼车而生出的缘分很短。

第三位:70 后,靠谱的……

这次这位 70 后姑娘,是旧同事介绍的,真的是靠谱啊。几乎每天都准时,如果遇到交通堵塞迟到,必定随时报备堵在哪一段。平时都是在公司附近下车,然后姑娘去停车,如果遇到刮风下雨、天气恶劣,她还会特地绕道,送我到公司门口淋不到雨的屋檐下。我们开玩笑说,如果汽车能进电梯,她一定把我们一一送上楼。

如果她早上不来,必然提前通知,好让大家提早安排。去年有一阵子,姑娘出差多,有车和没车的时间比较混乱。姑娘居然用 Excel 做了一张时间表给我们人手一份,真是太贴心了。姑娘回老家休假,回来还有土特产分享。

拼车乘客里面还有一个最不像富二代的 80 后姑娘。明明可以回老家继承家业,却偏偏要在上海打拼,做的还是极为辛苦的中小企业信贷经理,经常去上海郊区的工厂实地走访,也常常写贷款小结到深夜,同时还在念在职金融专业研究生。问她为何要如此辛苦,她开玩笑说,在老家做生意赚钱人人都会,但是认认真真地沉下心来学习专业知识,是大家不可企及的一项技能。其实,我们知道,她没有说的是很多大银行的贷款经理不能感同身受的,她知道资金对于中小企业来说如同血液一样重要。她永远不能忘记,老家的叔叔在某一次原材料价格受国际市场影响而飙升,银行贷款又迟迟不批,资金链险些断裂的时候,是如何一夜白发。那一年,叔叔50岁,按照老家的规矩是要大办一场寿宴的,结果生日那天叔叔四处奔波,连一碗面都没能吃上。

拼车,就像找一个人谈恋爱,遇到靠谱又投缘的人多么不容易。茫茫人海,终于找到一个人,我期望70后姑娘不要搬家不要换工作,一直到地老天荒……

(后来是我第一个换了工作离开陆家嘴,去了互联网金融。70后的姑娘仍然在她原先的外企。据她自己说,从她进这家公司的第一天,部门经理就对她说:"我们要撤出中国市场了。"她心想,自己运气真坏,怎么到了这么一家公司。但是差不多十年过去了,她从职场菜鸟变成了部门经理,公司非但没有撤离中国市场,办公室依然在租金昂贵的陆家嘴。这是最漫长的"狼来了"的故事。后来,当时搭车的人陆续换了工作或者搬了家,在经过几个"奇葩"拼车乘客之后,70后姑娘不再愿意做拼车司机了。80后姑娘换了几份工作,依然很努力地为中小企业主奔忙。至今,我们还保留着"小林拼车团"的微信群,偶尔聚会。)

后记：人生，哪有什么赢家

从伦敦市长官邸 Mansion House 出来，差不多是傍晚 6 点多，外面天已经全黑了，还下着绵绵的细雨。11 月中旬的伦敦已经是初冬，气温只有五六度。从市长官邸出来的人们都穿着商务套装，男性西装革履的倒还好，女性还是套裙下面薄薄的丝袜加高跟鞋。每个人彬彬有礼地微笑告别，没有人在意天气的寒冷。我站在门口等车，将自己紧裹在风衣里面，刚刚做完一场演讲，整个人都虚脱了。我演讲完走下台的时候，不少人对我说："讲得不错，Good Job（干得不错）！"他们或许是出于礼貌的寒暄，或许是出于友好的鼓励。只有我自己知道有多紧张，能说我做得不错的地方，不过是没有让大家发现我的紧张。

忍不住虚荣，我还是发了一条朋友圈，放了几张自己演讲时候的照片。背后大屏幕上是乔布斯风格、深色背景、没几个字的 PPT，旁边两块辅助屏幕上是放大了的、正在演讲的我。人生第一次被放大到 1/3 块电影屏幕这么大，也算是高光时刻了。只是自己站在前面根本没有乔布斯的挥洒自如，倒是像极了端庄到有些拘谨的央视女主播。不过朋友圈九宫格的照片上看不出我脸上的

后记：人生，哪有什么赢家

僵硬表情，还有我这几天因为睡眠不足而爆出的痘痘。不一会儿，朋友们纷纷点赞留言，总结起来无非是"人生赢家走向国际舞台"之类的。浮世的称赞一定程度上安抚了我这段时间的辛苦，但是偶发的虚荣之后，我还是清楚地知道，人生，哪有什么赢家。

所谓"人生赢家"，不过是反复练习掩盖住紧张

这一次伦敦峰会演讲的内容，是我接手才一个月的工作，很多细节还没有参透。而工作本身也正在经历从 0 到 1 的转变，很多尚在摸索、尝试阶段，要把一些未成形的想法让听众理解并接受，对于演讲者的要求非常高。加上这一次演讲需要全英文，又增加了不少挑战。英文毕竟不是我的母语，无论我在海外生活多久。人在压力和紧张之下，说母语总是会从容不少。但是既然来了，就必须稳稳接住。从构思演讲内容到整理演讲框架，到一点一点落在 PPT 上，最后一点一点变成演讲的稿子。职场历练多年，很多场合的演讲我已经不需要稿子了。但是这一次，我知道不事先写稿子真的不行。演讲稿子又是反复打磨了好多遍。看着 Word 文档的文件名从 V1.0 版本到了 V10.0 版本，版本编号还在往上走，心中只希望能止步于三位数。最终的演讲者要和演讲稿融为一体，中间还隔着无数遍的练习。演讲过的人都知道，即使是准备得再充分的稿子，最终在演讲台上能够表现出来的最多不过 80% 而已。所以，美国电影到了最后高潮部分，编剧总是喜欢让一个素人对着几百个人，来一场慷慨动人的演讲，这真的只是编剧套路而已。

工作节奏很快，事情很多，演讲本来就是锦上添花的任务，所以我只能在见缝插针中反复练习。我一路从上海到伦敦，机舱里面昏暗的光线容易让人昏昏欲睡,尤其是对于平时睡眠不足的人来说。我硬撑着不睡,可以默默练习几遍。到了伦敦倒时差,不管前一天忙到几点钟睡觉,每天早上3点就醒了。拉开厚重的窗帘,窗外是来了好多次依然陌生的城市,昏黄的路灯毫无辨识度,让国际差旅频繁的人突然之间拷问灵魂:"我在哪里?我又要去哪里?"不过一秒钟的悲春伤秋之后,我挣扎着起来开始工作,继续反复练习演讲稿子,直到将每一个文字都真正融入自己的语言习惯。

伦敦峰会上台的那一刻,我其实并不紧张。但是站到台上,听到耳麦中传来自己陌生的声音"Good Afternoon, Everyone"(各位,下午好)时,我脑海中一片空白,前所未有的空白感,感觉时间和空间都剥离开去,只剩下自己下意识地说着英文句子。只是因为之前反复练习了太多次,那些句子已经融入了潜意识,在整个人如被点穴般僵住的时候,还能凭着本能一句一句说出来。于是,有了最前面的一幕,看似镇定地完成了演讲,其实如梦游一般走下台去。人生,哪有什么赢家。那些看似是"人生赢家"的朋友圈背后,其实是反复的练习掩盖了紧张,只是在努力下做到更好一点而已。

所谓"人生赢家",不过是于无人之处依然坚持

我们公司有一位技术大牛,是已经达到了能亲手缔造一个技术新世界的那种神级存在。据说,当这位技术大牛还只是一个码农的时候,每个节假日都会来公司把所有的代码一行一行地检查一遍,看有没有什么Bug(漏洞)。他平时的工作像是高速运行的列车,只有到了节假日,才能安安静静地做这些最基础的检修工

后记：人生，哪有什么赢家

作。这样一件小事，技术大牛不为人知地一做就是数十年，直到最近实在是因为他在办公室出现得太显眼才被大家知道。不是所有的码农都能成为技术大牛。所谓赢家，不过是于无人之处依然坚持。

互联网企业每个星期都需要写周报，总结一周以来的工作。周报发给很多工作上有交集的人，同时我也会收到很多人发给我的周报。层级越高的人，收到的周报越多，如果能够在一个周末全部读完，不亚于读了一部长篇小说。坦白说，我发出去的周报有一半阅读量，就算是高点击率了。每一次的周报，我都坚持用中英文双语，因为我的工作一大部分是中国总部和海外分部的链接和合作，于是中文给总部习惯中文阅读的同事看，英文给海外的同事看。虽然现在翻译软件发达，在专业问题上，软件们还是捉襟见肘，闹出不少 Lost In Translation（翻译中丢失了原来的意思）的笑话。但是更加重要的是，用对方习惯的语言是一种尊重。在两种语言之间切换的确不容易，但依然是我的一种坚持。人生，哪有那么多赢家。**外人看起来的赢家，不过是在没人看见的时候仍然维持了自己一贯的标准。**

所谓"人生赢家"，不过是包容了生活的不美好

曾经有一次，我和老公开车经过一个繁忙的十字路口，看到一群大学生模样的人穿着骑行服，戴着自行车头盔，举着一个牌子："骑行万里，弹尽粮绝"。老公是从事体育用品零售行业的，公司经常有年轻同事出去徒步、骑行，于是他感同身受。他不仅停车给钱，还关照他们要定期检查自行车车况，要一路小心。两个星期之

后,我们在另外一个路口,再次看到了这群本该出发去云南的"大学生"。我问老公什么感受。他很淡定地说,当时给钱的时候,就准备好了有50%被骗的概率,但不是还有50%的概率能帮到真正需要帮助的人吗?生活不全是真善美,我们不过选择了包容和相信。

作为成年人,我们都已经明白现实生活中有很多不美好。我们每个人都基于自己的经验和感受对自己所处的世界做出判断和反应。负面经验越多,包容程度就越低。但是,世界终究还是我们眼中看到的样子,是我们愿意相信的样子。**所谓"人生赢家",不是生活对他们格外友好,不过是他们包容了生活的种种不美好,**在平凡的世界中依然坚持关于美好的信仰。一路走来,职场、婚姻、亲子和自我,不断平衡和取舍,不断争取、坚持或放弃。没有什么是被天生赋予的,也没有什么是理所当然的。人生,哪有那么多赢家。

职场中的成就感背后不过是忍下了一路走来的辛苦。公司中会有不欣赏你的上司,有不给力的下属,也有随时准备挖坑的同事。这一切都太正常不过,没有什么好怨天尤人的。每一个职场赢家,都曾是一路打怪升级的菜鸟。初来乍到之时,在夹缝中求生,脸冲下被拽着在地上摩擦也是常有的事情。所谓"狭路相逢勇者胜",一路而来,练就了一副金刚不坏之身。曾经有一位已居高位的职场女神讲起自己早年的工作,每每离自己想要的目标近在咫尺之时,就被调去一个需要重新开疆辟土的"荒野",说起这一路的辛苦和委屈,也是动容到潸然泪下。**所谓赢家,不过是不轻易认输,每当正面挫折时,依然保持温暖笑容,将所有的挫折都酝酿成宝贵的职场经验。**

后记：人生，哪有什么赢家

婚姻中的幸福感，不过是包容了彼此的种种缺点。当初结婚的时候，有人问我怎么会选择他，言下之意是混迹于纽约金融圈的海归女身边，似乎应该有比本土零售男更好的选择。当然也有人羡慕地问，以我30多岁的"高龄"怎么找到工作、家庭、脾气都没有明显短板的男生，关键是身高和颜值还都在线。不管外人如何看，我们包容着彼此的缺点和"怪癖"。先生经常被我嘲笑拥有鱼的七秒钟记忆。除了工作之外，对所有的事情他都很健忘。儿子出生五个月后，我们两个没心没肺的父母趁着产假去了拉斯维加斯度假。在赌场里面一时兴起玩大转盘的游戏，先生说用儿子的生日数字来押注吧。接下去他问："儿子生日是哪一天？"而我非常淡定地回答了他。后来我的一些女性朋友听说，都觉得这么欠揍的问题竟然没让我原地爆炸。我回答说，有什么好炸的，他就是这样子的。还有什么带着儿子出门会友，忘记带替换的尿布，一个上午下来，儿子裹着浸透了几公斤尿的尿布回来。类似案例就不一一列举了。当然同样地，他也包容了我的缺点。我不擅长厨艺，海外独自生活数年都没有让我的厨艺长进一些，主要还是因为我住在生活过于便利的纽约。在恋爱的时候，我下厨做了一碗色香味俱全的方便面给他。先生想，一个女生能够把方便面都做得如此好吃，那么厨艺自然不在话下。被"广告效应"迷惑，没有好好做入职调查的先生，结婚后才发现方便面是我唯一会做的食物。不过即使如此，他没有抱怨过，也没有要求我去学习，还非常正面地觉得我带他进入了"米其林"餐厅的世界，发现了更多人间美味。如果婚姻幸福是人生赢家的标配，我们就是这样包容着彼此的不完美，成了世人眼中的赢家。

温暖亲子时光,不过是鸡飞狗跳间的暂时平静。 在一次朋友聚会上,大家聊起最近有什么小心愿。一个朋友说,她的小心愿就是孩子快点长大去上学,这样就不用整天像树袋熊一样黏着她。另外一个妈妈马上说:"等到上学了更加痛苦,好不好!因为你会和我一样重新接受一遍九年制义务教育。"然后就是省略几万字的"老母亲辛酸求学之路"。闺蜜聚会的时间分配,一般是60%聊孩子,15%聊老公,15%聊八卦,还有10%天马行空。在聊孩子的60%时间里你会发现,平时看到的朋友圈里美好的亲子时光,基本只能撑过摆拍的那几分钟,朋友圈的牛娃背后都有一个鸡血到要吐血的老母亲。岁月静好、子孝母贤都只是暂时,鸡飞狗跳才是永恒的主旋律。在朋友们看来,我是光荣的学霸母亲,一学期期中、期末两次考试,一个学年共四次,我都会准时晒女儿全A的成绩单。但是养育儿女过程中的焦虑和艰辛,天下但凡爱操心的母亲无一可以幸免。女儿解答不出题目时会十分急躁和执拗,我也曾经被气到和小小的她对峙,什么循循善诱全部被我抛到脑后。还有家里那个极其可爱,却对学习极其不上心的弟弟,经常身在课堂心在宇宙。每一次严肃教育之后,他认真努力的态度最长可以维持一天,最短只能维持一个小时,然后继续我行我素自由自在。弟弟在上学第二年,第一次拿了一张表扬条回家,老母亲居然喜极而泣。想起姐姐以前一叠一叠往家里拿的表扬条,真正体会到男孩和女孩是花期不一样的花朵,母亲只能耐心再耐心地静等花开。

所谓"人生赢家",最重要的是找到了自己

我在互联网的这几年,经常一个双肩包、一双平底鞋满世界

后记：人生，哪有什么赢家

跑，一个星期内上海、巴黎、伦敦轮流跑，挤在经济舱飞个来回，一个月之内从40度的柬埔寨到14度的墨尔本，一个24寸的行李箱装满四季。渐渐地，能屈能伸，走路带风。有一天忙里偷闲和朋友吃饭。她表示，很久不见，我语速比之前快了50%，整个人干练却紧绷。整个吃饭期间，我隔三岔五要拿起手机看一眼，好像生怕错过什么信息。直到朋友忍不住按住我的手，我才发现看手机已经成为了我的一个下意识的动作。朋友问，有什么事情会让你特别开心吗？不能说任何跟工作相关的事情，也不能说任何孩子的考试、比赛、考级之类的事情，也不要说老公工作如何如何，或者老公送了你什么或者和你去了哪里。有没有那么一件事情，纯纯粹粹的关乎你自己，就那么一件事情，甚至是小事让你特别开心。我想了很久说，或许是完成手中的书稿吧。写作，纯粹是关于自我的。朋友说，她想去学如何骑摩托车，完成少女时代被阻止的愿望。**所谓"人生赢家"，一定是在繁复忙碌的生活中还能找到自己的人。**

想起曾经看到的一句话，忘了出处，但是一直很喜欢："我们都是滚滚红尘的一介凡人，但是我们从来不拒绝成为一个美丽的人。"人生，哪有那么多赢家。能够安静下来，找到自己，在岁月里从容成为一个美丽的人，就已经足够好。

诺澄

2019年11月28日

于杭州初冬无雪的感恩节晚上

图书在版编目(CIP)数据

人生哪有那么多赢家/(美)诺澄著. —上海:复旦大学出版社,2020.6
ISBN 978-7-309-15054-4

Ⅰ.①人… Ⅱ.①诺… Ⅲ.①随笔-作品集-美国-现代 Ⅳ.①I712.65

中国版本图书馆 CIP 数据核字(2020)第 080602 号

人生哪有那么多赢家
(美)诺 澄 著
责任编辑/李又顺

复旦大学出版社有限公司出版发行
上海市国权路 579 号 邮编:200433
网址:fupnet@fudanpress.com http://www.fudanpress.com
门市零售:86-21-65102580   团体订购:86-21-65104505
外埠邮购:86-21-65642846   出版部电话:86-21-65642845
上海四维数字图文有限公司

开本 890×1240 1/32 印张 9.25 字数 198 千
2020 年 6 月第 1 版第 1 次印刷
印数 1—4 100

ISBN 978-7-309-15054-4/I·1229
定价:48.00 元

如有印装质量问题,请向复旦大学出版社有限公司出版部调换。
版权所有 侵权必究